窗外的蜥蜴先生

2

龚心文 著

青岛出版集团 | 青岛出版社

图书在版编目（CIP）数据

窗外的蜥蜴先生.2/龚心文著.—青岛：青岛出版社，2023.6
ISBN 978-7-5736-1008-9

Ⅰ.①窗… Ⅱ.①龚… Ⅲ.①言情小说—中国—当代 Ⅳ.①I247.5

中国国家版本馆CIP数据核字（2023）第047902号

CHUANG WAI DE XIYI XIANSHENG 2

书　　名	窗外的蜥蜴先生2
作　　者	龚心文
出版发行	青岛出版社（青岛市崂山区海尔路182号）
本社网址	http://www.qdpub.com
邮购电话	18613853563
责任编辑	郭红霞
特约编辑	孙昭月
校　　对	李玮然
装帧设计	蒋　晴
照　　排	梁　霞
印　　刷	三河市良远印务有限公司
出版日期	2023年6月第1版　2023年6月第1次印刷
开　　本	32开（880mm×1230mm）
印　　张	9.5
字　　数	213千
书　　号	ISBN 978-7-5736-1008-9
定　　价	45.00元

编校印装质量、盗版监督服务电话 4006532017　0532-68068050

她就是他在这个世间最美好的梦。

他一生中渴求的温柔都来自她，

绝境里所有的阳光、雨露都只因为她。

虽然光是抓不住的，

但不妨碍他自己心里产生一点儿期待。

目录

窗外的

蜥蜴先生 2

第十六章

南湖湖畔

杜婆婆拄着拐杖，慢慢地擦拭着大厅里摆放的那些老物事。

老旧的时钟、陈年的相框、泛黄的书籍、残缺一角的眼镜盒……她擦得很仔细，像对待自己心尖上的珍宝。

或许每个人都如此，越是察觉到时间的紧迫，越想要紧紧地握住自己身边珍贵的一切。

老人擦完灰尘，转头看待在院子里帮忙的男孩子。

这个名叫凌冬的孩子最近经常来她这里。他来得多，但待的时间非常短。他每次来了，至多待上几分钟，帮她种一盆花，或者提两桶水，再在这个院子里坐上一会儿。

即便如此，他那双漂亮的眼睛也总会在他做事的时候不经意地看向摆在桌上的时钟，仿佛他的时间不多，有什么紧迫的东西在身后追着他赶着他。

他明明还这样年轻，身上却无端地带着点儿老年人才能体会到的暮色苍凉。

可是这个孩子今天看起来似乎有什么地方不一样了。

年轻的男人手上沾着泥，低垂着眉眼，正在将一盆山茶花移植到土地里。

他肌肤很白，额头上流下一点儿汗，纤长的睫毛低垂着，目光温柔，嘴角不知不觉地带起一点儿向上的弧，像是寒冬里一片冰冷的雪花正在融化，化为草木间轻柔的晨露。

他最近是遇到什么好的事情了吗？杜婆婆笑眯眯地想。

凌冬把最后一点儿泥土盖好，在杜婆婆端来的水瓢里洗掉了

手上的泥土。

院子里的自来水是抽自地下的井水，十分冰冷，冲在肌肤上，仿佛可以冲掉心里的一切污垢和烦躁。

他直起腰，习惯性地看了摆在桌上的时钟一眼，今天的时间仿佛过得特别慢。

凌冬突然意识到不是时间过得慢，或许是他的时间长了一点儿。

平日里，如果在外面耽搁了这么长时间，他应当已经能察觉到身体深处开始隐隐地出现那种熟悉的躁动不安之感。

他早该匆匆地赶回家中，关掉灶台上的炉火，给半夏留上一份，再急急忙忙地解决自己一天唯一的饮食，然后彻底变成一只怪物，爬回隔壁昏暗的屋子，在自己的音乐世界里度过一整个夜晚。

今天，他恢复人形的时间好像长了一点点，虽然只有一点点，但是不是意味着事情正向着好的方向发展？

凌冬低头看着自己的手——院子里的灯光照在他挂着水滴的手指上，冰冷的手指握起来，仿佛把那束光抓在手心。

虽然光是抓不住的，但不妨碍他自心里产生一点儿期待。

他甚至都没有察觉自己已经笑了起来，整个人看上去像褪了一身寒霜，变得温柔了起来。

冰冷的冬雪若是融化了，会变为温柔得不行的水滴。

一辆自行车从院门前的道路上风一般地刮过，片刻之后，又倒退回来。

骑在车上的半夏看见了院子里的凌冬，勉强按捺住想要飞奔回家的心，暂时地倒了回来。

"学长，你怎么在这里？"

半夏礼貌地和这位帮过自己多次的学长打招呼。

因为急着赶路，她的胸腔微微起伏，她带着点儿气喘，一双眼睛却亮晶晶的，透着藏都藏不住的快乐。

半夏知道，这栋屋子里独居着一位年迈的老婆婆。学长在院子里，应该是在帮助这位行动不便的老人。凌学长真是一个完美的人，才华横溢，容貌俊美，心地还这样善良。是了，如果他不是这样的一个人，指尖下又怎么能流淌出那样美好的音乐呢？他当真是如同神仙般值得她和众多学弟学妹尊敬和学习的人。

"学长真是优秀。在学校里，我们这些学弟学妹都特别崇拜你。"半夏的脚架在车上，她没有完全下车，"杜婆婆这里需要我一起帮忙吗？"

她虽说是停下了车，但心里其实藏着点儿不太好的小心思，希望这里眼下没有急需帮忙的事。因为她真的很想尽快回家，和一天没见的小莲温存一下。

凌冬看着眼前神采飞扬的半夏，胸腔里涌起一股脱口而出的冲动。他张了张嘴，最终还是抿住了，只是微微地摇了摇头。

半夏看见学长还是和往日一般冷淡且不爱说话，也就很识相地不再啰唆，非常规矩礼貌地和这位自己崇敬的学长告别。

天才便是这样的，总有一点儿怪癖。凌冬学长什么都很优秀，唯独平日里表现出来的性格稍微冷淡了一点点呢。说起来还是我们家小莲最好啊，贤惠又可爱，还很容易害羞。

半夏骑着单车，很快到了楼下，三步并作两步地上了楼。

三楼那间窗户的灯很快亮了，站在楼下的人甚至可以看见她探出窗外，喊着"小莲""小莲"。

凌冬就站在楼下，抬头看着那个亮着暖黄色灯光的窗户。

对窗内的那人来说，"凌冬"这个名字应该代表着一个光环加身、受人尊敬的形象吧。

凌学长是一位美好无瑕，能和她同台演奏，在音乐上有着美妙共鸣的朋友。

如果他们没有真正的将来，他想至少在她心中保持着"凌冬"这个正常且美好的形象，而不是那个在亲吻的时候都维持不了人形的怪物，也不是一个陷入魔咒、可怜兮兮的家伙。

半夏回到家不久就看见小莲从窗外爬了进来，于是伸手把他接下来。

经历过昨天那一出，小莲被她握在手中既乖巧又柔顺。那双漂亮的大眼睛特意避开她的视线，他低低地问了句："今天怎么回来得这么早？"

半夏平日里放学不是打工就是在街边摆摊卖艺，基本都很晚回家，能有几次这样一放学就飞奔回来的？

小莲的羞涩让半夏也突然感到不好意思。

她急忙给自己的行为找补了一句："不……不是因为想你才特意回来的。"

她这话还不如不说呢。

半夏窘迫了一会儿，终究实话实说。

"我马上就要代表学校去比赛了，晚上当然要好好练琴，但心里又很想见你。你今天想不想陪我一起出去？"

小莲便低低地嗯了一声，那独特的嗓音在这种时候听起来特别勾人。

哪怕他的皮肤是黑色的，半夏也感觉自己能看见黑里透出的粉来。

黑色的小莲停在半夏的肩头，半夏背着琴，快乐地往楼下走。

原来恋爱是一件这样美好的事。

哪怕两个人没有靠在一起亲热，仅仅是回家的时候有人热着饭在家等你，晚归时有人愿意一路陪你，撒娇的时候有人会轻轻地嗯一声，就会让人心头满满当当地被一种甜蜜的感觉充满。

"小莲，你昨天有听见隔壁的琴声吗？"路过凌冬门外的时候，半夏突然问了一句。

蹲在她肩头的小莲支吾道："怎么了？你……你听见了吗？"

"早上起来，我看见对门的林大作家躺在他房间的地板上哭，说是听到隔壁学长创作了一首令人惊艳的新歌。可惜我睡着了，就很好奇又是什么样的一首曲子。"

"你……喜欢凌冬创作的那些歌曲吗？"小莲这样问。

他们住在凌冬的隔壁，经常能第一时间听见那位天才学长创作的小调。

小莲问这话的声音里隐藏着一点点的紧张，但半夏没有留意到。

"是的，小莲也是喜欢的吧？"半夏这样说，"那是一位真正的音乐天才，哦，我指的并不单单是他的钢琴声，而是他那种对音乐的独到的理解。有时候觉得我们能住在和他一墙之隔的地方，时时听到他的新歌，其实也很幸福，对吧？"

小莲闭紧了扁扁的嘴巴，眼睛亮晶晶的。

他似乎很高兴？

我夸凌冬学长，小莲他这么高兴的吗？

　　她到了二楼的时候，乐乐正趴在沙发上描幼儿园的作业。半夏弯腰和她打了声招呼。

　　"呀，小夏姐姐，这是什么？"小姑娘指着蹲在她肩头的小莲问道。

　　"给乐乐介绍一下。他叫小莲，是姐姐我的……"半夏咳了一声，附在小朋友耳边说，"是姐姐家里的田螺先生，嘿嘿。"

　　乐乐眼睛亮了："会半夜变身出来做饭给你吃的那种吗？"

　　"对啊，就是那一种。"

　　小莲抓着她的衣服蹲在她的肩头，吐了吐粉色的小舌尖，算是跟乐乐打了个招呼。

　　半夏哈哈笑着下楼了，那种欢欣雀跃、只恨不能四处显摆的心情按都按不住。

　　南湖湖畔，许多人已经习惯有一位年轻的女孩儿隔三岔五就会站在路边拉小提琴。

　　今日这位姑娘和往日有一点点不同。她不再是独自一人，在她的大衣口袋里竟然趴着一只小小的黑色守宫。

　　小守宫从口袋里冒出脑袋，一动不动地聆听着她的琴声，竟好像听得懂一般。

　　那小提琴声似乎也和往日有所不同。

　　霓虹暖灯灯光照耀的木棉花下，琴声婉转悠扬，好似有一位少女拈起她轻盈的裙摆，踮着脚在这波光粼粼的湖面上舞蹈。她时而浅唱低吟，时而欢欣雀跃，在水波的涟漪中缓缓地述说着自己如诗的心情。

　　行走在夜色中的一对对情侣在这样的琴声里忍不住回想起自

己恋爱中那些最美好的时刻。他们依偎着身边的人，彼此靠得更紧密了些。

"我就说她可能会在这里，没错吧？"

几个女孩儿在半夏的面前停下来，正是出来逛街的潘雪梅、尚小月和乔欣。

"夏啊，你这次可是代表我们学校出征。周末就要去北城比赛了，你跑来这种地方练习，真的可以吗？"潘雪梅迟疑地问道，同时用眼睛四处乱瞟，指望在附近的男性中寻觅出可疑之人，找到半夏那位神秘的男朋友。

当然，近在她眼前的小莲根本就没有被她列入考虑的范围内。

乔欣挤上来说道："要不是小月说你有可能在这里，提议我们顺路过来看看，我都不信一个刚刚陷入热恋的人会舍得撇下男朋友自己跑来练琴呢。"

"要比赛了，你会不会紧张？"说这话的人是班长尚小月，她的语气有些硬邦邦的，"不要忘记你答应过我什么。"

半夏看见她们特意来找自己，很是开心。

"这里很好，你们看这条街上来来往往的人特别多。只要在这里练久了，你在任何环境下都能专注于自己的琴声，不被外部所打扰。"

她夹着琴，随手拉了一段华彩。华彩，通常指的是在协奏曲乐章的末尾或是高潮部分，由独奏者单独加上的一段无伴奏的炫技性质的演奏。

有一对路过的情侣在附近停留了一会儿，手拉着手上前扫了琴盒里的二维码。

"最重要的是，在这条街上如果不全力以赴，根本挣不到钱。"

半夏冲着自己的朋友们挤挤眼睛。

"真……真的吗？"潘雪梅有些迟疑，"你的意思是在这里反而更能锻炼胆量和技巧？"

"当然，不信你问班长。"半夏想着人多力量大，可能会多不少收入，于是开始努力地忽悠朋友们："怎么样，要不要一起来合奏一段试试？"

"要……要在这里吗？万一没人听怎么办？"

"我好像有点儿不好意思。"

"来吧。"尚小月已经不是第一次了，一回生二回熟，干脆地带头拿出她的琴，"不过，夜宵还是你请。"

半夏就可怜兮兮地皱起了一整张脸。

四位青春年少的女孩儿站在火红的花树下，曲乐悠悠，吸引了无数路人的眼球。

三把小提琴，一支银光闪闪的长笛，合奏的是在学校里一起练过的维瓦尔第的《夏》。

她们彼此较劲过，也相互扶持过，有女孩儿之间的美好友谊和同窗之间的默契。

灯火辉煌的湖畔，飞扬的曲乐声沾满了青春的朝气。

夜色渐深，喧嚣过后，四个女生坐在一个夜宵摊前吃小龙虾。

"真的，刚开始觉得有点儿不好意思，后来慢慢地觉得好有趣。"乔欣吐了吐舌头，手里掰着虾壳，弄得一手都是红油。

"也有些人好不讲礼貌。不过在这样的地方体验过，下一次学校的表演，我应该就没那么紧张了。"

潘雪梅说："是啊，平时我妈给压岁钱我都没有这种感觉。到了这儿别人哪怕丢个几元钱，我都兴奋得快要跳起来。夏啊，快

窗外的蜥蜴先生

2

看看有多少。"

半夏苦着脸在清点今天的收入，也不知道够不够请这一顿客。

尚小月主动扫了桌面的付款码，将账结了："上次是你请客，这一回我来。"

半夏高兴地挽着她的胳膊，贴住她："还是班长对我最好了。"

潘雪梅和乔欣面面相觑。

上一次比赛，心高气傲的尚小月输给了半夏，甚至把自己气得病倒了，在家里休息了几日。

潘雪梅和乔欣原以为两人自此就要相看两厌，针尖儿对麦芒儿。谁能想到这事情还没过去多久，旁人都还没忘记，她们两个倒是比从前更好了起来。

"其实我们今天来突袭就是想看一看你男朋友到底啥样，"潘雪梅说道，"你如果肯让他见个光，我天天请你吃夜宵都不在话下。"

半夏连忙擦了擦手，将自己口袋里的小莲捧出来。她先清理出了一块干净的桌面，垫上一条手帕，再把小小的黑色守宫摆在上面。

"来，隆重介绍一下，我的心上人——小莲。"

三个女孩儿发出不满意的嘘声。

小莲在手帕上坐得很端正，将尾巴圈在身边，用后肢支撑着身体，将小手端正地摆在身体的两侧，尽量挺直脖颈儿，让自己显得精神一些。

那一身纯黑的鳞片在路灯的光照下泛起宝石一般的光泽，他形体矫健，双目明亮，是十分漂亮的黑色守宫。只有那双圆溜溜的大眼睛无处安放视线，泄露了他"见家属"时心里的一丝窘迫。

三个女孩儿稀罕地围过来。

"好漂亮，这是守宫吗？"

"真的，看它的时候，它的眼睛会避开你。它好像通人性一样，好可爱。"

"它好像很听话。我能不能摸它一下？"

半夏伸出一只手圈着小莲，护住她的男人："不可以，他是属于我一个人的，碰一下都不行。"

"这样看多了，我也觉得它没那么可怕了。"潘雪梅初时有点儿害怕，在大家热闹的氛围中，慢慢地也就习惯了，还特意对着桌上小小的蜥蜴说了一句："上一次说你不好看，对不起啊，小莲。其实你挺漂亮的。"

那小小的守宫看了她一眼，坐得更直了。

半夏给小莲介绍："这是雪梅，这是小月，还有乔欣，都是我的好朋友。"

小莲端坐着，轻轻地点了点头，好像真能听懂别人说的话一样。

尚小月三人顿时喜欢得不行。

"你周末的比赛在北城，小莲怎么办？你要带着一起去吗？"

"当然，没有他在现场，我肯定发挥不出正常水平。"半夏问小莲："小莲想陪我一起去吗？"

小莲就用黑色的脑袋蹭了蹭她的手指，表达了自己的意见。

三个女孩儿被可爱到了。偏偏半夏小气得很，带出来显摆，却又不让人上手摸一把。

"虽然小莲很可爱，但你也不能这样忽悠我们啊。"

尚小月心里不高兴，便想起刚刚被半夏岔开的话题。

"话说回来，你那位男朋友呢？你说他千好万好，怎么这么晚都不来接你一下，连个电话都没打？"

半夏只好偏过脸，目光到处乱飘。

潘雪梅说："对啊，是你说昨天尝过他的滋味好得不得了，今天晚上更是要——"

半夏顿时跳起来，一把捂住潘雪梅的嘴，整张脸涨红了："胡……胡说。我是这种人吗？我明明是说啥都不想，就想和他规规矩矩地说说话而已。"

桌上的小莲抬着小脑袋看着她，神秘而漂亮的眼睛闪着意义不明的光泽。

"干什么啊，死半夏？"潘雪梅努力拉开半夏抹了她满嘴油的手，"早上还大言不惭，说要把人家这样那样，各种调戏，这会儿你怎么突然不好意思了？"

半夏捂住了脸，觉得这一刻自己就是在小莲面前跳进南湖也洗不清了。

今天晚上回家的路上，半夏显得特别正直纯洁，一本正经地和小莲聊起音乐。他们聊巴赫，聊贝多芬，聊柴可夫斯基。

"小莲，你听过老柴和梅克夫人的故事吗？"半夏这样说，"传说啊，这两位认识了十几年，彼此间通信超过上千封，是无话不谈的异性知己。但神奇的是，他们两位终其一生甚至都没有见过面呢。

"在这个世界上，也是有这样超越世俗的情感的嘛。"

她很严肃认真："哎呀，我很尊敬那位夫人的，向她致敬。"

她这样刻意地说着这样的话，好像更尴尬了啊。

表白第二天，她就在男朋友面前彻底"翻车"。

哪怕是寒夜的冷风都吹不散她脸上的热度。

幸好小莲十分善解人意，就像完全没有察觉出半夏的局促，和往常一样昂着头认认真真地听她说话，还顺着她的话题往下接："这些音乐家中，你最喜欢哪一位？"

"我吗？"半夏果然很快被转移了注意力，"哈哈，我喜欢'乐圣'贝多芬。贝多芬的音乐虽然并没有那么深邃难懂，也没有那么高高在上。但我觉得他的音乐就像是坚实的土壤，特别能给人带来力量和快乐。"

今夜没有月亮，夜色朦胧。夜晚的风吹起半夏的长发，让她想起自己心中崇拜的那位伟大音乐家。

那位伟人有着命运多舛的人生，却把欢乐带到了人世间，带给了千千万万的人类。

"小莲呢？小莲最喜欢哪一位？"

小莲的声音从口袋里响起，他只说了一个名字："马勒。"

"啊，那一位吗？"半夏想起小莲口中的那位天才作曲家，"我也喜欢呢。我印象最深的是马勒的《第一交响曲'泰坦'》（《泰坦》，又名《巨人》），在那首曲子里啊，可以听见原始的森林、奇妙的精灵和魔幻的世界，尤其是其中的第三乐章——"

说到这里的时候，骑着车的半夏突然愣住了。

天才作曲家马勒在他的第三乐章中，把童谣《雅克兄弟》（经重新填词的版本为《两只老虎》）改编进了乐曲，使之成为阴森的葬礼进行曲。

半夏皱起眉头——这种风格的音乐她似乎刚刚在什么地方听过。

欢乐清脆的钟声、童话故事般的森林、巨大的死神镰刀……

那些诡异而神奇的画面在脑海中一晃而过，她没能准确地捕捉到。

我是在哪里听过这样的歌？它宛如梦中的神曲。

小莲说："马勒的音乐里有灵魂的挣扎，在我看来他所有的乐曲都在苦苦地追寻着一个问题，他终其一生都在探索死亡和活着的真正含义。想必他也在困惑中渴望找到自己灵魂的救赎。"

小莲的说话声唤醒陷入沉思中的半夏。

半夏慌忙用力地控制好车头，才没把自己和小莲一起带进路边的水沟里去。

"原来小莲喜欢马勒啊。"半夏停下车，把口袋里的小莲捧在手心里说话，"这样想起来，你有没有觉得，经常从我们隔壁传来的那些小调，也带着这样的风格？"

半夏恍然大悟："从前我一直觉得凌学长的曲风十分特别，说像是谁呢，又总是想不起来。今天听你一说，我感觉他肯定也和你一样，是马勒的崇拜者。"

小莲扁扁的小嘴边就带起一点儿微不可察的笑意："或许吧。"

小莲高兴了。提起学长小莲就高兴，想必他和我一样，挺喜欢隔壁那位凌学长的。

半夏重新踩动单车，自行车骨碌碌地在夜色中动起来。

"小莲你听过隔壁的歌声吗？奇怪呢，好像每次听见学长弹琴的时候，你都没在家里，搞得想和你一起听一听都没机会。"

回到家里，半夏特别正经地率先睡觉，关了灯在床上躺得规规矩矩，双手叠放在肚子上，摆着正经的睡姿，试图用这种正经的形象洗刷一下自己在小莲心里落下的污名。

洗手间里传来一点点轻微的动静。

床上的半夏立刻竖起了耳朵。洗手间的地板上放有一个方形的

陶瓷碟子，是小莲日常洗澡用的，她刚刚在里面装了一点儿温水。

果然陶瓷被轻微碰触的动静响起，过了许久，湿漉漉的小莲才爬出门来。他在门边叠好的吸水纸上团起身体，来回滚了半天，认认真真地把身体擦干净了。

半夏的一颗心提起，她想，今天晚上还会不会发生点儿什么呢？

她不知道是该期待还是该紧张。

小莲沿着床边的地砖一路爬过去，最终爬进了他自己的小窝。

半夏的心顿时掉了回去，涌起一点儿失落，她索性掀起被子把自己给蒙上了。

明明只有这么小的屋子，偏偏泾渭分明地分成两块，小莲的窝是属于小莲的领地，半夏的床是属于半夏的地盘。

窗帘被拉动的声音在黑暗中响起，那唯一的一点儿天光被盖住了。

屋里的空气中突然弥漫开一种淡淡的甜香味道，像是冰泉中的一朵幽莲骤然在夜里开放了，冷冽中透着一丝丝奇异的甜。

"什么味道？"半夏从被子里钻出头来，就看见了站在窗边的那个人。

一点儿光辉披在那人的肩头，勾勒出了他漂亮的轮廓，他的肌肤白得像那冷月下的冰雪。

他站在窗边，面对着半夏，展示了自己的全部——直角的肩头，紧窄的腰，流畅的肌肉线条，笔直的双腿。

黑暗中，他暗金色的双眸抬起，向半夏看来。

半夏的心跳漏了半拍。

小莲原来这样好看啊，要是没这么黑，能再看清楚他一点儿就好了。

窗帘被一点儿微风撩起，若隐若现的光照在床尾。

他的腿那样长，他两步就走到床边，入侵了属于半夏的领地。

他用一手撑在床沿，另一只手向半夏探来。

他看起来像是冰雪做成的人，谁知却热得像一块火炭，那炙热的指尖轻轻地抚过半夏的脸颊，激得她起了一片鸡皮疙瘩。

半夏看不清人，只看见那一双暗金色的眼眸，那双眸子像在暗夜中蛰伏已久的妖魔，朝着她不断逼近。

一丝清冷的甜香味道钻进她的鼻子，若隐若现的，让她的心颤了颤。

原来是小莲身上的味道——小莲好香啊。

那香味撩拨得人心里发烫。

半夏一把按住那只潜伏在自己的心里，龇牙咧嘴想要钻出来放肆的小兽，让它温和一点儿，蜷起那些不安分的爪子和利齿。

小莲是一个容易害羞的男孩儿，她要温柔一点儿，收起那些乱七八糟的想法，别一开始就吓到了他。

半夏闭上了自己的眼睛。

这是一个等待的姿势，她把主动的权利让给了对方。

对方的手指轻轻地捧住了她的脸，炙热的吻终于落在她的双唇上。

那人吻得不得章法，吻得小心翼翼，就像是在凌晨那个怪异的梦中，微微颤抖的手捧住了她的脸，虔诚而不顾生死地将她细细地亲吻。

半夏闭着双眼，感觉自己像身在一艘摇摇晃晃的小船上，于混沌的大海中浮浮沉沉，抛却人间一切烦恼，快乐得几乎忘记了怎么呼吸。

黑暗中，人所有的感官似乎变得更加敏感。

　　身边的人急促而炙热的呼吸吹在她的耳边，怦怦的心跳声清晰可闻。

　　他比我还紧张呢，半夏想。她睁开眼，看见那双暗金色的眼眸，似乎寒冬的冰雪消融为一汪春水，全盛在那双眸中，看得她的心怦怦直跳。

　　半夏伸出双手，揽住他的脖颈儿回应他，细细地吻他，想尝遍他每一处的风情。

　　很快，那股独特的甜香味道变得浓郁。黑色的鳞片在他的脖颈儿上出现，长长的尾巴垂到床边，不安地来回甩动着，他甚至连手指的形状都开始变得奇怪。

　　小莲的头抵在半夏的颈侧，他粗重地拼命喘息，最终发出一声懊恼的低吼，起身便要离开。

　　他的手腕却被人抓住了。床上的女孩儿热情地看着他，只是他那被拉住的手已经不太像人形，遍布着大片黑色的鳞甲。

　　"抱歉，我稳不住自己了。"小莲说话的声音又哑又低沉，金色的瞳孔彻底异化了，"我没办法……没法儿像一个正常人那样……"

　　话没说完，手臂便被猛地扯了一下，他踉跄地跌回床上。

　　有人禁锢住他的手臂将他按在床头，欺上他的后背，咬住那一截儿苍白的后脖颈儿。

　　把他按在床榻上的手明明没有用多大的力道，他却觉得自己全身的力量一瞬间就被卸尽了，没有一点儿反抗的欲望。

　　"这时候想跑，是不是太晚了？"半夏趴在他的肩头，抬头附在他的耳边轻声说，"你还记不记得你答应过我什么？"

　　被她按在手下的那绷紧着的手臂顿时不再动了，那人只是把自己的脸埋进了枕头中。

空气中那股奇怪的香味越发明显，甜丝丝的，令人沉醉，勾得人心里那些张狂的东西都忍不住要破笼而出。

偏偏挂在床边的那条黑色的尾巴还在这样的时候在她的眼前来回摆动。

守宫动了情的时候，会来回摆动尾巴，散发出引诱异性的气味来。

想到这句话的半夏，伸手一把握住了那抖个不停的尾巴尖尖。

她忍了好多回，早就想要这样做了，每一次看见这条尾巴当着她的面摆来摆去，就总想要一把把它抓住，彻底地揉搓一回。

小莲后背的肩胛骨瞬间拱起，喉咙里发出了一声低低的喉音，那声音哑得不行，似乎也蒙上了那股甜香。

半夏几乎不能相信小莲能发出这样的声音。

她想要再听一次，手里便恶趣味地使了点儿坏。

那种怎么压也压不住的声音便随着她使坏的手一再出现。

苍白修长的手指攥紧，他陷在两难之间，几乎不知道自己是快乐还是痛苦。

半夏就俯身吻他，极尽耐心和温柔，吻那些属于人类的柔软肌肤，也轻吻那些冰冷的鳞片。

他身体上的变化在她耐心的吻中神奇地、慢慢地开始平复。

"不用逃走的，小莲的每一种样子我都喜欢。"半夏凑到他的耳边低语，"小小的守宫我喜欢，围着围裙的样子我喜欢，如今这副模样，我也稀罕得很，就想让你把你所有的模样都给我看看。"

整张脸埋在枕头中的人突然不动了。

半夏轻轻地把他的脸扳过来，他便举起手臂遮住了眼睛。

黑暗中一道水光挂在他白玉似的脸颊上。

哎呀，小莲也太敏感了，不过是摸一摸尾巴，怎么就哭了？

可是怎么办哪，好像他越是这副样子，越是让人想要欺负他。

半夏仿佛摸索到了一个新的世界，发觉了其中无限的乐趣，总想要进一步试试，看看自己还能开拓出他多少不为人知的模样。

"没事，没事。你别哭啊。"半夏松开手，"以后的时间还很长，我们慢慢来。"

一双手臂伸过来，把她揽进了一个炙热的怀中，男人埋首在她的颈间，把她整个人圈在自己有力的臂弯里。

"我们的时间还很长？"那个人说。

"嗯，当然啦。"

那人沉默了很久，才再次开口："我尽量……"

"尽量什么？"半夏在他温暖的怀抱里有些困了。

她好像听见小莲后来还对她说了很多很多话。

他从前不曾想过要挣扎，从前已经接受了可悲的命运，从前做好了离开人世的准备。

"那可不行啊，你得努力一下。"半夏含混地说。

然后有一个温柔的吻落在她的头上，像是一个郑重的许诺。

如今我尽力，竭尽全力，努力试一试，让自己尽量能留在这个人世上，留在你的身边。

半夏的嘴角就露出笑来。

小莲真好啊，香香的，软软的。哪怕我这样欺负他，他还愿意留在我身边呢。

第十七章

我想和她携手比肩

郁安国的夫人——桂芳苓端了一盘洗净的水果来到客厅，顺着丈夫的目光，抬起头看向站在自己家院子里拉琴的那位小姑娘。

全国大赛的日期将至，郁安国把学校里收藏的名琴"阿狄丽娜"申请出来，借给半夏专用。

小姑娘换了把好琴，如同那蛟龙得了水，好似那侠客换了吴钩，开始毫无保留地施展起自己的才华。

细腻的琴声像那飘浮在阳光里的羽毛，自琴弦间盈盈四散，落在人的心头，细细软软地撩拨，落在身边的草地上，便化为一泓温柔的泉眼。

琴声悠悠，小小的庭院里仿佛真的出现了一片清透的池塘，水边扬琴的少女是那神话中的阿狄丽娜。

"哎呀，这个孩子，"桂芳苓一只手抚着脸颊，"老郁，你说她是不是恋爱了？怎么突然就能把这样的情绪表达得如此细腻到位呢？"

郁安国哼了一声："你少夸她，不过是进步了一点点。她本就骄傲，被你夸多了更要上天。"

但他不知道，自己嘴角的皱纹在妻子的眼中也是舒缓的。

半夏试完琴，发觉因为自己过度沉迷而在老师家耽搁了太长时间，急忙小心翼翼地把阿狄丽娜收进琴盒。盖上琴盒前，她还是忍不住伸手把自己漂亮的"新欢"摸了又摸。

这样好的琴，当令持者爱不释手。

透亮的音色，强大的穿透力，纯净的泛音，稳定的音准……

制作精良的好琴能让她的一切技巧得以最大限度地展现。

试问哪位喜爱音乐的小提琴演奏者会不想拥有这样的"美人"？

"有那么喜欢吗？"桂芳苓笑话她，"我和老郁说了，这架琴你在校期间就特批给你用。你原来的那把实在太差了些，在大型演奏厅里，音色怕是根本传不出去。"

半夏拉着桂芳苓的手使劲摇晃："真的是师母最疼我，有了师母在，我这棵小白菜才没黄在地里。"

她这话把桂芳苓哄得笑起来。

郁安国有时候觉得自己不太明白现在这些年轻人。

比如说这个半夏吧，也算得上是他的得意门生。说她单纯，她实是聪明得很，每一次来都能把他矜持恬静的妻子哄得哈哈直笑；说她圆滑，偏偏在学业上又耿直得过分，经常固执于她的音乐表达，甚至不惜把他——能够影响她人生走向的导师气得够呛。

她的琴声、她的音乐都蕴藏着一股炙热的赤诚，就像夏日里灼灼的阳光。

或许正是这些年轻人身上的光有一天能照进陷入黄昏的古典音乐，让行事匆匆的现代人能重新认识到古典音乐的真正魅力。

他们这些老师的职责该是发现并守护好这些刚刚崭露的光芒啊。

"比赛从周末开始，在北城，赛程一共十天，你有家人陪你一道去吗？"郁安国问半夏。

半夏不知道想起什么，变得高兴起来，小声说了句："有，我有。"

郁安国便点点头。

学院杯全国青少年小提琴大赛两年一届，含金量很高。

比赛地点远在北城，分为预赛、初赛和决赛，历时十天。参赛选手的年龄限制在十三到三十岁之间，参赛选手由各大音乐学院、学院附中等限额自主选拔推荐。

各大院校的尖子被挑出来，到了那里，还得经过大浪淘沙，优中择优，因而也变相地成为各大院校小提琴专业教学水平的一种公认比拼。

这些参赛的学生大都会有一两个家人陪伴前去，更有不少家庭喜气洋洋，举家同去助威。

只有他手里的这个半夏，家里的情况有些麻烦。

"学院杯历来都是学校十分重视的一场比赛。机票费、酒店费学校都给报销，每天还有餐饮补贴。你到了北城就放心地比赛，不要再给我跑到路边去拉琴。"郁安国拿出一个厚厚的信封，摆在了半夏面前的茶几上，"这是老师提前从学校给你预支的交通费，你先拿去用。"

半夏看着那个信封，脸上嘻嘻哈哈的神色不见了。她抿住了嘴。

学校报销比赛的费用她是知道的，但那是回来以后的事，事后报销。

这钱是谁为她准备的，她心里明镜似的。

老师倒过来补贴学生便罢了，还为了顾及她那一点儿自尊心，小心地拐着弯塞到她的手里。

郁安国的脸和平日里骂人时没什么两样，皱纹夹得紧紧的。桂芳苓温温柔柔，脸上带着笑。两个人手挽着手站在半夏的面前，像是半夏小时候梦里渴望过无数次的那些东西。

半夏的鼻子酸了一瞬间，她咬牙忍着了。

她伸手把那信封接了过来，很快又嘻嘻哈哈起来，顺便摸了桌上的两个小橘子抓在手中，挥手和老师夫妻俩告别，临走还不忘贫嘴："老师放心，我去那边一定好好比赛！要是赢了，我就说咱是郁教授麾下的高才生；万一输了，我就说我是严老师家的，必定不让您在您北城的那些朋友面前丢人。"

郁安国出身于北城音乐学院（北音），在比赛现场多有他当年的同窗好友。

在郁安国开口骂人之前，半夏已经及时溜了。

"她这是怕我们不放心，逗我们高兴呢。"桂芳苓看着半夏离开的背影，"真是活泼啊，一点儿也看不出来是一个没有爹娘的孩子。"

时间过得飞快，转眼就到了她去北城的时候。

半夏蹲在自己家里收拾行李。

"小莲送的裙子，雪梅给我的一支口红，老师帮忙借的琴，还有这么多路费……"半夏清点自己的家当，看着半满的行李箱，觉得自己的一颗心也快被装满了。

她最近的人生真是好幸福啊。

"小莲有什么要带的行李吗？"她转过头找小莲。

小莲不知道从哪里拖出来了一台手机，正叼着耳机线，吃力地把手机往这边拖过来。

"你要带这个？你……你……原来你也会用手机？"半夏感到很是吃惊，伸手将小莲和手机捞过来，顿时觉得自己男朋友身上的童话色彩变成了不同寻常的科幻色彩。

"嗯，我可以的。"

小莲蹲在半夏脚边，当着半夏的面，用他的小手戳手机的密码，解锁了手机。

他虽然比人类慢一点儿，但还是用行动证明了自己能做到这件事。

"哇，"半夏惊叹，"我们小莲真厉害。"

小莲的手机里安装的软件很少，常用软件的页面上只有一个外卖软件和两个水果图标的软件。

一个是黄色的杧果，一个是橙红的橘子。

这两个软件半夏都不熟悉，忍不住多看了一眼。杧果图标的软件依稀是一种知名的音乐制作软件，红色橘子图标的软件是做什么用的就不得而知了。

她收好行李，口袋里带着小莲，包里装着充足的旅费，高高兴兴地来到机场。

这还是半夏人生中第一次坐飞机。当初她从家乡来榕城音乐学院（榕音）就读，坐的是最便宜的大巴，中途转硬座，愣是三十多个小时没睡觉，熬着到了学校。

如今她第一次乘坐飞机，对机场的各种规则一片茫然。但她口袋里的小莲对此十分熟悉，不时告诉她各种操作，在这里换登机牌，在那边候机，没让她感到半分为难……

飞机飞上云端，半夏看见了连绵无边的云海。

飞机从云层飞出，她又看见万家灯火落在脚下。

飞机落地，她在陌生的城市里转乘地铁。

地铁里的人很多，半夏拖着行李，挤在角落里，把小莲护在身前。

她低头看自己的口袋，小莲黑色的脑袋从那里伸出来，也正看着她。

长途跋涉，陌生的城市，摇摇晃晃的地铁，只因为身边有了小莲的陪伴，她觉得连路途都变得温暖起来。

"你有家人陪你一道去吗？"出发前，郁安国问的那句话其实是半夏从小最害怕别人问的问题。

在各种各样的演出后台，她大部分时候都是一个人抱着琴盒坐在角落里。

那些穿着漂漂亮亮的衣服的同龄人被他们的家人围着，身边满满地堆着陪伴、鼓励、宽慰和关心。

在这样人人都拥有的热闹中，半夏最害怕有人跑到自己面前来，一脸好奇地问出那些话——

"哎呀，这个孩子怎么是一个人来的？小朋友，你有陪你来的家人吗？"

如今不一样了，我也是有人陪着的。

半夏笑了起来，把手伸进口袋里，摸摸小莲的脑袋，搓搓他软软的小手小脚，把他欺负得没地方躲藏。

酒店是比赛举办方提前帮忙订好的，所有的参赛选手和评委老师都住在这里。

一到酒店，选手要做的第一件事就是到会议厅签到，并且抽签取得比赛的号码牌。

半夏抵达的时候，签到用的会议厅里已经聚集了不少来自全国各地的参赛者。

有一些附中的孩子看上去还十分年幼，一脸稚气地在家长的陪伴下办理手续。

更多的参赛者是半夏的同龄人，三五成群地聊着天儿，其中有就读于北城音乐学院、华夏音乐学院（华音）、魔都音乐学院（魔音）等国内知名音乐院校的音乐天才。

他们中大部分人从少年时代起就频繁登上各种大型比赛的舞台，早已在古典演奏圈内崭露头角，小有名气，彼此之间也大都认识。

半夏签完到，领到写着"10号选手"的号码牌。

两三位聚在一旁的参赛者便抬头向她看来。

"榕音的代表居然是你？"说话的人是那群人中的一个女孩儿，个子不是很高，眼神中带着点儿傲气，"尚小月那个家伙呢？她怎么没来？"

半夏疑惑地啊了一声。

"那有什么好问的？没来就是校内选拔都没赢呗，输了当然来不了。"这次说话的人是和那个女孩儿站在一起的另外一个男生。

那小个子女孩儿就笑了："真是想不到，尚小月都堕落成这样了吗？本来我还想借着这一届的比赛和她分个高下，可惜了。哪儿想得到她如今连个校内选拔赛都出不了头了。"

"谁让她要考去榕音，我还以为她在那个旮旯儿是想占山为王当凤凰呢，结果居然被这个谁给顶替了，简直笑死人。"那男生笑嘻嘻地问半夏："那什么，你叫什么名字？从前好像都没见过你。"

半夏也跟着他们一起笑，好像浑然不介意："我叫半夏，你们都认识小月吗？"

"哎，你不知道吗？尚小月中学的时候就参加过两次学院杯，斩获过一次亚军和一次冠军呢。她这个人，特别傲气，很讨人厌的。"

"对啊，她那个人是挺讨厌的。"半夏也这样说，"我为了赢她可算是拼尽全力了。"

"少了尚小月，这一次比赛应该简单多了。我感觉我肯定能拿个好名次。"

那些男生女生都笑得开怀。

"是啊，我也这样觉得。"半夏也笑眯眯的，"这里没有小月在，只要打发你们这些垃圾，我可是轻松了很多。"

那几人的脸色立刻沉下来，其中一人怒道："你在说什么！"

"我没说什么呀。"半夏坐在她的行李箱上，伸出手肘搭着拉杆，"我是说，这里有几个比赛时赢不过小月，却以为自己能靠言语就赢得过的人呢，简直笑死人。"

半夏其人清瘦高挑儿，长长的腿蹬着黑色的短靴，长直的黑发束在脑后，眸色淡淡的，看上去有一点儿野。

仿佛为了配合她的气质，一只通体漆黑的冷血动物从她的口袋里爬了出来，沿着她的手臂一直爬到她的肩头蹲下，瞳孔变成竖线。

从小到大只乖乖在学校里读书、练琴的优等生们有点儿怕了，一时间居然没人接上半夏的挑衅。

有人反应过来，又羞又怒："你得意什么？你这个不知道从哪个角落钻出来的家伙，不要以为赢了尚小月就了不起。"

"就是，这里可是学院杯，一切靠音乐说话，有本事我们赛场上见。"

半夏拍了拍自己的手，站起身拉着行李箱往外走。

路过刚刚说话那人身边的时候，半夏突然和肩头的小莲一起伸头，逼近那人的脸，笑了一下。

"挺好的，你该庆幸这里是学院杯，比的是小提琴，总算还能让你在这里多站一天。"

凶巴巴的半夏和冷冰冰的小莲把那个女孩子吓得都快哭了。

走出会议厅门口的时候，半夏叹息了一声："小莲，无敌真是寂寞啊。"

肩头的小莲心里好笑，道："你就这么有把握能赢所有的人？"

"哪里，我指的是吵架。"半夏摊手摇头，"你看那几位，连一句讽刺人的话都接不上，搞得我总觉得是我在欺负他们一样。这要是换了我们村小胖，好歹还能和我大战几个回合。"

"这里是学院杯，又不比打架，比的是小提琴。"

半夏的一张脸就苦了起来，她道："糟了，大话说那么早，万一输了可没脸回去见人。救命，我可千万不能输！"

小莲就笑了："那你打算怎么办？"

半夏瞅着没人，冲他噘起小嘴："要是有一位王子给我一个胜利之吻，那我肯定输不了。"

这会儿换小莲变得窘迫了。

小小的守宫磨蹭片刻，最终抓紧半夏的衣领，努力挺起脖颈儿，用扁扁的小嘴巴在半夏的双唇上轻轻地碰了碰。

全员抵达之后，两年一度的学院杯全国小提琴大赛徐徐拉开帷幕。

开幕式上，上台致辞的是一位年事已高、享誉全国的老音乐家——傅正奇。

傅老身材干瘦，白发苍苍，人却显得很有精神，背着手站在台上笑眯眯地说："音乐的比赛和其他比赛不同。音乐本就不是拿

来竞技的，而是用来沟通心灵之物。因此，我希望每一位参加比赛的选手都能在这一场比赛中找到属于自己的音乐表达，能有真正的收获。"

他从台上下来以后，同座评委席的一位评委热情夸赞："傅老言中有深意，这些年轻人若是能听懂一星半点儿您的意思，必将不虚此行，大有收获。"

傅老只是笑着摆摆手，开始翻看起了选手资料："这次都有哪些娃娃来？有没有什么令人惊喜的好苗子啊？"

台上的主持人在宣读赛程和比赛规则，安排八十名选手分组登台亮相。

同座那位评委就为傅老介绍起这次的几位种子选手。

"从各大院校递交的选拔视频来看，九大音乐学院保留了一贯的水平，选手都很优秀，特别是北音、华音推上来的那几个。只是这些孩子，大家或多或少都见过，心里有数。不过榕音今年有些特别，没有推老尚的千金，反倒推了一个新人。我看了视频，觉得她有点儿意思，"他点开自己手机里的报名视频，"傅老您也看一眼。"

"哦，榕音吗？我不久前刚刚去过榕城呢。"老爷子戴起老花镜，凑过来看视频，"嗯，伴奏的这位是凌冬？"

"对啊，亏榕音的那些人想得出来，凌冬这样级别的演奏家居然也被拉来给一个新人做伴奏。哈哈，还好我们学院杯比赛的伴奏是统一指定的钢琴老师和室内乐团队，才没让他们钻了空子。"

傅正奇看了一会儿，又把手机凑到耳边，专心侧耳聆听许久，神色渐渐变得认真，最终沉吟片刻说了一句："希望在比赛的时候，能好好听几场她的演奏。"

比赛一共三场，傅老想多听几场的意思就是十分看好这个小姑娘，觉得她能拼进决赛圈了。

自己识人的眼光得到肯定，那位评委高兴了起来。

"这一届的学院杯真是盛大，不仅选手们的质量不错，评委席更是有您这样的泰山北斗坐镇，甚至还邀请到了姜临姜大师从国外拨冗前来。"

傅老听他提到那位世界知名小提琴演奏家，却并没有和他一样显出过度高兴："自从那位出了国，倒是很少听他回国的消息，既然说要来，人呢？比赛这都开幕了，他想要什么时候到？"

"姜临肯定会晚两天。他嘛，毕竟工作忙，邀约多，半决赛前能到就不错了。"

傅正奇突然若有所思："被你这样一提，刚刚这位小姑娘，看上去倒是和他有点儿……"

同伴没听清楚："什么？"

傅正奇摇摇头，不想继续这个话题。

这个小姑娘只是一眼看去眉眼间凑巧和定居国外的姜临有些像罢了。

但这娃娃的琴声从骨子里就带着股倔劲儿，和那个花里胡哨的家伙完全不同。

来自全国各地的参赛者有八十人，而第一场的预赛就将淘汰掉一半，只留下四十个人去参加初赛。

预赛八十人，初赛四十人，到了决赛的时候，便只剩下最后十位优中择优的精英角逐金牌。

预赛演奏的曲目必须和学校选拔赛的视频曲目相同，初赛则

需准备一首时长和难度都不低的协奏曲，决赛是在大赛指定曲目中自选一首。

例如半夏，预赛演奏《流浪者之歌》，初赛报的是柴可夫斯基的《D 大调小提琴协奏曲》（《柴小协》）。

八十位选手济济一堂，按照抽签的序号分批上台演奏，光初赛就要比个两三天。

有些人一登上台去，观众席里便传来嗡嗡议论的声音。这些参赛者大多是高手，在同龄人中已经打出了名号，为人所忌惮。

"看，是北音的张琴韵，听说他的导师希望他参加完学院杯就开始准备参加梅纽因大赛。"

"看，是魔都音乐附中的林玲啊，才十三岁就代表学校来了，了不得。"

半夏上台的时候，观众席上也响起了轻微的议论声。

"看，就是那个人啊，赢了尚小月来的？"

"听说狂得很，放话学院杯没她看得上眼的对手。"

"她是谁啊？好像没人认识，是从前都没参加过大型比赛吗？"

"好多年没见过这样类型的了，倒要看看她的琴声配不配得上她的口气。"

和半夏起过冲突的那几位更是翻起了白眼。

"嘻嘻，之前那么大言不惭，如果预赛就淘汰了，那可没地缝给她钻。"

"抽了个这么靠前的号码，和钢琴伴奏老师都来不及合过几次吧？也是活该。"

半夏听不见台下纷纷的议论声。

她穿着一身镶了碎钻的黑色小裙子，手中拿着阿狄丽娜款款地走向舞台中心，感觉自己像是一个富有的女王。

女王的裙摆如烟，缀着点点星辉，她行走之间宛若身披漫天星辰。

"昨天看她穿得很随便，今天的这条裙子倒是很漂亮。"

"是啊，好漂亮的小裙子，好想知道她在哪里买的。"

半夏提着裙摆，在舞台中心的灯光中站定。她没有看台下，却扭头朝着通往后台的那扇门看了一眼。

那本该关紧的门被留了一条缝隙，门后有一间供参赛者休息的休息室。休息室里挂着半夏的大衣外套。

外套口袋中的小莲早已爬了出来，就躲在门后，透过门缝看着舞台中央的半夏。

他眼看着半夏抬起小提琴，伸手调了调音准，冲钢琴伴奏老师点头示意，感觉比自己上台还要紧张。

钢琴声响起的那一刻，半夏起手扬弓。

小莲的眼睛睁大了，他知道，站在那一束光中的女孩儿已经忘却了一切，完全陷入她的音乐中。

距离学校那场选拔赛并没有过去太长的时间，但小莲发觉，这一刻舞台上半夏演绎《流浪者之歌》的技巧竟然又有精进。

她一直在不断地前行，在每一个舞台上都把曲子诠释出新的感觉。

琴声如泣如诉，如起伏的水波，从舞台中心开始流淌，徐徐漫过台下的观众席。

听到琴声的人都觉得心头微微一颤，仿佛真的感受到一阵冰凉的冷意。

冷酷的暴风雪平地卷起，悲伤痛苦的流浪者自雪中而来，无处归依的流浪之心在绝望中悲泣。

演奏到全曲高潮，年轻的演奏者开始骤然加入大量的炫技技巧，诠释起了情感绚烂的终章。

飞跃的连顿弓，密集的左手拨弦，利落的人工泛音……她都游刃有余。

观众被她的音乐深深地震撼。

门缝后小小的守宫凝望着灯光中的她，整颗心都在颤抖。

舞台中央的那个女孩儿像是被璀璨的星辰簇拥，但那星辉盖不住她的光芒。

她便是一颗光彩夺目的宝石，光辉耀眼地出现在了世人眼前。

音乐学院出身的每一位学子都信服这样一句至理名言："我用音乐来说话。"

对真心挚爱音乐的人来说，最容易说服他们的语言是音乐本身。

半夏一曲《流浪者之歌》结束，台下安静了片刻，随即响起如雷的掌声。

这时候，赛前刚刚说过的那些话都被这些年轻人抛诸脑后。大部分人开始暗暗说道——

"可恶，出现了一个厉害的家伙。她叫什么名字来着？好像叫半夏？我要记住她。"

"她应该能进初赛，又是一个厉害的敌人。我也要加油了。"

"哼，她很不错，但我也不会输给她。"

"好棒的音乐，我喜欢那个妹子，不知道一会儿去找她要个联系方式行不行。"

时间到了晚上，酒店的房间内，半夏躺在床上睡得很沉。

她前天舟车劳顿赶到北城，因为抽到的号数靠前，昨天抓紧一切时间和大赛指定的钢琴伴奏老师合练。接着是紧锣密鼓的开幕和预赛，累得她几乎沾到枕头就睡着了。

小莲坐在床头的桌子上，手机屏幕的光照亮了一双忙碌的小手。

他在使用自己手机上的"水果"软件写歌，那是一款知名的音乐制作软件。

这样用手机软件写音轨，创作伴奏，对他来说是极为不便的。他写一小节，便要低头趴在耳机上听一小会儿，再抬起头来改一改，循环往复，效率极低。

但因为能陪在半夏身边，他又觉得甘之如饴。

时间一点点流逝，夜晚还很漫长。

这里是北城，热闹繁华不输这世界上任何一个城市。即便夜色已深，从酒店高高的窗户看下去，窗外的世界依旧车水马龙，夜幕中红色的汽车尾灯排着长长的队在高架桥上徐徐前行。

小莲在"水果"上忙一会儿，就总要忍不住伸出脖子看一看睡在一旁的半夏。

半夏睡觉不太老实，胳膊和腿都露在被子的外面。床头的一盏夜灯没有被关闭，一束细细的光线打下来，正好照在伸出床边的手掌上。

那手的手心朝上，白皙的手指微微向内蜷缩，就好像抓住了黑暗中的一束光。

半夏的手形很美，手指修长又有力量感，指甲修剪得短短的，指腹上是常年练琴留下的老茧。

小莲愣愣地看着那光束中的手，脸颊就慢慢地热了起来。

他想起在那个漆黑无光的屋子里，这只手都对自己干过什么。

尾巴对他来说是多么脆弱、敏感的位置——本来他是绝不愿被别人触碰的。

半夏并不知道的吧，不知道尾巴的含义？不，她明明就清楚得很，却故意不肯放手，甚至反复摩挲。

她衣冠齐整，却非要逼他发出那样难堪的声音。

这么多年没见，自己怎么就忘记了，这个人明明从小就这样坏，打小儿起就有着欺负自己的爱好。

熟悉的感觉在他的体内蔓延开来。

小莲匆匆地从桌上爬下去，还没爬出几步，床边的地毯上就出现了一个男人。

床上的半夏安安静静地沉睡着，发出平稳的呼吸声。

没有衣服可以穿，小莲红着脸，蹑手蹑脚地低头爬过去，溜进了洗手间。

他匆匆地扯下一条白色浴巾围在腰上，打开水龙头胡乱洗了一把自己发烫的脸。

他抬起头——镜中的那个男人肤色苍白，头发上挂着湿漉漉的水滴，脖颈儿上和胸前还留着未蜕的黑色鳞片，狼狈地半趴在洗手池边，身后拖着长长的尾巴。

凌冬用手指轻轻地沿着脖颈儿摩挲那些黑色的鳞片。

那天夜里，她也是这样，轻轻地抚摩……

自己明明这样丑陋，她却说她喜欢。

她本就是这世间最美好的宝石，温柔纯净，又那样才华横溢。

如今这块耀眼的宝石已登上最好的舞台，被世人看见。

凌冬闭上眼，脑海中全是今天半夏在舞台上的样子。

她穿着礼服，醉心于音乐中的那副模样深深地刻在了凌冬的脑海中。他觉得自己永远都忘不了那一刻的她。

舞台中心的半夏在发光。

她还会一日比一日更加璀璨。

伴随着她的琴声，台下那些人看到了她，听见了她的世界。

从今以后，她将一步一步地向前走，登上高处，直至抵达那风光无限的顶峰。

凌冬伸出拇指抹掉镜面上的水雾，指腹停留在镜子上，按着镜中那苍白消瘦的身躯、乌黑的鳞片——这样一副狼狈的模样。

我不想要这样的，永远躲在门缝里，躲在漆黑的暗夜里，做一条可怜的爬虫，每天乞求她给自己一点儿怜悯、疼爱。

凌冬用手臂撑着酒店洁白的洗手池，盯着镜中的自己，感觉到胸腔里的心脏在搏动。

我不能站在她的身边吗？

我想去到她的身边，想要光明正大地和她站在一起。

我想和她携手比肩，一起去看那顶峰的风景。

第十八章

噩　梦

RES 的写字楼坐落在北城寸土寸金的商业中心。加班到夜晚的小萧拉伸了一下酸痛的筋骨，习惯性地点开手机上的红橘子软件。

如今他已经是赤莲的铁杆粉丝。

这位被他早早发现的宝藏音乐人如今在红橘子上已经光芒初现，不仅几首原创歌曲"霸榜"多周，最新发布的一首歌更是在短短时间之内就冲至新歌榜的榜首。

小萧的心里既有一种自己家的宝藏终于被大家认可的自豪感，又有种独属于自己的东西被大家瓜分了的酸涩情绪。

据他所知，已经有好几家音乐制作人向这位赤莲递出过橄榄枝，但赤莲自始至终没有答应任何人的合作邀约。

赤莲这个人十分另类，在红橘子上自己搞定一切音乐相关的东西，不与网站合作，也不参与活动。他从不回复粉丝的留言，甚至连私信都基本不看，唯一的直播中还只露了一双手。

他总是保持着那份神秘，不露面，不留下任何个人信息。仿佛只要他愿意，"赤莲"这个名字随时会在世界上消失，再没有可以寻觅之处。

音乐制作人小萧早已经在心目中将他描绘为一位肌肤苍白、头发凌乱的宅男。

但这并不影响小萧对赤莲的热爱。

对小萧来说，一位真正的音乐创作者最真挚的表达都在他自己的音乐里，并不需要任何附加的外物。

只是小萧作为一位职业音乐制作人，实在有很深的执念，希望这位才华横溢的天才能通过适当的运作被更多人看见，走上更大的职业舞台，从而在音乐的道路上更久远地走下去。

小萧便像往常一样，给赤莲发了一条热情洋溢的私信，表达了自己对他的音乐的喜爱，并在最后加了这样一段话："亲爱的莲，公司最近在为某位乐坛知名歌手打造一首单曲，正在全面约稿，真希望赤莲你能加入。我觉得这首曲子的概念很适合由你来做。为什么你要把自己局限在红橘子那方小小的天地里呢？你有这样的才能应该走向更广阔的世界，何不试着向外面走出来一步呢？还是那句话，如果可以，我真希望见你一面。哪怕你在天涯海角，我也愿意从北城马上赶过去。——来自你的忠实粉丝'小萧爱音乐'。"

发完这段话，他随手关闭了手机屏幕，对赤莲的回复没有抱着期待。

据他所知，赤莲很少回复私信。即便是他这样的资深铁杆粉丝，也只在赤莲最初发布第一首单曲的时候，得到过一次简短客套的回复——

"谢谢，但是不用了。"

短短几个字，赤莲仿佛多打一个字都会让自己难受一般。

小萧站起身来，端着一杯咖啡，走到写字楼落地的玻璃窗边，看窗外繁华北城的万家灯火。

他不禁想：赤莲会住在什么样的地方呢？

就在这个时候，他摆放在桌面的手机提示接收到一条新的信息。

小萧漫不经心地看了一眼，信息来自红橘子，只有两个字——

"可以。"

小萧一惊之下把咖啡喷了，用袖子来回擦了几遍屏幕，这才确定自己没有看错。

一家小小的品牌男装店内，两位做服装销售的妹子站在柜台后摆着标准专业的笑容，柜台下的手你掐我一下，我掐你一把。

她们的门店不太起眼儿，开在酒店名品中心的负一楼。店面挨着的电梯正好通往酒店内的游泳池，因此常常会有不少刚刚游完泳的客人披着酒店的浴袍往来路过。

只是这一位穿着浴袍拐进来的客人未免太好看了。

他从电梯里走出来，容颜俊美，气质清冷，湿漉漉的黑发衬着雪白的肌肤，厚厚的浴袍裹得严严实实。

他拐进店里随手拿了两件衣物摆在柜台上，淡淡地说了一句"买单"，前后没有超过两分钟。

等他走回电梯之后，两位销售小姑娘差点儿跳起来。

"我……我有没有看错？他走的时候，耳朵好像红了。"

"不会吧，他看起来气质很冷，声音也冷，但又很好听。我都有点儿不敢仔细看他。"

"不管怎么说，他的皮肤也太好了，我长这么大，从来没见过男人的皮肤这么好的。"

"嘻嘻，你注意到了没？他连那个都买了。"

"对啊，嘿嘿。"

两个女孩儿互相看了一眼，露出了一点儿彼此心知肚明的窃笑。

不多时，店里又来了一组客人。一位漂亮的年轻女士挽着她

上了年纪的丈夫进门。

两人也穿着泳衣，外披着浴袍。

男人稀疏的头发湿答答地贴在脑门儿上。

负责销售的女孩儿刚刚上前想要介绍，那位年轻貌美的妻子便用一个异常明显的眼神隔开了她。

"不用你了，我为他搭配就行。"她在语气里宣布了自己的主权。

等他们出门之后，两个女孩儿深深地叹了口气。

"到底为什么需要这么紧张啊？她真的不知道自己的丈夫长什么样吗？"一个女孩儿比画了一下，"肚子这样，头发还掉光了。"

"或许她是不自信吧。虽然已把自己打扮得很漂亮了，但她不觉得自己有和男人同等的价值，于是忍不住会和比自己年轻的女性竞争，生怕失去得之不易的男人。"

"真可怕，希望我将来不要变成那样的人。那种类型的男人我真看不上，女孩子难道对伴侣的长相没有需求吗？"

"嘻嘻，当然有。我就很喜欢前面那位客人。要是他再来一次，我想问问他有没有女朋友，愿不愿意给我一个联系方式。"

"啊，万一他拒绝你怎么办？"

"拒绝了，就以后再努力一点儿嘛，让自己变得更优秀，总有机会慢慢地遇到和自己一样优秀的男孩子嘛。"

酒店的大堂里，小萧看着坐在自己面前的男人，搓着手愣了半天。

甚至在那人利落地签完了约稿的简易合同之后，他才彻底地反应过来。

在打车赶来的路上，他兴奋地想过赤莲的模样。如果赤莲是一位自闭、内敛的天才，那自己一定要注意温和一些，循循诱导，不要吓着人家；如果赤莲是一位桀骜不驯的怪才，那自己就热情一些，把态度放低，尽量表达出自己对赤莲的崇敬、仰慕就好。

谁知道出现在他面前的年轻男人看上去持重大方，应对得体，除了性格冷淡一些，情绪上没有什么波动，比他想象中的古怪人物真是好相处得太多了。

"兄弟，你和我想象中完全不一样啊。"小萧兴奋地道，"你比我想的帅多了。"

"你和我想的也不太一样。"坐在他面前的男人淡淡地说道。

他的声音听起来有些冷，像是冬日里的冰泉，好听，却没有什么情绪波动，和他录在音乐中饱含情绪、慷慨悲歌的人声不太相同。

"是……是吗？你也觉得我比你想象中帅吗？"RES的音乐制作人羞涩地摸摸头。

他面前的赤莲不说话了，微微地露出了点儿无奈的神色。

"这首歌是为某位当红歌手量身定做的。公司很重视，给好几位知名创作人发了约稿的邀请，但我觉得你是最适合写这首歌的人。"小萧看起来很激动，几乎有些语无伦次，"因为歌曲的概念定义为'怪物'。你能明白我的意思吗？我不是说你是怪物什么的，只是觉得这和你的风格很契合。"

他说了很多话，凌冬只轻描淡写地嗯了一声，仿佛在说"不要紧，哪怕你觉得我就是一只怪物也没什么"。

"Demo（歌曲小样）尽快发到我的邮箱，统一比稿的时间定在月底。如果选中了，稿酬是二十万元呢。"小萧努力地打量赤莲的

神色，无奈无法从那张毫无表情的面孔上判断出他是否满意，只好接着往下说，"我知道你不怎么在意钱，主要是我特别想和你合作一次嘛。只要你认真写 demo，我一定全力向我们总监推荐你。你……你明白我的意思吗？"

赤莲便点头答应："好。"

他这样言简意赅，即便是小萧这种性格的人几乎都有些接不上话。

"其实一直想问，你能不能告诉我，为什么突然改变主意了呢？"

在他这句话之后，小萧终于看见对面那个男人的嘴角浮出了一点儿若隐若现的笑。

"和你说的一样，我想要试着走出来，更融入这个世界一点儿。"那人浅笑着轻声道，"另外，我想挣点儿钱，挣钱养自己……养家人。"

即便是"萧妹妹"这样的男人，也忍不住被他的一丝浅笑惊艳到了。

"我……我从刚才就想说了，你是不是哪家公司的艺人啊？"小萧低头看了看合同上的签名，那是自己不太有印象的两个字，"我虽然是行业内的，但专注于作曲这一块儿，对别的都不太了解。"

"不，我只是学过古典音乐。"

"哦哦哦，那个领域啊。"小萧便放下心来，"那个领域我实在不熟。难怪你的和弦和配器都那么厉害，你弹钢琴这些一定很厉害的吧？哈哈。"

"算是还可以。"

凌冬低头看了眼时间，站起身来，和这位音乐制作人握手告别。

小萧觉得十分不舍，想要多聊一会儿，无奈这位刚刚见到面的朋友仿佛听到了钟声的灰姑娘，走得异常坚决。

"哎，以后的事我们手机联系啊。"小萧追着他离开的背影，比画着打电话的手势，只得到了他远远的点头示意赞同。

第二天，打着哈欠来上班的小萧顺手在网页上搜了一下"凌冬"这两个字——跳出来的网页介绍和比赛视频吓得他从椅子上跳了起来。

虽然自身对古典音乐一无所知，但不妨碍他对赤莲另一个身份厉害程度的认知。

一旁的同事好奇，想要看上一眼。

他迅速抱起自己的电脑，遮住了屏幕。

"宝藏，这是一个什么样的宝藏啊？目前只有我一个人知道，我得捂好了。"小萧激动异常，自豪地佩服起自己的耳朵。

看吧，在众多的音乐人中第一次听到他的歌，我就知道那一定是一位天才。

"莲，"小萧在公司里坐立难安，左想右想，打开手机将自己肚子里来回滚过几回的肺腑之言发给自己昨天刚刚加上的微信，"咱们虽然昨天第一次见面，但你的音乐我听了很久，就像已经认识许久的朋友一样。我真心诚意地劝你一句，你的词曲、配器、编曲、混音都很厉害，只是你的风格太另类了，如果肯迁就一点儿市场，多做一做流行的曲风，你真的很容易红。发大财，挣大钱，都比现在容易得多了。我也更可以出上力。"

对方的微信头像是一只小小的黑色蜥蜴，输入状态持续了好

一会儿，赤莲才回复道："抱歉，这一点已经没有办法了。我只能、只想做自己真正喜欢的东西。多谢。"

半夏早晨醒来的时候，很新鲜地看见小莲蹲在桌上用小小的手一下一下地戳着手机。他那副慢腾腾又异常认真的模样真的十分可爱。

等到进洗手间洗漱的时候，半夏再次惊奇地发现酒店的浴室里多了一套换下来的男式服装。

她边刷牙边顺手翻看了一眼，居然在其中发现了一条男式的内裤。

"原来小莲也是需要这种东西的。"半夏吐着泡泡，看着镜子认真地思索了一会儿，脸上莫名地飞起了一点儿可疑的红色。

我该……该去帮他买几条的。

我只是为了小莲方便，绝对不是想看小莲变出尾巴的时候穿着这个的样子。

今天一整天都没有半夏比赛的场次。吃过早餐后，她特意找了一位北城的选手，询问对方北城有什么好玩儿的地方。

"难得来一趟，想去不太累又收费便宜的地方走一走。"半夏这样说。

"啊，预赛结果晚上就会出来，你……你……你难道不紧张的吗？"那位女同学十分吃惊。

"紧张能左右我们的成绩吗？"半夏不解地问。

"说……说的也是。"比起半夏，那个女孩儿紧张得说话都结巴了，"可是这几天我们不是都该……该拼了命地练习才对吗？我昨天练到快天亮才睡。"

半夏自来熟地伸手搭着她的肩："练习不差这最后一两天。我感觉放松一下心情，和男朋友出去走走，对乐曲的理解可能还更好一点儿。"

"好像……你说的也有道理。"女孩儿受这位陌生人的影响，吁了一口气，但又想起了什么，"可是你是从外地过来的，难道还能'随身携带'男朋友吗？"

半夏摸了摸趴在自己肩头昏昏欲睡的小莲，笑嘻嘻地道："对啊，就是随身携带，随时使用。"

半夏带着小莲乘坐游轮，游览北城的御河。

单程船票价打完折五十九元一人，小莲免费，算是满足半夏经济实惠又比较轻松的要求。

于是半夏便趁着工作日的早晨游人稀少，坐上了船，轻轻松松地游览一下北城古城的风光，也不枉特意来了一趟。

舟行碧波，人在画中游。

微微摇晃的船舱里，小莲趴在半夏的手心里睡着了。

这家伙昨天晚上到底忙了些什么？怎么困成这个样子？

半夏有些奇怪，伸手戳了戳小莲的脑袋，没能戳醒他。

梦中的凌冬觉得整个世界都在不停地摇晃着，脚踏不到实地，仿佛一切皆是虚浮。

他回到自己七岁的那一年——个子小小的他站在一间四面铺着白色瓷砖的屋子门口。

凌冬心中警铃大响，提醒着自己千万别走进去。

别进去，里面会发生极为可怕的事情。

"去吧，去看你的父母最后一面。"身后有人突然推了他一把。

年幼的凌冬被推得一趔趄，向前走了几步。

屋子的正中摆着两张铁架子床，床上躺着两个人，被惨白的白布盖住了身躯和面孔，一动不动。露出白布的一只手黑青而覆满血污。

"那不是妈妈，不可能是妈妈。不可能是爸爸妈妈。"凌冬对自己说。

妈妈是一个美丽的女人，她的双手从来都是洁白而柔软的，绝对不会变得这样污浊。

她会坐在琴凳边，用那双美丽的手陪他一起弹着钢琴。

"触键要像这样，来，跟着妈妈一起。"

妈妈温柔的手带着他的小手一起在琴键上跳跃着，大手弹着高的音符，小手弹着低的音符，会有异常美妙的声音流淌出来，枯燥的练习变得这样有趣而幸福。

那也不会是父亲。父亲明明答应自己早些回家，绝不会这样古怪地躺在白布下。

"爸爸，我不想一个人留在家里练琴。"

"那爸爸今天就早一点儿接妈妈回家。"

"你总是骗人，总是不守时。"

"这一次我保证不会。小冬可以在我的手上画一个时钟，爸爸就不会忘记时间了。"

小小的凌冬跟跄两步，撞到了一张带着轮子的铁床。

吱呀一声，那床在寂静的空间里发出刺耳的响声，床边垂下了一只男性苍白的手。那只手的手腕上，用水笔画了一个幼稚的手表。

四面惨白的屋子里，小小的男孩儿睁大眼睛，哆哆嗦嗦地站在那铁床前。

地板和墙壁仿佛都是软的，像水面一般在他的眼前扭曲。

整间屋子像被沉在污迹斑斑的水底，令人压抑得喘不过气来。

"时间到了。"有几个人走过来，开始推那张铁床。

小凌冬飞扑上前，一把抱住从床边垂落的冷冰冰的手臂。

"不可以，不要带走我的爸爸！"

有人伸手拉他。

有人在劝他："放手吧，孩子。人死不能复生，该送他们走了。"

不论他怎么惊声叫喊，画着手表的手臂始终一动不动，再没有像从前那样，抬起来摸一摸他的脑袋。

他死死地抓着这只手臂，就有人去推另一张铁床。

凌冬急忙放开这边，扑向那张铁床："不，那是妈妈。也不能带走妈妈！"

他没来得及拉住妈妈，爸爸也被人推走了。小小的他谁也拉不住。

一个中年女人从身后抱住了他，拉住他拼命挣扎的瘦小身躯。

无论怎么哭喊，他也只能眼睁睁地看着被白布盖着的父亲和母亲被人带走，带去他再也够不着的远方。

没有亲人存在的世界，呐喊和哭号变得毫无意义，无人理会。

被眼泪糊住视野的小凌冬茫然四顾。

白色屋子的角落里出现了无数黑色的藤蔓，开始沿着墙壁攀爬舞动。

站在四周的那些成年人类明明穿着人类的衣服，却一个个长出怪物的脑袋。

西装革履的脖颈儿上有的是青蛙头，有的是蛇头，有的是蜥蜴头。

他们冰冷的眼睛在黑暗中圆睁着，彼此窃窃私语。

"很可怜吧，这个小孩儿。"

"没有人要他了。"

"他怎么不哭了？他是不是知道是自己害死的父母？"

"真是个又坏又可怜的小东西。"

小凌冬惊惧回首，这才发现抱着自己的中年女人有着一个绿色的青蛙脑袋。这个女人用头顶上混浊的双眼盯着他，张开硕大的嘴巴，冲着他呱地叫了一声。

"醒醒，小莲，你是不是做噩梦了？"

半夏的声音从虚空里传来。

小莲睁开眼睛，视野里是轻轻摇晃的船只、宽敞的户外和一片明亮的天光，一张熟悉的面孔带着点儿关切看着自己。

他花了很长时间才看清眼前的人，从噩梦中回过神，绷紧的身体放松了下来。他顺着半夏的手臂爬到她的肩头，将脑袋挨在她的脖颈儿上，不动了。

半夏的肌肤柔软，源源不断地传来温暖的体温，他可以清晰地听见脖颈儿上血脉的跳动声，将冰冷的黑色脑袋紧挨着那里，仿佛能汲取到获救的温度和力量。

"怎么了？"半夏低头问他。

"没……没事。"小莲闭着眼睛，听见自己沙哑的声音，那声音明显打着战，身体也在瑟瑟发抖。

半夏背对着别人，悄悄地把他托在自己双手手心上，捧到自己眼前。

那个显然是做了噩梦的小家伙把尾巴绕到身前，努力地在她的手心上坐直了。

"小莲怎么了？是做了很可怕的梦吗？"

"嗯，梦见了小时候的一些事。"小莲低声这样说，"我看见浓雾、怪物和我死去的父母。"

"是被吓到了吧？"

手心上的小莲沉默了许久，抬起头来："半夏，以前的我很怯弱，害怕噩梦中的那些怪物。我的梦里住着怪物，心里也住着怪物，我不敢看，不敢回忆，只想着回避。"他坐在半夏的手心上，昂着小小的脑袋，认认真真地看着半夏，"但以后不会了。我会努力扒开那些浓雾，看清居住其中的一切。为了……我，也为了能真正待在你的身边。"

小莲说这句话的时候，在她的手心上努力地坐得端正。小小的爪子明明还在微微地颤抖，但他依旧挺直了黑色的脖颈儿，用漂亮的双眸直视着半夏，仿佛宣读什么诺言一般，认认真真地说着这些话。

她不知道他做了怎样糟糕的噩梦，他明明是害怕的，怕得直发抖，但在很努力地让自己直面那份恐惧。

从前小莲在半夏心目中是可爱、贴心、贤惠的。半夏突然觉得今天的他有一点儿帅。

船沿着河畔徐徐前行，窗外是碧波荡漾的水面，碎片似的金辉散了满河。

背衬着这样波光潋滟的水面，蹲在她手心里鼓起勇气的小莲既帅气又惹人怜爱。

"有没有什么是我能为小莲做的？"

"想听半夏的琴声，现在就想。"

船靠上了码头，半夏坐在岸边一株垂柳下拉起了《柴小协》。

琴声悠悠，柔情似水。

小莲蜷在她的膝头，在温柔的琴声里闭上双目。阳光透过枝条照在他黑色的身体上，像是神灵洒下的点点金辉。

半夏这首曲子是为小莲拉的。

她对他的喜欢在旋律里，对他的担忧也在音符中。

她第一次恋上他时的忐忑，第一次吻他时的幸福，第一次抓住他的尾巴摆弄时的惊喜，第一次尝到欲望时的快乐……点点滴滴，一切无须用言语述说，全在这旋律之中。

水面之上远远地驶来一艘游船，靠窗的位置上坐着两三位年轻的男孩子。

"阿韵，我们这样出来真的可以吗？虽然预赛我们都应该是稳的，但我看其他院校的人都在疯狂地准备初赛了。"

"既然出来了，就别焦虑了吧。这一次没有什么特别厉害的高手，连那个尚小月都没有来。金牌想必是我们张琴韵的。我们散散心也没什么。"

坐在他们中心的张琴韵笑了："倒也不是如此。到了我们这个级别，练琴不只是用手练，更是要用脑子来练。"

"啊，练琴还有不用手练的？第一次听说这种怪理论。"

"一位我很崇拜的前辈曾说过，他每天真正练琴的时间并不长，大部分时候都是行走在一些风景优美的湖畔或林荫小道，用脑袋思考着怎样更好地诠释一首曲子。"

他将一只手臂搁在窗外，靠着窗栏，看两岸垂柳依依。

"比赛前一两天的苦练对技巧的提升已经没有任何帮助了，不如像这样出门走走看看，在生活中找一找演奏的灵感。"

"也是，学我们这一行的，一年练到头一天没歇过。弦绷得太紧，初赛前一天，稍微放松放松心情也好。也正好我们几人都在，难得借着机会聚一下。"

张琴韵出身于北城音乐学院，在北音选拔赛中拔得头筹，正是这次比赛夺冠的热门人选。

其他几位也都是各大知名院校的佼佼者。他们因从小便多次在赛场相见，彼此投契，渐渐地成了朋友。

游船转过弯道，岸边千条杨柳拂面。一阵熟悉的小提琴声从岸边柳树下传来。

"居然有人在这里拉小提琴。"

"看起来好像是一个妹子。"

"今天又不是周末，有空跑出来拉琴，拉的还是《柴小协》，不会也是我们比赛的选手吧？"

"我来听听水平怎么样，不过在阿韵几人面前拉《柴小协》，应该是班门弄斧吧。"

船缓缓地向前行去，转出柳树下的一道苗条身影，悠悠琴声分花拂柳而来。

长长垂下的碧绦遮蔽了树下演奏者的容貌，只看得见她随意地架在堤岸边的修长双腿。

穿着牛仔裤的膝盖上，一只纯黑色的小小的蜥蜴趴在那里，赫然在正午的阳光中睡得香甜。

船上说话的几人听着那悠然自在的琴声，渐渐地安静下来，互相看了一眼，都面露惊讶之色。

即便是靠在窗边的张琴韵也坐直了身体，闭上眼睛认真地聆

听，面色渐渐地变得凝重。

"啊，我知道她是谁了！"有人喊了一声。

"昨天就听到有人说，有一个妹子带着一只蜥蜴来参加比赛。"

"对，听说她取代了尚小月来的，一来口气就很大，说学院杯对她来说容易得很。"

听到这话，这几位各大名校的佼佼者不高兴了，开始各种挑剔。

"没见过世面才这么狂吧。她要是厉害，早该崭露过头角了。"

"我感觉她拉得也不怎么样，欠缺力度，表达得太温柔了。"

"她太随心所欲了，我就没见过有人这样拉《柴小协》，碰到严格点儿的老师，没准儿当场就要叫停。"

只有张琴韵睁开双眼，盯着那柳树下的身影一言不发。

第十九章

断

弦

晚上，半夏回到音乐厅的时候，持续了两天的预赛已经结束。

　　八十位选手数量减半，只留下四十人。由于人数众多，没有举行单独的宣布仪式，只将晋级选手的名字公示在音乐厅大堂的广告牌上，用喜庆的红色字体滚动轮播。

　　一时间所有参赛选手和他们的家人都簇拥到大厅的广告牌下，昂首寻觅，议论纷纷。

　　有人找到自己的名字，兴高采烈地开始庆祝；也有找不到名字的人，忍不住扑在父母肩头哭泣。

　　半夏还没找到自己名字的时候，蹲在她肩头的小莲已经开始高兴地甩尾巴。半夏顺着他的提示，在第三排的最后一个位置看见了自己的名字，心里松了一口气。

　　早上推荐她坐游轮的女孩儿正巧站在半夏附近。

　　女孩儿看见了半夏，转过头来问道："你去坐船了吗？感觉好不好？"

　　"嗯，风景很美，柳树很漂亮。我们那儿很少有这样多的柳树，这一趟真是值得，谢谢你。"半夏笑着和她道谢。

　　"你觉得好玩儿就好。"那女孩儿低下了头，声音细若蚊蚋，"我连预赛都没有通过。或许我也该和你一样，找时间玩儿一玩儿，让自己放轻松一点儿。"

　　她脸色很不好，脸上挂着青黑的黑眼圈，小下巴尖尖的。她虽然没哭，看上去却令人十分不忍。

　　半夏记得她昨天还在为下一场比赛做准备，练习下一场的曲目练到天亮。

谁知今日她却发现自己连参加初赛的资格都没有。

在大厅里，有许多像她这样失望伤心，乃至伏在亲人怀里哭泣的人。

这些人大多和半夏一样，从幼年时起，便放弃了其他孩子拥有的诸多娱乐，忍受着枯燥和寂寞，日日苦练打磨琴技，直至上了大学，经过几番比拼选拔，最终在一众同学中脱颖而出。

谁知他们一路努力，到了准备向职业演奏家的梦想迈出第一步的时候，却连预选赛都没能胜出，只能这样沮丧而伤心地离场回家。

学琴之路这样艰难、狭窄，但依旧有无数人源源不断地走上这条路。

只因那琴声之美，对他们来说胜过世间一切美好。

只因那一场完美演出所带来的顶峰体验是如此诱人，以至于再苦再难都有人甘之如饴。

初赛到来的前一天，北城的天空下起了蒙蒙细雨。

半夏结束了和钢琴伴奏老师的彩排，回酒店捞上小莲，准备出门觅食。

"我发现有一家炸酱面很好吃，价格还不贵。晚上我们吃炸酱面好不好？我吃完再打包一份给你带回来？"

其实比起吃软乎乎的炸酱面，她更想要尝的是另一个总会发出香甜气味的家伙。

每一天夜里，她哄着小莲变为人形，在朦胧不清的黑暗里，把那神秘而强壮的轮廓细细地探索，让小莲发出各种可爱的声音来。

趴在肩头的小莲看了她一眼，神秘美丽的眼睛里写满了无声的控诉。

半夏的心都被他看软了。

外面冷，她将他抓进口袋里，看他露出一个小脑袋尖尖来望着自己。半夏拍了拍口袋，觉得自己这段时间过得无比幸福。

她笑着撑开伞，准备踏入雨中。

这时候蒙蒙的雨帘里开过来一辆豪华轿车。那车和半夏错身而过，停在酒店的大门外。

门童上前打开车门，一位西装革履、气质不俗的中年男子低头从车内出来。

酒店里飞快迎出数人，热情地和他握手。

"总算来了，一直等着您。"

"您好些年没回国了，期待着您的现场演出。"

"姜临，姜老师，欢迎您的到来。"

"姜临"这两个字进入耳朵的时候，半夏迈入雨中的步子突然僵住了。

冬季冰冷的雨丝打在她的脸上，让她针扎一般地难受。

刚刚下车的世界级小提琴演奏家一脸微笑，被人簇拥着进入酒店。

他的助理正指挥着服务员卸下行李，并亲自将两个精美的小提琴琴盒抱在手中。

背对着他们的半夏撑着伞在雨中站了片刻，抬起头重新迈步走进连绵的雨幕里。

雨渐渐地下得大了，噼里啪啦的雨点打在伞布上。

半夏一手插着兜，一手稳稳地握住伞柄，慢悠悠地走到面馆。

她和往常一样，埋头将一碗面吃得精光，又打包了一份，提在手中慢慢地往回走，看不出任何异常之处。

小莲从大衣的口袋里钻出来，顶着寒风爬上她的肩膀。

"怎么了？"

半夏微微诧异，顿住了脚步，想开口说句"没什么事"。

但小莲目光如水，背衬着如织雨幕，直视着她。

"其实也没什么。"半夏将视线落在脚尖前，看那些不断地掉落在水面上的雨点，"刚刚在酒店门口下车的那个男人是我的父亲，生物学上的父亲。"

"你是说姜临？"小莲震惊道。

回到酒店之后，半夏仿佛没有发生过任何事一般，坐在窗边，面色如常地练习着明天初赛的小提琴曲。

窗外的世界被雨帘遮蔽，灰蒙蒙一片。

雨声淅淅沥沥，和琴音交织在一起，她怎么拉都觉得不太对劲。

来回死磕了许久，半夏停住弓，伸手捏了捏眉心，抬头冲身边的小莲露出一点儿笑意。

小莲的心像被针细细密密地扎了一遍，他难过得很。

他心疼半夏。

无论什么时候，无论生活中出现什么样的难事，半夏总能把自己活得生机勃勃，但这又何尝不是一种逞强——人怎么可能没有脆弱难过的时候？

每当他痛苦难过之时，半夏总陪在他的身边，一次次将他捂在手心里。

可是当半夏遇到困境，伤心难过的时候，他又能做些什么呢？

自己能做的最能让她开心的事好像只有一件。

夜色渐深，半夏疲惫地停下练到酸涩的手臂，站起身来关了屋子里的灯。

她一手抵着墙壁，在黑暗中轻轻地叹了一口气。

在这个时候，一双有力的胳膊从身后伸过来，圈住了她的腰。

手臂有力，肌肤炙热，小莲将膝盖也抵进来，把她死死圈在一个狭小的范围内。

那人开始低头细细地吻她，吻得缓慢又温柔，先是头发、耳垂，然后是脖颈儿。

空气似乎变得燥热，半夏的额头冒了汗，一滴微咸的汗水顺着脖颈儿滑下去，被那人用嘴唇迅速地吻掉了。

触碰着她的肌肤开始变得滑腻冰冷，覆盖上了一片片的鳞甲。

一股冷冽中带着点儿甜香的独特气味在黑暗中弥漫。

压在半夏心里一整晚的烦闷暴躁就被这股甜香彻底地勾了出来。

不论理智上如何冷静，她自从今日撞见了那个人，心里就憋着股烦闷暴戾之情。

她只不过胡乱地将那些暴躁不安一把捆了，用蛮力压回心里，让自己勉强在小莲面前维持着从前的温柔体面。

谁知那人却偏偏要挑破一切，引诱着她在黑暗中释放自己的情绪。

半夏突然回过身，把小莲按下去，一口咬在他的肩头。

黑暗里响起他轻轻的"嗯"的一声。

"你还可以用力一点儿。"女人声音这样说。

半夏的牙齿就下了死力，于是她听见了一点儿闷在喉咙里的呜咽声，像是某种小动物发出的喉音，既痛苦又欢愉，"小莲你喜欢这样？"半夏舔他的脖子。

"痛苦才容易让人铭记。"他低声这样说，"我想清楚地记得，记住半夏你带给我的每一点儿感受。"

半夏撑起身，看着黑暗中蓄意勾引自己的家伙。

这个家伙已经看透我了，很知道说什么样的话能精准地让我兴奋起来，就像是我也摸熟了他的一切，知道怎样才能使他生死两难，半夏想。

"今天可是小莲自己主动的，一会儿你若是再想跑也来不及了。"

半夏重新低头，舔刚刚被自己咬出的那处牙印，伸手摸到了那条无处躲避的尾巴，握在手中，慢慢地把玩起每一片鳞甲的缝隙。

黑暗中，有人语不成调："我……我是想让你……"

他的声音很快被人吻下去："嗯，让我快乐。"

半夏抱着被自己欺负了的小莲。

"小的时候，我也有过那种傻得可笑的幻想。"她闭着眼睛，在黑暗中慢慢地说了起来。

在年幼的时候，她无意中听见奶奶提到她的父亲。

他看上去很像一位理想的父亲，站在聚光灯下，英俊体面，笑容温和。

他的琴声很好听，他拉琴的模样令人崇拜。

他是一位鼎鼎有名的小提琴家。

虽然母亲从不肯提他，但幼年时期的半夏总在心里留着一点儿幻想。

她偶尔会偷偷地收集那些关于小提琴家姜临的报纸、杂志，躲在被子里看。

她总觉得这个是自己父亲的男人，有一天会来到她们的身边，笑着牵她的手，让她亲耳听一听父亲的琴声。

直到那一年，母亲彻底地病倒在医院，治不好，也没钱治。

那时候才十三岁的半夏心慌成一片，突然萌生了一个疯狂的想法，想要找到那个男人，向他寻求帮助。

那时候他恰好在离半夏家乡很近的地方开了一场音乐会，近到一个十几岁的孩子都能一路跌跌撞撞赶到那里。

半夏好不容易赶到当地，花光了自己一个月的伙食费，再没有买门票的钱，便去音乐厅的后门帮忙卸货。她搬了一整天的东西，老板把她叫了过去，给了两张纸币。

她和老板说自己不要钱，只是想听一听姜临的演奏，没位置也行，站着也行，随便给她个角落让她蹲着就行。那个好心的老板同意了。

演出开始的那一刻，十三岁的半夏躲在后台的角落里，终于听见了自己心心念念的所谓的"父亲的音乐"。

他和半夏想象中一样，衣冠楚楚，站在聚光灯中，接受着无数的鲜花和掌声。

舞台下的第一排中坐着他年轻的妻子和穿着漂亮小裙子的女儿。

他的妻子比半夏的妈妈年轻很多。他的女儿才三岁，穿着粉扑扑的小裙子，像一个公主一样。

演奏结束的姜临牵起那位公主的手，在半夏的注视下微笑着离开。

"我是不是很傻？"半夏说到这里，对身边的小莲说，"妈妈重病在床，我却没守着她，一个人跑到那么远的地方，找一个和自己本就毫无关系的人。"

小莲用力地抱住了她，黑暗中暗金色的双眸变成了细细的竖线。

"我对那个男人已经没有任何想法和感情——他就是一个和我毫不相干的陌生人罢了。"半夏闭上了自己的双眼，"我只不过………替妈妈觉得有些不值而已。"

我是不是搞砸了？舞台上的半夏这样想。

她手中拉着琴，却几乎可以感觉到身后那一道通往后台的门缝里，小莲的目光落在她的脊背上，流露着担忧。

半夏手中的琴声还在继续，思绪却不受控制地飘了。

真是狼狈啊，她想，昨天还大言不惭地在心上人面前说，绝不会因为这么一点儿小事影响自己的比赛。

到了今天，正式登上了初赛舞台的那一刻，她才惊觉，童年时期留在心里的那点儿印记给自己带来的影响远比想象中要深得多。

一切她自以为无关紧要、早就淡忘、不再介怀的回忆，突然在这样重要的舞台上膨胀、繁衍，冲破了束缚，把她的意志淹没。

自从走上舞台，她一眼都没有看向评委席，但那个她永远不想见到的人还是清晰地出现在她的脑海中。

舞台下第一排正中间的那个位置上，她童年时期想象中的人影和真实的血肉之躯在那里重合了。他就坐在那里，将审视的目光落在她的身上。他就是所谓的父亲。

无数回忆的画面在半夏脑海中无法遏制地轮番滚动：童年时期她所听过的恶毒言语；自己和那些嘲笑她的人扭打进泥潭里的画面；小小的自己攥着仅有的一点儿钱，忐忑地爬上通往城镇的大巴；失望而归的她蹲在母亲的病房门外，又累又饿地偷偷哭鼻子；临终的母亲孤零零地躺在床上的模样……

半夏不想在这个时候想这些，但人的大脑在很多时候并不是自己能控制的。她越不愿意回忆，回忆越是纷纷扰扰地涌现。

你不是挺厉害的吗？半夏自嘲地想着，以为自己已经很坚强，能把日子过得幸幸福福的了，没想到骨子里还是当年那个没用的可怜虫。

舞台下，观众席上，张琴韵身边的朋友用手肘捅了捅他，露出一点儿询问的眼神。张琴韵回了他一个"放松"的神色。

台上这位半夏刚上场，台下的张琴韵便坐直身躯，端肃神色，露出如临大敌的模样。

但听到这里，他放松了紧绷的肩膀，在椅子上调整了自己的坐姿。

她的演奏很一般，感觉还不如自己昨天在船里听到的好。张琴韵在心里松了口气，开始嘲笑自己的过度紧张，怀疑昨天那令人心头颤抖的声音只是景色宜人带来的错觉。

评委席上的老艺术家傅正奇手中持笔，轻点着摆在桌上的报名表。

就是这个孩子了——半夏，预赛时以一曲《流浪者之歌》技惊全场，当时她的演奏中那种超越了年纪的成熟感甚至让他感觉看见了新一代演奏家的希望。

他甚至在看了比赛之后发觉自己曾经见过这个孩子。

不久之前，他去榕城出差，在街头偶遇一个卖艺的小姑娘。

那个小姑娘站在路灯下，演奏一首广为流传的《野蜂飞舞》。虽然她拉得很随意，但曲风自成一格，带着生机勃勃的野趣，令他为之惊叹。他还为了鼓励她，朝她的琴箱里丢了一张百元钞票。

到了比赛时他才惊讶地发现，原来那个小姑娘就是代表榕音的参赛选手。

只是眼下这一场初赛……傅正奇皱起了眉头。

舞台上女孩儿的演奏显得中规中矩，虽然技巧依旧高超，但刻意中失了那股情绪饱满的灵气，流于平凡，远远不如预赛时那般惊艳了。

在傅正奇的眼中，今天的这场演奏甚至比不上她那天夜里在街边即兴演奏的曲目。

在他身边不远处坐着昨天才刚刚抵达的姜临。

一位评委正看手中比赛选手的资料："半……夏，这个字是念 bàn 吗？挺特别的姓和名字。"

那人喃喃自语。

"是念 bàn。"姜临出声告知。

"哦哦，还真是半夏。还是姜临老师学识渊博啊。"

倒也不是渊博，姜临浅浅一笑，回想起了年轻时期的一件往事——他曾经认识过的一个女孩儿也姓这个姓。

那是他的初恋。或许对每一个男人来说，初恋都是一种美好的回忆。

他也确实为那位半姓女孩儿倾倒过。她出身于农村，眸色浅淡，身材纤细，天生带一种张扬自信的傲气，那种独特的魅力曾经深深地吸引着年轻的他。

当时年少，两人你侬我侬。他哄她初尝禁果，也在她耳边反复发过誓，许下共度一生的诺言。

终究还是怪他那时太年轻不懂事了。当年他甚至还短暂地产生过为了她放弃出国，留在国内的愚昧想法。直到走出国门，见识到世界之广阔，他才从迷雾中惊醒，知道男人不该困于小情小爱之中。

她当年好像还怀了身孕？只是后来他狠心地和大洋彼岸的她断了联系。那个倔强的女孩儿也不曾对他过多纠缠，就这样退出了他的世界。

二十年前的事情了，再浓的青春也在记忆中淡薄了。如果不是今日见到这个相同的姓氏，他甚至都已经淡忘了这年轻时不小

窗外的蜥蜴研究生 2

心犯下的错。

初赛对演奏者的要求是演奏一首完整的协奏曲。

一般来说，协奏曲时长更长，将技巧展现得更为全面，能很好地呈现出一位演奏者的水平。

半夏所演奏的《柴小协》分为三个乐章。

第一乐章演奏到尾声，半夏心里涌起了想要逃走的挫败感。

她虽然依靠着身体的熟练度，没有在技巧上出现错漏，但深知自己被杂念所扰，远远没有在旋律中表达出自己想要表达的情感。

她穿着女王一般的裙摆，拿着传世的名琴，肩负大言不惭的承诺，却就这样胡乱地演奏到结束，狼狈地从舞台上逃走吗？不能的，她不甘心。

华美的乐章演奏到华彩部分，绷紧的琴弦，飞快跃动的手指，来回飞扬的琴弓……她以炫技将乐曲推至高潮，琴弦窒息般地发出高亢尖锐的音符。

在那一切绷到极致之时，小提琴的 E 弦嘣的一声断了。

细细的琴弦抽到了半夏的脸颊，在脸颊留下一小点儿血痕，狠狠地让她浮躁的心痛了一下。

大厅内顿时静了下来，断弦了啊，大家面面相觑。

舞台上的琴声也停了一瞬，在那一瞬间，半夏脑海里响起小莲昨夜和自己缠绵在一起时说的那句话。

他说，他不怕疼，疼痛有时候反而令人印象深刻。

对了，小莲。我这是在干什么？她在疼痛中突然清醒过来。从前，她拉不好《柴小协》的时候，那只小小的蜥蜴蹲在她的眼前羞涩地告诉她，可以试着用初尝情爱的心情来表达这首曲子。于是她尝了情，识了爱，把他翻来覆去地欺负，将两人从初识到

相恋的缠绵之情、点滴爱欲全都融在这曲调之中，几经雕琢才得到了让自己满意的一首协奏曲。这样一首曲子，代表了她和小莲之间初识情爱的曲子，竟然被她这样在舞台上无端辜负了，就为了一个八百年前就该被丢进垃圾桶忘掉的所谓的父亲？此刻小莲听在耳中，也不知道是什么样的心情。

半夏断了一根琴弦，只是一瞬间的事。

台下的观众只看见聚光灯下身着黑色衣裙的演奏者微微愣了愣，并未有所停顿，激越飞扬的琴声便再一次响起。

"天哪，E 弦断了，她是想要继续吗？"

"虽然理论上可行，但这也太疯狂了。"

台下的观众忍不住悄声议论。

小提琴由四根弦组成，如果演奏时断了一根，理论上演奏者是有可能由剩下的三根弦补上的。

只是演奏者要在演奏现场临时更换指法，还要兼顾演奏的表演性，这几乎是不可能完成的事。

傅正奇不断点着纸面的笔尖顿住了。他白花花的眉毛抬了起来，断了弦反倒拉得好多了，今天这一场可真有意思。

张琴韵的朋友附在他耳边轻声道："演奏现场临时变换指法，她真的做得到吗？即便她能勉强做到，也难以完美诠释吧？看来我们的担心是多余的，这个人不可能是你的对手。"

他心目中的"张提琴王子"却在这个时候皱起双眉，身体微微前倾，目光灼灼地盯着舞台上的演奏者。

第一乐章结束，舞台下响起雷鸣般的掌声，这种掌声大多是出于对勇气的鼓励，鼓励这位演奏者在断了一根琴弦的时候，还勇于站在台上继续演奏。

半夏在掌声中转身进了后台，放下手里的阿狄丽娜，取出了自己的那把旧琴。她提着琴重新上场的时候，抓住了待在门边的小莲，狠狠地按着他吻了一下。

第二乐章的音符响起，听众很明显地察觉到，舞台上这位演奏者新换的备用琴的音色远远不如原来的悠扬透彻。

但舞台中心的她稳稳地站在灯光中。似乎自己手中不论是廉价的练习琴还是精心制作的古琴对她来说都毫无区别——她只沉醉于自己的音乐之中。

旋律缓缓地响起，带着点儿淡淡的忧伤，勾得人心头微微一颤。

那曲调如歌，仿佛让人看见了清新的树林——林中那位带着一身芳草甜香的情人从浓雾中走来，欲近又不得，欲疏却不舍，辗转反复，几番折磨着人心。

终究有人一把扯下这朦胧的面纱，强势地逼近。

音乐的节奏骤然欢快，既激烈又甜蜜，饱含着一种难以言说的张力。

台上钢琴伴奏的老师看了半夏一眼，在心里暗自骂了一声，认命地追赶起这台风突变的小提琴演奏者。

琴声有如在荒野之间，捕猎者捉住了美丽的驯鹿。

听众的心被前期的柔情似水吊得高高的，又伴随着终章冲上云端的雀跃欢欣快乐起来。

原来《柴小协》还可以这样诠释吗？不少人在心里这样想。

年轻的听众因为音乐引起的共鸣感到兴奋。

几位保守的评委却皱起眉头，在心里琢磨怎么给分，始终拿不定主意。

　　昨天听过这首曲目的几个男孩儿互相看了一眼，心中暗暗吃惊。

　　这曲子确实和昨天听的大不相同，难不成是一夜之间，临上场又做了新的诠释？

　　年迈的傅正奇双手十指相扣，眼中亮起了兴奋的光，几乎想要击掌赞叹。

　　哈哈，我果然没有看错。金子一般的琴声，宝石一样的心，多少年不曾在舞台上见过的天才今日竟然被我看见了。

　　就连从到场之后，一直听得很随意的姜临都忍不住抬起了头，开始正视台上那位年轻的演奏者。

　　那人站在舞台之上，像是一名立于雪峰之巅的捕猎者，露出了她尚年轻的爪牙，浅淡的双眸中不见初登舞台的羞怯、懦弱，反而饱含着兴奋、自信和一种野心。

　　姜临愣了愣，莫名觉得那张年轻的面孔带给他一种熟悉的感觉。

　　他左思右想，心里隐隐地升起一种不妙的感觉。

　　姓半？二十岁？这样惊才绝艳的天赋，应该只是一场巧合吧？

　　为了保险起见，他转身对坐在身后的助理道："有这位选手的详细资料吗？帮我去向主办方要一份，特别是看一看她的籍贯在哪里，父母都是谁。"

第二十章

再给我一些时间

演奏结束的时候，半夏闭上了眼睛。

有那么短短的一瞬间，她感到身体失去了控制，灵魂漂浮在一片海洋上——温暖的海浪将她轻轻地托起又轻轻地抛下，快乐无边无际。

她诠释出心中最完美旋律的那一刻，身躯为之战栗，心中的快乐登顶。那样奇妙的顶峰时刻难以用言语来描述，但半夏觉得这个世界上和她一样在演奏中体会过这样感觉的人肯定不少，否则不会有那么多的人义无反顾地用一生追寻着自己的音乐梦想。

此时此刻，台下的掌声和台上的灯光乃至比赛的名次似乎都显得不再那么重要。她已经得到了最好的回报，即便是深埋于心中的那份痛苦，也因为这份抚慰而淡化。

半夏睁开眼，看见了自己踩在灯光中的双脚。她觉得自己像是一棵树，已经学会了怎么牢牢地将双腿扎在这个世界的土壤之中。

虽然世界还和从前一样，有风雨有黑夜，但她已经手握源泉，挺直了脊背，也就不再有所畏惧。

台下的掌声还在持续，半夏第一次将目光投向观众席，她的目光平静地从评委席上掠过，跃向远方更辽阔的天地。最后她微笑鞠躬，持着自己老旧的小提琴转身向后台走去。

评委席的正中，姜临也在抬头着着舞台上的女孩儿。

那位演奏者尽情诠释了自己的音乐之后，深深地呼吸，在雷鸣般的掌声中闭上了双目，享受着那份演奏出心灵之音时的快乐。

姜临能理解她的那份愉悦。这个世界上，能真正在舞台上体验过那份快乐的人不多，他就是其中一个——曾经是。

曾经他还只是一个无人问津之徒，却得到了音乐之神的眷顾，有着超脱凡俗的音乐天赋，常常能在演奏中感受到这份极少数人才能享受到的神之馈赠。

现如今，他功成名就，事业繁忙，全球各类演出邀约源源不断，但不知为什么，曾经那种美好的体验不曾再降临过哪怕一次。直至失去，他方知可贵，如今再求，却是难得。

这些年，他最为恐惧的事便是有人在身后说一句——

"姜临的巅峰时期早就过了，这几年技巧是一点儿没有进步，反而退步了。"

这话他一听到便恼怒至极，却还要死死地按压着绝不愿意承认。

舞台上的少女睁开了双眼，那双眼睛眸色浅淡，幽幽宛如一泓清泉，居高临下地从台上看过来。

她的目光只淡淡地在他身上打了个转，便落向远方，仿佛姜临只是一个无关紧要，和她毫不相干的人。

姜临莫名地打了个冷战，二十年前的记忆瞬间涌上心头。

当年他远飞国外之前，拉着那个女孩儿的手向她做最后的告别，为了掩饰自己的心虚，便搜肠刮肚地对她做了各种保证——保证不会变心，保证时时联系，保证将来让她和肚子里的孩子过上好日子。

那女孩儿也只是用这样淡淡的眼神看了他一眼，最终挣开他的手，一言不发地率先转头离去，再也不曾回头看他一眼，仿佛早已看透他的心思，仿佛被舍弃的人是姜临而不是她一样。

半夏提着裙摆背着琴走出后台，被一个同龄的男孩儿拦住。

他看起来有些不太像音乐系的男孩儿，有着健康的肤色、时尚的打扮和阳光又得体的笑容。

如果说凌冬是榕音的"钢琴男神"，那么这个人或许也会是哪所学校的"提琴王子"，两人都属于随便往那儿一站便能够夺人眼球，成为众人视线中心的人物。

"你好，我是张琴韵。你这一场演奏真的很棒，令人惊叹。"他保持着礼貌的社交距离，朝半夏伸出手，笑容得体，眼神中有一种自信的笃定。

他觉得至少"张琴韵"这个名字对方应该有所耳闻——多次国内青少年小提琴大赛的冠军得主，学院杯夺冠热门人选，下一届梅纽因参赛选手。

无奈半夏却只是一脸茫然地说："啊，谢谢。"

她是当真没有听过这个名字，连课本上老师让背的各位名家的名字都还没记熟，更何况现实中的演奏者呢。

张琴韵郁闷了一下，却保持着脸上的笑容不变。

"我和你们学校的尚小月在赛场上见过很多次。或许她和你提过我。这一次听说她居然没能参加学院杯，我本觉得十分纳闷儿，"他说话的时候眉目间总是带着笑，是一种天生不容易让人反感的类型，"直到今天听见了你的演奏，才知道尚小月输得不算冤。你果然是足以取代她的胜利者。"

半夏莫名其妙地扭头看向他："小月没有输给我。"

张琴韵不解地挑挑眉。

"音乐不是体育比赛，没有绝对的输赢。"半夏停下脚步，认

真地说道，"小月有属于她的音乐，很快就会登上属于她的舞台。相比起竞争，我们彼此在音乐上的配合才是最令人享受的事。"

张琴韵就笑道："不错嘛，思想境界挺高。"

他这语调有些怪，明捧实贬，显然是不相信半夏会真心这样想。

"你没有这样的好朋友，不能体会到其中的乐趣，理解不了也正常。"半夏用一副同情的目光看他，"听说男人之间都只会打架，不像我们女孩子感情那么好。"

张琴韵涵养再好，也差点儿被半夏气得噎到。

眼前的女孩儿穿着一身星光点点的裙子，裙子的领口很简约，露出一截儿肩膀和漂亮的锁骨。诡异的是，一只黑色的蜥蜴趴在那雪白的香肩上，正竖着瞳孔回头盯着他。

她这副模样看起来神秘又动人，像是从哪本故事书里突然冒出来的灰姑娘。

或许不该说是灰姑娘，她明明是一位气势夺人的公主，又或是一位即将登基为王的女孩儿。

旁人或许还不曾察觉，但张琴韵敏锐地在她的琴声里听见了对自己的威胁。

"你……你这就准备离场了吗？"张琴韵喊住快走到出口的她，眉目间带笑的神色终于变得严肃认真，"我的比赛在下午，你不来旁听吗？我告诉你，我不是尚小月，是绝不会输给你的。"

半夏边走边冲他摆摆手："不急，如果有机会，决赛的时候自然就听见了。"

离场回去的半夏并不知道评委席上的评委为她的最终评分起了一场不小的争执。

"技巧虽然是不错，但曲子也改得太邪性了。"一位评委连连摇头，"我觉得不可以让她进决赛，要是柴可夫斯基听见《柴小协》被改成这样，估计棺材板都要盖不住了。"

"笑话，不让这孩子进决赛，将来被嘲笑的是我们评委组。听听观众席的掌声吧，到现在还没停，我强烈要求决赛的席位必须有她一份。"也有评委强势反驳。

"忠于原谱才是对古典音乐最大的尊重，我们这样的专业院校都培养出如此不尊重原谱的演奏者，还如何谈得上复兴古典音乐？！"反对者拍案而起。

"天哪，所谓尊重原谱，难道就是毫无变化地刻板演奏吗？对音乐有着自己的理解和真正的情绪倾注才是真正地尊重古典音乐！反正无论如何，我是要给她高分的。"支持者同样拍案而起。

这还是大赛进行到现在，评委意见第一次两极分化到这样的程度。争论不休拿不出指导性的意见时，大家忍不住将目光投向评委席上最具权威的两位演奏家：屹立演奏界多年，德高望重的傅正奇；出国归来，享誉全球的姜临。

姜临用手握着笔，在最终得分那一栏迟疑许久，笔尖迟迟写不下去。没人知道他此刻胸中既复杂又难以说出口的心事。

一个苍老的声音在他身后响起："这孩子让我想起当年的你。"

姜临回头看去，看见了那位白发苍苍的老前辈。

"当年的舞台上，也有一位天才像她这样闪闪发光，用至纯的心演奏出令我感动到落泪的曲调。"满头白发的傅正奇坐在他的附近，边写着评分表边说着话，"可惜他如今名声虽然叫得震天响，技巧却在不断倒退，再也没有让我听见当初那种音乐。"

姜临知道傅正奇说的正是他。在他还年轻无名的时候，傅正

奇一度做过他的评委，对他也有过知遇之恩。只是后来两人因意见不合而闹僵，不再往来。

如今被傅正奇直白地说中内心最隐秘的痛处，姜临没能控制好面部表情，额头青筋跳了跳。最终他冷淡地说道："傅老师您还是和当年一样，喜欢打压后辈，说话做事毫不留情。当年您拦着我出国，如今又想怎么对这个孩子？"

"我当年劝你不要急着出国，不要急着满世界去参赛拿奖，乃至早早签下音乐公司，是因为觉得你还没有完全找到自己的音乐。"傅正奇唰的一下弹了弹手中的评分表，给姜临看，"真正的天才，你即便给她压力，她也只会成长得更加茁壮，直到结结实实地成为一棵令人仰慕的参天大树；而那些耐不住寂寞，急着走捷径的人，终究会自己尝到后悔的苦涩。"

他的评分表上赫然写着代表着他态度的分数：9.9分。

"想必你也察觉了，这个孩子是一位真正的天才。我不知道你在犹豫什么，但不论你给她什么分数，都不可能拦住她在将来被世人所看见，散发出她宝石一般的光芒。"

姜临面色发白，脸色阴晴不定，久久方才落笔，最终写下自己的分数。

出了赛场的半夏不知道评委席上还发生了这样的交锋。协奏曲的演奏时间很长，四十个人全部演奏结束，得到比赛结果至少是三天后的事情了。

她早早地回到酒店，因比赛而沸腾的热血却还难以平息。于是她不愿休息，只坐在酒店的落地窗边慢慢地拉一首简单的小调。

旋律质朴，琴声清越，像是夏日中凉风吹过小树林带来的一首动听的歌。

"小莲，我兴奋得停不下来，"半夏夹着琴，眼里含笑，仿佛里面有粼粼波光，"就突然想拉这首曲子缓缓情绪。这是我童年时一位最好的朋友创作的歌曲。"

小莲蹲在她身前的小几上，挺着脖颈儿看她，暗金色的眼眸像泡在烈酒中的琉璃，清透、发烫、滚热又浓香醉人。

"你也觉得好听是吧？"半夏沉醉在自己的曲乐之中，没有留意到眼前听众的神色，"拉起这首歌的时候，我就好像回到了那个单纯的年纪，心绪会慢慢地变得安宁。"

"你……还记得他。"小莲说话的声音有一点儿沙哑。

"其实我不太记得了。"琴声悠悠，半夏迷醉在回忆中，"母亲去世的那一年，我生了一场大病，很多童年的记忆都有些模糊了，但不知道为什么，这一首歌完完整整地留在我的脑海中。"

她不记得他的人，却把他的歌刻在记忆中。

说到这里，半夏忍不住露出了笑容。

她想起了那个炎热的夏日。

葡萄架下，满院繁花，洒满阳光的窗子里，刚刚学琴没多久的她一直想要尝试着演奏那位小莲写的这首歌。

"啊，你拉得也太难听了，简直和锯木头一样。"钢琴边的小莲皱起眉头实话实说。

"你不要急，我很快就会变厉害啦！"半夏吭哧吭哧地坚持着"锯木头"，"到了那个时候，我会把你写的所有歌曲都完完美美地拉给你听。你就等着吧。"

她虽然还记得他的歌，但找不到当初那位小莲了。

慕爷爷去世多年，隔壁那间院子历经沧海桑田，早已破落荒芜，无人居住多年了。

她也不知道小莲如今人在哪里，过得好不好。

她真希望有机会让他听一听——现在的她已经能够很好地拉他编写的歌曲啦。

高楼大厦的落地窗前，车水马龙的繁华都市里，她仿佛回到那个最初喜欢上音乐的年纪，和自己那位好友肩并肩，挨着坐在洒满阳光的窗前，用彼此的琴声述说着心事。

悠悠曲乐，咫尺之间，小小的守宫静静地坐着，陪她一起回到纯真年代。

半夏拿了一张酒店的稿纸，拉一段琴就用笔在上面写写画画。

小莲爬过去一看，纸上画了一堆涂涂改改的小蝌蚪："这是……？"

"是华彩，"半夏咬着笔头说，"决赛曲目的华彩，我想要用自己写的试试。"

从前的演奏会上，华彩乐段都是由独奏者自己创作的。

但发展到今日，在演奏时自己创作华彩的演奏者已经越来越少。大部分人为了不出错，都会选择历史上一些知名演奏家、作曲家演绎过多次的曲谱来表演华彩部分。

"自创华彩吗？"小莲的语气有些担心，他爬到半夏的稿纸上看她写的乐句。

趴在白纸边缘的小莲和那些黑色的音符看起来很和谐，一样纯黑，灵活又很可爱。

半夏知道他担心什么，这看起来是很冒险的一种行为。

以她所选的贝多芬的《D大调小提琴协奏曲》(《贝小协》)来说，百年来无数小提琴家为它们创作过华彩，有了海菲兹、奥伊斯特拉赫这些巨匠朱玉在前，自己创作就显得很不讨巧，何况还是在赛前这么短短几日内。

"我也知道很不讨巧，但没办法，今天比赛之后，心里突然就有了想法，真的忍不住很想要表达出来。"半夏一会儿在琴弦上试音，一会儿在稿纸上写写画画，"既然有了自己的理解，华彩部分我就想自己试一试，哪怕比赛时不受认可也认了。"

她在这个时候突然理解了年幼时的小莲和隔壁的凌冬学长为什么会喜欢作曲。

当心中涌起一种音乐表达的欲望，即使是冒着错失奖金的痛苦，她也忍不住想要尝试将它化为实质。

半夏想到奖金，整张脸顿时苦了起来——这大概是她唯一比较在乎的东西了。

"八千元呢，万一没了还真是可惜。"她懊恼地说道，但很快又想开了，"算了算了，就算规规矩矩地拉华彩，谁也不能保证自己是冠军不是？也没准儿我连这次初赛都没过呢。"

小莲从小儿上溜了下去，爬到床头柜上，努力拖动自己的手机。

"怎么了？"半夏伸手帮忙，把他和他的手机一起捞过来。

小莲就蹲在她的腿上，用小手把屏幕打开，点开了自己的二维码，转过头来看半夏。

"是要我加你吗？"半夏看着十分新奇，配合地添加了小莲的各种账号。

小莲当着半夏的面，一番操作绑定了和半夏的亲情账号，然后点开账户余额给半夏看。

账户上的余额有一万元出头，虽然不算太多，但这里每一分余额都是他用如今这样不太方便的身躯一点点地在红橘子上挣来的。

小莲在心里很是期待半夏的反应，忍不住坐直了自己的小身板。

半夏极为配合地哇了一声，把他抱起来，在半空中转了一个圈。

小莲的眼前是喜笑颜开的半夏，他自心里便生出了一种自豪感。

从前也不是没挣过钱，代言费、演出费都比这多了，但这或许是他第一次因为自己能挣钱而感到这样高兴。

"小莲你哪儿来的钱？啊，原来我们家里那些好吃的都是小莲你买来的，不是魔法变的。"

小莲看着半夏，双眸中流转着细细的金辉："你……再给我一点儿时间。到时候，我把一切都告诉你。"

再等上几天，如果情况真的在逐渐好转，至少，时间能够不再减少，他就把自己的一切告诉半夏，从此之后，永远和她在一起。

想到这里，小莲觉得心头微微发热，像是饮了一杯至醇的美酒，暖意从肺腑升起，蔓延至四肢百骸，身心都浸泡在名叫幸福的微醺感中。

"好的啊，等你。"半夏高兴得很。

实是不得了，我们小莲不仅贤惠、可爱、厨艺厉害、身材好，居然还拥有会挣钱的技能！

我为什么会遇到这么好的男人？

不过这样是不是显得我太没用了点儿？半夏这样想。

至少挣钱的事还是应该由我来。

毕竟……她悄悄对比了一下自己和小莲的小身板，自己比他高大这么多。

郁安国坐在家中的沙发上放下了手机。

妻子桂芳苓走过来问道："比赛情况怎么样？小夏那个孩子还

顺利吗？"

郁安国点点头："刚刚打听到的，她预赛过了，初赛应该问题也不大。我唯一担心的还是她的决赛。"

"决赛怎么了？"

"预赛的《流浪者之歌》和初赛的《柴小协》她准备得还可以，"郁安国习惯性地皱紧眉头，"但这次比赛中优秀的选手很多。我感觉她决赛那首曲子，还是差一些。"

桂芳苓好奇了："她决赛挑的是什么曲子？"

郁安国想起来就不高兴得很："非要选《贝小协》，说她喜欢贝多芬。"

"贝多芬啊。"桂芳苓笑了起来，"不要紧呢，我倒觉得挺适合那孩子的气质的。"

"你知道的，这个孩子在进入榕音之前，学得不够系统，大型完整的曲目都没有细细地抠过，只可惜比赛准备的时间太短了。"郁安国懊恼地挥挥手，"算了算了，我也想过了，她只要能过了预赛和初赛，便是进到前十，就也不算给我们学校丢脸。毕竟北音、魔音、华音这一届的几个学生都很厉害。"

桂芳苓伸过手捏他的肩膀："你就别在这里瞎担心了。小夏是一个很有灵气的孩子，她的曲子里有那种打动人心的东西在。她每来一次，我甚至都能感觉到她对曲子又有了新的理解。这一去比赛十几天，她能表现成什么样还未可知呢。"

"但愿吧。"郁安国叹息一声，突然想起一件事，"你知道刚刚打电话给我的是谁吗？"

"是谁？"

"你万万想不到的——是姜临。他居然回国担任了这一次比赛的

评委。这就算了，也不知他为什么特意打电话来了解小夏的情况呢。"

北城，半夏在酒店见到了一个陌生的男人。

那个来敲门的男人自称小提琴演奏家姜临的助理，伸手递给她一张名片，约她在一家茶馆见面。

关了门之后，半夏在窗边坐了一会儿，慢慢地看着手中那张烫金的名片。

"姜。"

她突然想起小时候，隔壁的胖子嘲笑自己的名字，说半夏是一种有毒的草药。

她便气呼呼地揍完胖子，跑回家问自己的母亲。

"为什么我的名字是半夏？！"

"哎呀，最早给你报户口的时候，本来是姜半夏。"年轻的母亲不好意思地挠挠头，"因为有一个人打电话和我说，半夏是一种中药，根叶有微毒，但如果和生姜配在一起，就会变得性情温和，对人类有益。临到了派出所的时候，我突然觉得既然野生野长在地里，还是保持着自己的本性最好。野一点儿，带点儿毒，就没人敢欺负你，没人敢啃食你。咱们苗壮地长起来，活得潇洒一点儿，多好。所以到最后，我就把'姜半夏'改成'半夏'了。"

她那时候年幼，没听明白，如今才发现，原来"姜"是父姓，"半"是母姓。

如果不是心里还有一点儿期待，母亲就不会给她用这个名字。

如果不是没有办法，当年的母亲其实更愿意的还是她能在父母的共同呵护下，温温和和地长大吧。

小莲爬上她的肩膀："我陪你一起去。"

半夏看了他一会儿，伸手摸一摸他的脑袋："嗯，当然。"

"我的意思是穿上衣服陪你去。"小莲换了一个说法表达了自己的意思。

"不用，你这个样子就很好。"半夏笑了，"我是去见面，又不是去打架，要你变成人形干什么？只要你能陪着我就很好。"

哪怕是去打架呢，那也要是她亲自踩过战场。

半夏披上外套，把黑色的小莲带在自己肩头，关门踏步向外走去。

北城的空气比不上榕城那样的海滨城市。

冬季里的天空灰蒙蒙的一片，太阳落山的时刻，天边也看不见彩霞，只有鱼肚般一层死白。

血红的夕阳沉下去，城市里的灯光便勾勒出高楼大厦的形状。

茶馆的地点在北城音乐学院附近，靠着西护城河。

半夏是走着来的，穿过巨大的桥墩，走进环境私密的茶馆包间，就看见坐在那里等着自己的中年男子。

桌上的茶已经泡过一泡。姜临看见她来了，重新洗了一个茶盏，给她倒了一杯茶。

半夏在茶桌前坐下，看着那清茶中的影子，发觉自己比想象中的平静。

肩头的肌肤传来小莲的温度，她的心里回响着自己的音乐。

将来的道路虽然未必平坦，但她已经不再像幼年时期那样迷茫畏惧。

她已经真正走出了沉积在心中多年的阴影，哪怕是在这个男人的面前。

她抬起头，向对面的姜临看去。

姜临看着半夏直视过来的目光，心里便咯噔一下。

近距离看来，这孩子的眉毛、眼睛虽然都像她的母亲，但显然也和他有着相似之处。

对于清楚内情的他来说，几乎不必验证，也知道她便是自己当年犯下的错误。

只是这个孩子的目光太干净了，清透而冷静，看着他的眼神似一片寒塘，既不欢喜，也不羞怯，甚至反而让他有些心悸。

她必定也是什么都知道的。

两个人对峙便是如此，当一方的气势更为沉着镇定的时候，另一方难免就会心虚起来，特别还是做了亏心事的那一方。

"你……或许你母亲和你说过一些关于我的事。"姜临侧过脸，避开了半夏的视线，"但你要知道，很多事没有外人想象中那么简单，是很复杂的，并不只能听某个人单方面的抱怨。"

"我母亲从未和我提过你。"坐在对面的女孩儿却这样说，"我知道你这个人的名字，还是无意中听来的。"

姜临啊了一声："那你为什么来参加这场比赛？难道不是听说我要回来做评委，特意想……"

他的话没有说下去，因为他看见对面的女孩儿笑了。

那是在听见一件极为可笑的事情时，才会流露出的表情。

被这样年轻的晚辈嘲笑，姜临心中感到一阵难堪，开始后悔自己不该这么冲动地来见半夏。

但他又担心，如果不尽早把事情掌握在可控范围的话，这个和自己有着血缘关系的孩子有可能在那场全国性的大赛中当场说出什么话，或是拉住他做出什么事来，那自己可就有些难以收场了。

身为一位男艺术家有些桃色新闻，对姜临来说本不该算什么大事——何况他还住在国外那样的环境中。

只是他那位外籍的妻子是一个凶悍的女人，偏偏她的家族拥有着全球最大的音乐评论网站的股权，掌握着古典音乐圈的话语权。他的岳父更是古典音乐圈里的资深评论家。

如今，在他的事业一路下坡的时候，他是绝不可以和妻子闹翻的。哪怕妻子时时在外有着各种不堪的娱乐新闻，他却不能让人抓住任何把柄。

想到此处，姜临只好顶着半夏的目光继续说：“我的意思是我想先和你母亲谈一谈。或者你有什么要求的话，如果在我的能力范围内，我也可以考虑帮忙，比如帮你找一个好一点儿的学校，或者给你们一点儿钱……”

半夏看着眼前说个不停的男人。

他和她的记忆中或者说是她想象中的模样大不相同，并不是聚光灯下那高大得像山一样的存在。

四五十岁的男人，两鬓有了白发，脸上肌肉松弛，眼神疲惫，口中喋喋不休地提着钱。

半夏突然觉得十分可笑和意兴阑珊，打断了姜临的话：“我今天来这里，一来是代表年幼无知时的自己来见你一面；二来，我是想要你帮一个忙。”

姜临稍微犹豫了一下：“你说说看。”

“我只有一个要求，你必须做到。”半夏缓慢而清晰地说，“从过去，到今天，到将来的任何一个时刻，我都希望你不要对任何人提起我们之间有什么关系。我们本来就没有任何关系，过去没有，将来也不会有。”

她说这句话的时候，那种神色和眉眼同姜临记忆中的那位初

恋女友几乎一模一样。

当年的人也和如今眼前的女孩儿一样，美丽中带着倔强的傲气和野性。

虽然她出身于很普通的家庭，对他的事业毫无帮助，但还是让他深陷其中，几乎不可自拔。

姜临愣了一会儿，才听清楚半夏说的是什么。

"这个……这个当然可以。"他松了一大口气，"你母亲她现在在哪里？她如今过得好不好？"

来了这么久，他终于想起问了这句话。

桌子对面的女孩儿站起身来，从高处看着他，双眸冷得像是一块冰，含着霜雪，带着怒意，居高临下，好像盯着一只令她恶心的生物。

蹲在她肩头的那只黑色宠物用脑袋蹭了蹭她的脸颊。

她才最终吸一口气，瞟了一眼桌上的价格表，从钱包里取出几张小额纸币，对着姜临丢在地上。

"这是一半的茶钱，你记住了吗？我们绝不再有半点儿瓜葛。哪怕在比赛中，在演出中，在将来的任何场合里，请装作不认识我。你这样的人，哪怕沾到一点儿，我都觉得有损我的名誉。"

她不再搭理脸色铁青的姜临，仿佛一刻也不想要多待般地快步走出这间茶室。

"你……你这是什么态度！"姜临怒而追了出来，"你要知道，我可是你的……的……"

这是在茶馆外面，他不敢把那个词说出来，只能压下怒火："你妈妈呢？我要见她一面。"

半夏停下脚步，没有转身。

"我母亲她六年前就已经因病去世了。"

姜临此刻的表情是怎么样的，她已经懒得回头再看。

六年前，母亲走完自己的人生，和他再无瓜葛，半夏也一样。

半夏沿着西河的河堤走回酒店。

从酒店的窗户看下去，她可以看见夜色中黑色的河水长长地蜿蜒在城市中，水面上盘错着高架桥。

桥上的路灯和汽车橘红的尾灯映在黑水中，照出一片斑斓的色彩。

屋子里没开灯，半夏用手按着玻璃窗，看着水面上那些浮动的光影发呆。

小莲蹲在她的肩头，一动不动地看着她。

红色的车尾灯从高架桥上掠过，水面上的光影摇晃变幻，就像一个虚幻的世界。

这让半夏想起了母亲病重的最后那几日，病房外总是有红灯在闪烁。

无计可施的她趴在妈妈的病床边，眼泪浸湿了床单。

"如果没有把我生下来就好了。如果没有我，妈妈的人生或许会很多。"

母亲插着输液管的手伸了过来，在半夏的头上缓缓地摸着。

"你可不能完全抹黑了妈妈的人生。妈妈这一生中，虽然有很多事做错了，但最幸福的事，就是还有一个小半夏陪着妈妈。

"虽然在别人看来好像不太够，但每个人的人生是自己体会的。有的人在爱情中找到快乐，有的人在事业中找到快乐。妈妈的快乐就是我们半夏啦。

"我要谢谢我们小夏，愿意来这个世间陪着妈妈。

"妈妈走了以后，你一个人，一定也要找到属于自己的快乐。"

窗前的半夏看着那光影变幻的世界轻声道："太傻了，太不值得，怎么就偏偏喜欢上这样的人渣？"

她伸手盖住了自己的眼睛："我好想她，好想让她看看现在的我。"

透明的玻璃映出她的轮廓，在她的身后出现了一个男性的身影。

一双白皙而有力的胳膊从身后出现，圈住了她的腰，黑色的尾巴缠了上来，把她整个人搂进一个温暖的怀抱。

第二十一章

月光之裙

半夏用手遮住了自己的眼睛，指缝之下，一点儿泪水滑过脸颊，挂在下巴尖上，最终还是落到了地上。

那滴泪像是掉在了小莲的心尖，把最稚嫩的地方烫了一个洞，让他烧心烧肺地难受。

他不想看见半夏哭。

在他都还没有意识到的时候，就已经化为了半人形，伸手把半夏用力地揽进自己怀里，用尾巴缠住了她的腰，低头去吻那道泪痕。

泪水有点儿涩，他吻得很虔诚，一点点地把泪痕都吻掉，最后抱起半夏，把她放在床上，俯身轻轻地吻她湿润的眼角。

半夏来不及再去想伤感的事，只觉得被他吻得有些痒，伸手想要推他。

她的手指被别人的手指按了下去，压在滚烫的掌心里，半夏挣了一下，纹丝不动，这才体会到平日里可爱的小莲其实力气有多大。好在她也不想反抗，放松了身体躺平，任凭那人温柔地安慰她。

原来人在不能反抗的时候，肌肤会变得更加敏感。他细细密密的吻落下来，激起她一路的鸡皮疙瘩。

暗金色的双眸在黑暗中看着她，雄性生物的身躯充满力量，脊背弓出漂亮的弧线，他慢慢地俯低，像是黑暗中盯着猎物的一只野兽。

他本来也就是一只野兽。

如果把这只漂亮的雄兽困于圈中，让他羞愤欲死，才是最有趣的事。半夏悄悄地舔了舔嘴唇。

可是小莲今天难得主动，又这样热情，半夏决定今天要做一

个温柔可人的女朋友。

屋子里小莲的味道太浓了。那种闻到鼻子里冷，进到肺腑中又甜得勾人的香气，让半夏心头开始发热，皮肤上出了一层细细密密的汗。

她觉得自己快要化了。

在融化了边境的世界里，她似乎浮在了半空中，只能感受到小莲巧妙的手指、炙热的唇舌。

在舞台上，半夏曾在音乐中体验过快乐的顶峰。她万万没有想到，这个世界上还有另外一种顶峰，同样令人神魂颠倒。

黑色的长直发披散，缎子似的散在她白皙的肌肤上，她的脖颈儿上都是汗，皮肤滑腻腻的，汗沾湿了头发。

半夏舒服地喟叹一声——那尾音软得她都不好意思。

"奇怪，你怎么突然就会了？"

明明不久之前，这个人还只会手足无措地红成一只煮熟的大虾。

"我……也有手机的。"

他明明很性感的声音听起来却莫名带着种局促和羞涩。

小莲有手机，能上网，只要有心，自然可以学习到很多奇怪的知识。

躺在身后的人把她圈在他的怀中，将脸埋在她的脖颈儿间。

"我做得好不好？"他说话的声音透着点儿紧张。

"好，好得不能再好了。"半夏真诚地表扬他。

"再给我一点点时间。"小莲这样说。

"又是再给你点儿时间。"半夏笑起来，撑起身想要使坏，"当然也不是不行，但你要依我一件事。"

"什么事？"

半夏趴在他的肩头，凑近他耳边小声说："自己……尾巴给我看。"

中间那个字她特意说得很轻，小莲的耳朵一下红透了，他想要逃跑。

他被半夏捉住了。她附在他的耳边各种诱哄，最终他还是埋着脸，做出让自己羞愤欲绝的事情来。

满屋子那股小莲特有的香味越发浓郁，久久不曾消散。

荒唐过后，残醉未消，半夏打开床头的小灯，披衣起身。

床榻上的人背对着她睡着了。

半夏的心里突然冒出一个念头——这个时候她偷偷地看一眼，他是不会知道的。

一点儿暖光之下，趴在床上陷入沉睡的人有白玉似的肌肤、显眼的黑色鳞片，那些汗滴都在灯光下一清二楚。

她只要一个轻轻的小动作，就可以知道小莲的模样。

半夏在灯光下站了许久，终究将伸出的手收了回去。

算了，既然他都坚持了那么久，她就再等他一点儿时间。

到时候她一定要扳着他的脸，仔细地看他快乐时是什么模样，反正时间还长着呢，慢慢来。

RES 的小萧收到了赤莲发给他的歌曲小样，虽然只是一段小样，但编配得十分精巧，足见创作人的用心。

在公司的比稿会议上，他满怀激动地推荐了赤莲所创作的小样。

"别的先不说，单看这词曲的意境就非常贴合我们这次专辑的音乐概念——'怪物'。"

会议厅内，响起一段短短的歌曲旋律。

"我拨开浓雾，找到那只恐怖的怪物……我无法让世人喜欢上怪物，但哪怕是只怪物，也曾深渊底下歌唱，也渴望拥有阳光，拥有活在世间的权利。"

歌声暂停之后，小萧一拍手："怎么样？这作词，这曲调，还有配器，无一不完美贴合'怪物'这个主题。更绝妙的是伴奏里的那一段人声音轨空灵又清越，像有一位雪山之巅的女神轻声为我吟唱。我强烈建议优先录用这一首。"

会议室内的几位音乐制作人彼此交换了一下意见，纷纷点头。总监柏耀明转着手里的签字笔，准备敲定第一首录用歌曲。

"不行，不行。"这个时候，坐在会议桌前方，本来只是旁听的公司副总发话了，"这什么怪物啊，浓雾啊，没人爱听的。要我看根本不用搞这些花里胡哨的，最近韩国女团的一张专辑叫什么UU的不是很火吗？我们照着她们的风格，搞一个差不多的，保证在国内立刻就红了。"

RES算是国内顶尖的音乐公司，内部招揽了不少有实力的知名音乐人，但公司的老板和投资方是搞互联网出身的——老板重视的只有收益和流量，可以说是外行领导内行。

这也算是国内大部分音乐公司的通病。

对于真正的创作人来说，最厌恶的便是这样不做自己的东西，只跟着市场热度毫无原则地模仿。小萧心中极为恼怒，因为对方是上级的上级，只能忍着气解释："李总，我们做一张专辑首先要定下的是音乐的概念，后面的所有工作——约稿、编曲，包括MV的拍摄都围绕着这个概念进行。这一次，我们项目组筹备了很长时间才定了'怪物'的概念，也找了这么多音乐人，约好了demo。您这样一来等于直接推翻了基础，我们后面的工作就没办法展开了啊。"

"哎呀，你这个年轻人呢，不要整天什么概念啊，原创啊，整得那么神神道道。"李总挥挥手，"你们要牢记我们最终的目的只有一个——给公司带来收益。什么样的歌来钱快，市场好，我们就做什么歌才对。"

小萧还要站起来据理力争，但身边的柏耀明拉了他一把。

"那我们约的这些 demo 都怎么办，都退稿吗？"他平静地提出问题。

"也不用嘛，有几首我觉得让他们改一改还是可以用的。比如小萧刚刚推的那首 demo，把它改一改，加几句最近流行的戏腔啦，混点儿古风歌词啦，不就行了吗？"

气红了脸的小萧从会议厅提前离场，一路胡乱地把本来就乱的头发搓成鸟窝。

他几乎不知道等一下怎么和第一次合作的赤莲沟通解释。他舍不得退稿——明明是千辛万苦约到赤莲的稿子，赤莲又制作得这么优秀，但让赤莲依着副总的意见那样胡乱改稿，就是他都难以忍受，别说那个冷淡又恬静的男人了。

在他们开着比稿会议的时候，酒店内的半夏正在创作自己的原创华彩。

稿子铺了一桌面，她拉一小节，沉思片刻，提笔在乐谱上修改，再演奏上一遍，细细地琢磨。

沉迷其中的她专注而认真。从前天晚上回来之后，没有比赛的这两天，她几乎是一步都没走出酒店，三餐都是点外卖。

"这么快就中午了。"半夏看看时间，打开手机，随手给自己点了一份午餐。

因为小莲过着昼夜颠倒的生活，加上在白天是不吃东西的，所以半夏便没有把正在睡觉的小莲叫起来。

谁知她在外卖软件上点点戳戳的时候，睡在加热垫上的小莲甩了甩尾巴，悄悄地睁开眼，盯着自己的手机屏幕，好像期待着什么。

直到半夏付款完毕，手机里出现支付的提示音，而自己眼前的漆黑的手机屏幕依旧毫无动静的时候，他才很是失落地重新闭上眼睛。

为什么不用我的钱呢，明明特意绑定了账号的？他想着，很不开心地甩甩尾巴，好想让半夏花自己的钱。

北城音乐学院就坐落在赛场附近。

张琴韵从学校的琴房出来的时候，迎面碰上两个小一届的学妹。

"学长好。"两个女孩儿拉着手，笑着和他打招呼。

张琴韵露出笑容，准确地叫出两个女孩儿的名字："乐萱、晓慧，你们好。"

他走到楼下的时候，还听得见楼上女孩儿们的讨论声。

"他今天这套衣服真好看。"

"对啊，学长很会搭衣服，教养也这么好。学长的家庭条件肯定很不错。"

拐角路过的一个男生伸手揽住了张琴韵的肩："老张，比赛怎么样？"

"还行，初赛应该能过。"张琴韵和他击了一下掌。

走出琴房楼，三五个扛着大型海报路过的学生纷纷举手喊他。

"韵哥，晚上我们有和舞蹈系妹子的联谊，你要不要来？"

"琴韵一起来吧！每次一说'提琴王子'要来，妹子的数量都变多了。"

"我这比赛呢，抽不出时间，下次。"

张琴韵骑上代步的自行车，脚下发力，大衣的下摆扬起来。他一骑轻车向着校门外驶去。

沿途不少认识他的学生伸手和他打招呼。

张琴韵笑容阳光，逐一回应，谁也没有冷落。

"张琴韵正代表学校在参加学院杯吧？听说他的老师还让他准

备明年的梅纽因。"

"琴拉得好，人长得帅，性格还这么好。真是难得。"

"难怪都叫他'提琴王子'。他们家是干什么的？父母肯定都很优秀吧？"

张琴韵出了校门，脸上那种标志性的笑容慢慢地不见了。

灰蒙蒙的天空下，他背着琴盒沉默地骑行了很久，穿过那些光鲜亮丽的高楼，拐过堆满杂物的狭窄小巷，拐到一栋人员混杂的公寓楼前。

"阿韵？你怎么来了？"打开屋门的女人看见他很是吃惊，左右看了看，迅速地将他拉进屋内。

一室一厅的单身公寓，屋子里乱得很。

张琴韵似乎对这里的环境很熟悉，进屋就开始默默地收拾起屋子，弯腰把满地凌乱的衣物一件件捡起来，放进洗衣机内。

屋子的女主人是张琴韵的母亲，人长得漂亮，打扮得也很时髦——桃花眼，芙蓉面，水蛇腰，举手投足之间都是风情，快四十的人了依旧很有魅力。

只是这种风情看在普通人眼里，她免不了会被评价一句："不是什么正经人。"

"不是叫你没事别过来吗？"女人点了一根烟，靠在门框上看他，"万一被你的同学、老师看见了怎么办？"

张琴韵从小是跟着母亲长大的，并不知道自己父亲是谁。

母亲从年轻时候起干的就不是什么正经行业，只因为漂亮，当年挣了不少钱，也就舍得砸钱培养儿子的兴趣爱好。

张琴韵很有音乐天赋，又极其肯吃苦，从小在老师的栽培下拿过不少奖项，算是他母亲心中唯一的骄傲。

只是有一年，在小学的家长会上，好巧不巧，同班的一位家

长竟然是母亲的熟客。那个男人还在母亲上台为他领取奖状的时候，当场笑嘻嘻地点破了母亲的身份。

那天之后，身边各种指指点点和流言蜚语让年幼的他在学校几乎无法立足。

不得已之下，母子俩花了大价钱，改了名字离开那个城市，搬到北城生活。只是母亲从此便狠心将他送入寄宿学校，不再让他没事的时候随便回到自己身边。

张琴韵不回答母亲的话，只沉默地低头收拾屋子。这个时候的他一点儿也不像学校里那个一身阳光、万众瞩目的男孩子。

他的母亲倚在门框上抽着烟看他。

"钱还够吗？"

"够的，还有很多。"

"同学怎么样？"

"都很好，我现在有很多朋友。"

"那就行，回去吧。我这一会儿还有事。以后好好拉你的琴，别再来了。"母亲下了逐客令。

"妈妈，"张琴韵突然没头没尾地说，"我代表学校参加了全国学院杯的比赛。这一次的比赛中，有一个对手，她很厉害。

"我们的决赛在这周末。"

他低着头，声音轻轻的："妈妈，你要不要来看我比赛？"

屋子里已经暗了下来，门框的阴影下，烟头红色的光亮起又暗淡。

女人上了年纪的面容在烟雾中显得有些疲惫，她的语气不太耐烦："我去干什么？我又听不懂那些。"

张琴韵沉默了一会儿，背上琴盒，提上收拾好的垃圾往外走。

"欸，"身后的声音叫住了他，"在什么地方？"

回学校的路上，张琴韵沿着西河河堤骑行。母亲的一句话让他浮躁、忐忑了几日的心瞬间沉稳了起来。

他不知道自己今天为什么会忍不住想要去母亲那里。

或者是自从那一日在河畔的垂柳下，他听见那一曲《柴小协》，心里就开始变得隐隐地不安。

同船的朋友或许还没能听明白，但他当时就知道那道琴声实在是太特别了，似乎从垂岸的拂柳中伸出一只柔软的手，随风探入，直触到人心深处。

到了初赛赛场，那种令人战栗的碾压感更为明显，使得他对自己的琴技的信心几乎开始动摇。

天色渐渐暗淡，城市的灯火落在狭长的水面上。

河边一家茶馆的门外，张琴韵意外地看见那卡在自己心里几天的面孔。

半夏？她怎么会在这里？

他还没想好要不要主动上前打招呼，茶馆内追出一个让张琴韵更加料想不到的人。

那位在国内外声名大噪的小提琴演奏家，这一次比赛的主力评委——姜临，居然出现在这里，和一位参赛选手在一起。

姜临在半夏这样年轻的晚辈面前，非但没有半分知名前辈应有的气势，反而被半夏的一两句话说得面色苍白，痴痴地立在当场。

站在暗处的张琴韵觉得自己好像听到了一点儿了不得的东西，下意识地拿出手机录下了视频。

初赛的结果终于出来，来自全国各地的近百名选手，到了这一场之后只留下仅仅十人。

音乐厅内，主持人将进入决赛的十名选手一一请上台。

聚光灯亮起，照亮舞台上的十位佼佼者。

他们中有年仅十三岁的少女，也有年纪较大，仅剩最后一次比赛机会的研究生。

只是不论年纪大小，这里的每一个人都是冲着全国冠军的目标而来的。

"虽然自身年幼一点儿，但我觉得音乐和年纪并没有绝对的关系。我会努力让在场的哥哥姐姐们看见我们这一届后浪是怎么赶上前浪的。"十三岁的林玲对着采访的镜头笑盈盈地说。

"我今年二十五岁了。如果再拿不到学院杯的冠军，我还有多少机会能拿到？说实话，学了这么多年琴，吃了这么多年的苦，我不觉得我会输给任何人。我这一次就是冲着冠军来的。"说这话的人是二十五岁的研究生。

决赛的日子定在周末，地点是国家音乐厅。

到时候，不仅会有大量观众到场，更会有记者媒体进行现场直播报道。

不同于预赛和初赛只有一位钢琴老师伴奏，决赛的时候，主办方邀请了一支小型交响乐团为十位参赛者伴奏。

最好的舞台，气势恢宏的伴奏，华美绚丽、富有层次的一曲曲经典曲目，即将在此上演。

但也意味着参赛者必须在赛前短短数日内和乐团磨合排练出演奏级的效果。

半夏一边紧锣密鼓地和乐团的老师进行排练，同时还在反复琢磨优化自己独奏的华彩部分，忙得可以说是脚不沾地，食不知味。她每天回到酒店，累得倒头就睡，几乎都没空和生活作息昼夜颠倒的小莲说上话。

虽然如此，她总算还记得小莲住在酒店里，不像在家里那样方便买菜煮饭，于是每天挤出一点儿时间，用自己的手机点一份尽量美味的外卖送去酒店。

当然，她用的肯定是自己的钱。毕竟在半夏心目中，自己才是养家糊口的那一个，小莲是贤惠居家的小可爱。

直到决赛的前一天，最后一场彩排结束，半夏回到酒店"啪"一声躺平了，闭着眼睛伸手把小莲捞到身边。

"救命，快累到阵亡了，幸好明天是最后一天了。"

小莲用凉冰冰的嘴在半夏的嘴唇上碰了碰。

"小莲你觉得我怎么样？我能拿冠军吗？我感觉他们每一个人都很强。可是这关系到八千块呢，打死我也不能输。"

"你一定可以的。"

小莲毫不犹豫的声音令人听了就安心。

"晚上早点儿睡啊，小莲明天要陪我一起去。"

"嗯。"

不对。半夏睁开了眼睛。小莲的情绪不对，有一点点不像前几天那样黏人，他是有什么不高兴的地方？

"怎么了？"半夏低头看他，伸手摸他的脑袋。

"没……没有。"

"好好说话。"半夏捏他的尾巴。

小莲熬不过，只得屈辱地招了："我们……几天都没说上话了。我给你的账号你也从来不用。"

半夏在心里"啊"了一声。

确实，她刚刚把人哄着骗着欺负了，就撂下几天没搭理，好像很有点儿负心人的嫌疑。

"行吧，我正好有想买的东西，那就偶尔花一次小莲的钱。"半夏兴奋地搓搓手，打开手机里的购物车，"我好像从十三岁以后就没花过别人的钱了，感觉还挺幸福。"

小莲终于如愿以偿地听见自己的手机响起支付的提示音。

那声音敲在他的心里，也给他带来一种幸福感——好像他哪怕是这副模样，也不是那么一无是处，也可以被人需要，可以让心爱的人幸福。

"你买了什么东西？"小莲爬到半夏身边。

"前几天我看到你买，才突然想起来，你原来也需要这个。所以，我特意挑了一些。"半夏把屏幕上那些花花绿绿、款式各异的东西给小莲看，凑在他的耳边小声说，"各种款式都有，等寄到了，你慢慢地穿……给我看。"

小莲身上的香味就出来了。

一只带着黑色鳞片的胳膊伸出来，关掉了床头的灯。

半夏趴到他的背上闻他的味道。两个人靠来靠去，把彼此的身体都染上了同样甜腻的香气。

"等……等一下，我也给你买了衣服。"黑暗中有人哑着声音这样说。

"嗯，什么衣服？也是短裤吗？"半夏言辞含混地问。

两人一通胡闹之后，她打开衣柜却发现里面挂着一条银色短裙。

那是一件适合演出的礼服，款式简约时尚，露肩收腰，裙摆齐膝，清爽利落，再无多余装饰，只是用料十分特别。灯光之下，它如珠贝生辉，似月华凌空，令人忍不住想要知道，当把它披在身上，会是怎样一番美景。

第二十二章

决赛

小莲早上醒来的时候，发现天光已经大亮，酒店的窗帘很厚，亮晃晃的阳光透过窗帘的缝隙照进来，在地毯上留下细长的光斑。

今天是决赛的日子，半夏居然还没起床？他急忙从床头柜上溜下来，钻进床上鼓成一团的雪白棉被里。

脑袋蒙在棉被里的半夏正睁着眼睛看他，把刚刚钻进来的黑色小蜥蜴吓了一跳。

"该起来了，今天是决赛。"小莲这样说，看见棉被中的半夏冲着他闭上了眼睛。

比赛之前需要王子的胜利之吻，她曾经这样说过。

预赛的时候她这样说，初赛的时候也这样说，仿佛小莲真的是什么能带来好运的生物一般。

小莲用自己一双细细的手臂捧住半夏的脸颊，闭上眼睛轻轻地在她的嘴唇上碰了碰。

半夏就顶着一头凌乱的长发从雪白的被子里坐起来。

她慢吞吞地拉开窗帘，让阳光照进屋子，然后慢慢地刷牙、洗脸、更换衣服、检查自己的琴。

她动作不急不缓，手很稳，脸上没有什么特殊的表情。

只是在小莲的眼中，阳光普照的屋子里，到处都有黑色藤蔓一般的东西从夹缝间、地毯下探头探脑地爬出来。

那些东西缠绕住半夏，交错缠着半夏白皙的脚踝，也缠绕住了她的腹部和身躯。

"你……是不是哪里不舒服？"小莲看着半夏，嗓音低沉。

"这怎么又被你发现了？"半夏奇怪地看他一眼，心想自己明明一点儿都没表现出来，轻轻地摸了摸自己的腹部，"是有点儿不舒服，不太要紧，我吃一点儿药就好了。"

在小莲的眼中，她的身体看起来比平时更白一些，发出了柔和而坚定的光。

她从那些黑藤的间隙中向小莲伸出手："小莲，我们要走了，来。"

决赛的场地离住宿的酒店很近，走过一座桥就到了。

半夏背着琴盒慢慢地往上走，身上亮着淡淡的光。痛苦的黑藤随着她前行的脚步被拉扯断了，又前赴后继地缠上来。

她肯定很疼。

"如果很难受就去医院吧，放弃一次比赛也没什么。"小莲忍不住从大衣的口袋里钻出来，"如果你只是想拿奖金，我……"

他说到这里很快闭上了嘴，这话太傻了，自己是眼睁睁地看着半夏如何炙热地爱着音乐——她怎么可能真的像她挂在口中的那样，只为了得到奖金。

"这一点点痛不算什么，不过让我更精神而已。"半夏走到桥头，居然还有力气笑了，"更疼的事我都忍过。那时候真的差一点儿就想要放弃，最终还是给我熬过来了。"

每个人都有被黑色的痛苦包裹的时候，但有一些人能够发着光，不畏荆棘。

半夏就是这样的人——只要在她身边，就会让人忍不住想像她一样，鼓起勇气面对世间的每一种黑暗。

小莲觉得自己的心里掉进了一块火炭，在那里升起热气腾腾的烟，疼得真实又清晰。

她到场的时候决赛已经开始，半夏的序位靠后。她坐到后台的休息室内，等待着上台比赛。

休息室内还坐着不少人，有那位十三岁的小姑娘林玲、二十五岁的研究生程城以及北音的张琴韵。

这几人年纪差别很大，性格也不大相同。

半夏将她的小蜥蜴抱在胸前，轻轻地摩挲，闭目养神。

程城看起来外向且善于交际，喜欢和他人攀谈。

张琴韵的脸色不太好，他低头不停地滑动手机，沉着脸似乎在琢磨着什么事。

十三岁的小姑娘专注于练习她的比赛曲目，练的是帕格尼尼的《恰空》。

决赛时，所有参赛者演奏的曲目只能从主办方指定的曲目中选择。

程城挑的是《中国花鼓》，张琴韵却恰巧和半夏一样选了《贝小协》。

"年轻就是好啊。"二十五岁的程城感慨，"这个年纪如果拿下学院杯的好名次，明年就可以开始转战国外各大赛事。毕业以后，直接走演奏家路线，真令人羡慕。"

林玲抬头看他一眼，冲他露出明晃晃的骄傲笑容。

"小妹妹，我记得你在初赛时说，要把我们这些前浪拍死在沙滩上。"高大的成年男人靠近十三岁小姑娘的身边，笑嘻嘻地说。

小姑娘吃了一惊："啊，我……我就是说着玩儿的。"

"像你这个年纪的小孩儿，机会遍地都是，把该拿的奖拿一遍，一毕业就是演奏家，人生的路可谓笔直安康。"程城不由得苦笑道，"不像我——到我这个年纪，就难了。很多比赛年纪大了不让参加。如果这一次还拿不到奖项，我就打算放弃成为演奏家的白日梦，乖乖出去找工作算了。"

"你要做什么工作？"

"谁知道呢？或许找一家培训机构，教教小朋友，看看哪里有演出，赚点儿外快。"他低头看自己的手，"五岁就开始学琴，练了二十年，二十年几乎一天都没给自己放过假。从小心心念念当一个演奏家，到最后却不得不放弃。"

他低着头，缓缓地摩挲自己的琴："我就剩这一次机会了。"

大概每一个在学琴中付出过心血的人，都会忍不住和他的话产生共鸣，为他掬一把同情之泪——特别是林玲这样年幼的女孩儿。

这场比赛下一个上场的就是林玲。

小姑娘漂亮的眼睛里含着波光，神色犹豫地往前走。她听了那些话，心中动摇，甚至觉得自己该放水让一下那位仅剩一次机会的大哥哥。

她路过半夏身边的时候，跷着脚、闭着双目的半夏突然说了句："人生是靠自己走出来的，不是靠别人让出来的。你要知道，有些人觉得进了这间休息室之后，比赛就已经开始了。"

小姑娘醒悟过来，抬起头，脚步坚定地向舞台走去，一条马尾在脑后一甩一甩的。

休息室内的程城便拉下脸来，哧了一声，点了根烟到外面抽去了。

休息室内只剩下张琴韵和半夏，还有半夏怀里的小莲。

"比赛不是靠别人让出来的，所以是靠赛前和评委拉拉扯扯得来的吗？"张琴韵突然冷笑一声。

这话在他的心里憋了两天，他翻来覆去地想，终于说出口。

半夏微微地皱起眉头，不明白他在说什么。

张琴韵把自己的手机屏幕放到半夏的眼前，屏幕上播放着一个视频，是那天半夏走出茶馆，姜临追出来的画面。

许多北城音乐学院的学生出身于音乐世家，家里背景雄厚，各种关系盘根错节，掌握了音乐平台的大量话语权。

天知道像他这样毫无背景的学生，能走到今天这个份儿上，付出了多大的心血和努力。

因而他也最厌恶这种靠着和评委关系亲近取得比赛胜利的人——特别是他之前还将这个女孩儿视为自己的劲敌。

"我告诉你，这一次的比赛，我必须拿到金奖。在北音，只有金奖得主才具有价值。"他站在半夏面前，居高临下地举着手机，对坐在靠椅上的半夏说，"不管你怎么处理，我如果拿不到第一，就把这个视频曝光到网络上。"

之前，张琴韵在心里模拟过很多次今天的对话和半夏有可能做出的反应。对方无论慌张、恼怒，他都一一仔细想过如何应对。

谁知道那个和他年纪相仿的女孩儿看到了视频之后，不过从鼻孔里哼出一点儿嘲笑的声响，依旧跷着脚，歪在靠椅上。

"随便你。"

她侧了个身，摸着自己手里的黑色蜥蜴，微微地皱着眉头闭上眼睛，仿佛对此事当真毫不关心。

"你……你看清楚。这个视频一旦曝光，但凡有心人查一查，你和那位大师之间不清不楚的关系可就举世皆知。"

光凭三言两语，他其实不太清楚姜临和半夏的关系，只是知道两人看起来绝对不太正常。

再俊美的人，行丑陋之事时，那容貌也多半是扭曲丑陋的。

张琴韵握着偷拍的视频，此刻面容难看，声音低哑，因为半夏不屑的态度火冒三丈。

"哪怕你这次拿了金奖，从今以后，也会在小提琴圈失去立足之地，连演奏的机会都没有。"

半夏睁开眼睛看他："所以你是默认自己已经输给我了？"

被精准地击中最不愿承认的地方，张琴韵顿时噎住。

"他什么名声不关我的事。"半夏俯身向前，眼中带着一丝压不住的怒意，用一根手指点到视频上的人，"我告诉你，我只要琴在，人在，心不曾改变，就永远拥有我的音乐和舞台。"

她身上的那只黑色蜥蜴沿着她的胳膊爬上去，爬到她的肩头蹭了蹭她的脸颊，转过头来瞪了张琴韵一眼。她雪白的脖颈儿衬着蜥蜴黑色的身影——蜥蜴仿佛通了人性一般。

"至于你这个人，"半夏懒洋洋地靠回靠椅，用一只手轻轻地按着腹部，不紧不慢地说，"你从前的琴声我没听过，但从你琢磨这些东西的那一刻起，你的琴声就脏了，想必也不值得我一听。"

她说这几句话的时候，语气不屑，态度傲慢。

张琴韵甚至想不明白，本该问心有愧的她，为什么能这样理直气壮地指责他？

反而是他竟然被这样的她说得隐隐心虚。

"你……"张琴韵压低声音，"如果是公平比赛，我未必会输给你。"

"我们都拉《贝小协》。你记不记得贝多芬曾经说过，琴声来自心灵。只有至纯无垢的心，才有机会得到真正美好的音乐。如今你这副样子是赢不了我的。"半夏又露出那副欠扁的笑容，还摊了摊手，"哦，我忘记了你可能听不懂这些。"

她肩头的黑色蜥蜴配合着她的动作，吐了吐粉色的小舌头，仿佛和她一起嘲笑着他。

"你……你也不过靠着和姜临熟悉，否则凭什么能这样有信心？"张琴韵气急败坏。

"真正喜欢音乐的人靠心和耳朵分辨别人音乐的好坏，而不是靠视频和流言。我记得你和我提过尚小月，你知道不知道，在我们比赛的时候，她的父亲曾亲自来到现场？"

半夏说完这句话，微微地皱着眉，闭上眼睛，懒得再搭理这个人。

她被小莲精心照顾了那么久，整个人都变娇气了吗？不过是几天的忙碌加上饮食不够规律，她居然就胃疼了起来，还是在这么关键的时候。

胃部一阵阵绞痛，让她感到痛苦，心里又有了一种渴望，渴望能够尽快摸到自己的琴，在纯粹的琴声里忘记一切苦痛。

下一场的演奏轮到张琴韵。

张琴韵呆呆地站在后台，心里还乱糟糟的。

尚小月的父亲尚程远是知名的小提琴演奏家，也是张琴韵十分崇拜和尊敬的对象。

尚程远在榕音选拔赛现场，最终获得参赛名额的人却不是他的女儿而是半夏，可见那对父女的人格之高，以及他们对半夏的琴技的认可。

登台之前，张琴韵知道自己不该再想着这些琐碎之事。

但他心里终归浮躁难安，或许真的被那个傲慢的女人说中，他的心乱了，他的琴声难免也将跟着无法纯粹。

台下响起掌声，张琴韵站在灯光下，向台下看去。

他没有看见母亲。

他的心里涌起强烈的失望之情。

他再搜寻一遍，突然看见了一个穿着灰扑扑的外套的中年女性，就坐在他给出的那张入场券上写的位置。

从他小时候起，母亲就热衷于浓妆艳抹，整容打扮，今天却穿了一身特别规整土气的灰色外套，把头发梳成圆溜溜的一个髻，没有化妆，还戴了一副黑框眼镜，正带着一点儿局促感，端端正正地坐在位置上看着他。

他差一点儿没把她认出来。

张琴韵突然觉得眼眶有些酸涩。

他记得自己小时候，每一次在家里拉琴，妈妈只要在家，就总会带着过于夸张的表情扑上来，一把将他抱住。

"天哪，天籁之音，我的儿子怎么这么厉害？"

当时他觉得妈妈过于浮夸，很不好意思，现在想想，似乎都已经有好几年没有拉琴给妈妈听了，没有听见妈妈得意的声音了。

"什么也不要去想了。"张琴韵对自己说，"调好琴，扬起弓弦，好好地演奏这一首曲子，把它献给妈妈，让她像我小时候那样觉得听见了天籁之音。妈妈，你好好地听一听我的琴声。"

休息室内，闭着眼睛的半夏突然睁开了眼睛。

《贝小协》独特的四声定音鼓声之后，乐队声渐弱，小提琴柔美的八度音以渐强的方式出现。

"贝多芬，"半夏侧耳聆听，"竟然有这样温柔似水的《贝小协》。我有一种好像听见了《圣母颂》的感觉。"

她和小莲交换了一下眼神，彼此都看见对方眼里露出不太情愿的神色。

她刚才骂得那么凶，现在却发觉人家的琴声竟然还挺不错，听得人心里暖暖的，令人想起自己的母亲。

而且奇妙的是，半夏在这个令人讨厌的张琴韵的《贝小协》里，竟然听出了很多和自己相同的理解。

　　人性有时候很微妙，不管他是不是一个讨厌的男人，音乐至上的半夏也愿意承认，他的音乐堪与她匹敌。

　　世人如果提到贝多芬，多会想到他音乐中的宏大、庄严和扼住命运咽喉时的慷慨激昂。但此刻听着舞台上张琴韵演奏的《贝小协》，台下的观众会忍不住微微地闭上眼睛，感觉或许乐圣贝多芬把自己一生中最温柔幸福的时光都倾注在他的这首小提琴协奏曲中。

　　五声的定音鼓如轻轻的敲门声，交响乐团优美浑厚的旋律如同徐徐展开的人生画卷。

　　在这个时候，小提琴声渐强进入，好似女主角的登场。她美丽活泼，偶尔也闹一点儿小脾气。可叹的是命运不曾眷顾她——小小年纪她便历经苦难，独行在冰雪寒夜中，于无可奈何之时遍尝世间冷暖。

　　乐队的声音逐渐低沉下去，只有小提琴声丝毫不减。即便生活有诸多艰难，她的心中依旧保留着一份绝对的温柔，那是她对自己孩子的那份发自内心的爱。

　　悠悠琴声里，半夏仿佛能看见一位年轻的母亲牵着小小的孩子，走在灯红酒绿的城市中。母亲活在肮脏的泥泞里，却努力地将孩子抱上最昂贵、最纯洁的舞台。

　　直至终章，轰轰烈烈的乐曲之后，一切渐渐地归为平静。母子二人回到了自己的家，生活变得恬静温柔，音乐停止在最美好的画面中。

　　舞台下，雷鸣般的掌声响起。舞台上的张琴韵停住了他的弓，感觉琴声的余韵似还在脑海中嗡嗡回响。

他突然想起刚刚在后台，那个人对他说的那句话——

"只有至纯无垢的心，才有机会得到真正美好的音乐。"

那个女孩儿说这句话的时候，实在是一副过于傲慢的模样，双脚跷在椅子上，苍白着面色，下巴尖尖，眼神不屑，甚至都懒得看他一眼。

虽然她是一个这样令人讨厌的女孩儿，但张琴韵心里不得不承认，正是因为被她激了一下，自己才得以全心全意地沉浸在演奏中，得到了这一场超水平发挥的"真正的音乐"。

张琴韵茫然地看了看自己握在手中的琴，又抬头向台下看去。

众多观众之中，一位衣着打扮十分古板严肃的中年女士忍不住伸手掩住脸，流下了眼泪。

评委席上，众多评委纷纷在评分表上打出了极高的分数，更有不少人微顿笔尖，轻轻地在"张琴韵"这个名字边做下了一个小小的记号。

只怕后面很难再出现超越这首曲子的存在了，冠军应该就是落在这个孩子身上。这一刻，许多人心中产生了这样的想法。

临到半夏上场之时，小莲在地上坐立难安地绕着尾巴打转，已经彻底维持不住往日里端庄稳重的形象了。

"实在不行，就别去了。"他不止一次地说出这句话。

半夏有点儿无奈地伸手安抚了一下小莲黑色的脑袋："没事，吃过药已经好一点儿了。"

她看了墙壁上的镜子一眼，镜子里的自己除了脸色白了一点儿，眼睛更亮一些，看起来明明和往日没什么区别——尽管事实上她已经疼得快要站不住了。

也不知道为什么，小莲在这方面似乎异于常人地敏锐。每一次不论她是伤心，还是痛苦，他总能一眼就察觉到她情绪上的异常之处。

只是此刻的半夏已经分不太出精力来思考此事。

她脆弱的肠胃像被一只魔鬼的手给攥住了，并且狠狠地扭了一把，此刻翻江倒海地疼。

但她这个人打小儿起便是这样，没什么事的时候，还能软乎乎地撒几声娇卖几句萌，真正痛起来的时候，却往往是一声不吭的。

半夏站起身，深深地吸了一口气，脱掉了披在身上的外套，向舞台上发着光的地方走去。

在那一瞬间，小莲恍惚觉得自己看见了在海面上冉冉升起的明月。哪怕无数扭曲的藤蔓荆棘缠上那皎皎之身，却怎么也止不住她缓缓向前的脚步。

他向前追了几步，停下身来，看着自己心中的明月升上那璀璨的舞台。

评委席上，一位评委看了眼手中的评分表，心里微微有些惋惜。

下一位登台的选手演奏的曲目竟然也是贝多芬的小提琴协奏曲。

这位选手他有印象，是一位在初赛和预赛的时候都非常出色的女孩儿。他也在心里期待过她决赛时的表现。很可惜的是，她竟然选了和张琴韵相同的曲目。

就在不久之前，北音的那位张琴韵同学用他超凡的技巧、极为细腻的情感表达完美地演奏出了动人心弦的《贝小协》，获得了

全场观众和评委的高度认可。

在这样完美的演出之后，再演奏这首曲目的人必定是要吃亏的。哪怕她也发挥得很好，但听众会因为审美疲劳而对她打了折扣。

更何况，很多评委心中已经觉得张琴韵刚刚的演奏是他们这个年龄段的孩子难以超越的水平。

不多时，舞台上新的演奏者提着琴缓缓而来。

年轻的女孩儿四肢纤细，腰身挺拔，穿着一身极简的白裙。穹顶的灯光倾泻在那裙摆上，流光生辉。

交响乐团宏大的声部缓缓地奏响主题。

半夏站在舞台中心，眸色明亮，面如初雪，披着一身清冷的月华，抬起了手中的小提琴。

"嘿，这个孩子今天整个人的气质好像都变了。"评委席上的傅正奇坐直身躯，在乐曲开始前和身边的评委小声地交换了意见，"虽然张琴韵非常棒，但我还是对这个半夏充满期待，不知道她会给我们带来一场什么样的《贝小协》。"

年迈的音乐家对接下来的演奏充满期待。他甚至没有发现，被安排坐在他身边的姜临眼神闪避，几乎不敢抬头看向舞台。

庄严宏伟的乐队伴奏渐渐地变弱，小提琴独奏声毫不犹豫地出现。

她坚定而果敢的第一弓就清晰地宣示着"我到来了，我在这里"。

听众和评委们都在心中微微倒吸了一口凉气——这位竟然走了和刚刚张琴韵温柔渐强的出场完全不同的风格。

干净的旋律如潮水般平地升起。碧海蓝天，有孤鹰翱翔，逍遥自在。

傅老爷子听着听着眼睛亮了，笑出了一脸的褶子。

对啊，这才是真正的贝多芬。那位集英雄主义和浪漫主义于一身的乐圣，小情小爱、柔情似水的演奏怎么也无法完美诠释出这位伟人的风格。贝多芬是什么样的作曲家？他是在经受过生命的苦痛和岁月的磋磨之后，依旧能谱写出《欢乐颂》，把大爱带给人间的音乐巨匠。

舞台之上的小提琴手果敢而坚毅地展开了乐曲的开篇，乐曲中章的抒情是一种克制而温柔的抒情，乐曲尾章的快乐是坚强而清晰的快乐。

如果用母爱来形容听到这首曲子的感觉，那是风吹麦浪的田园里，洁白床单纷飞的庭院中，母亲对着所有的孩子伸出她温暖强壮的手臂。

若是用爱情来理解这曲调，那是从困境中挣脱，青春洋溢地漫步人间，活出自我的女孩儿，找到她愿意携手同行的伴侣。

没有那些缠绵不清、哀怨难舍的柔情，演奏者甚至没用过度的滑音和揉弦技巧来表达情感，演奏质朴而大气，感染人心之处竟是一种更为广博于人间的大爱。

听至中途，观众席上，一位年轻学生忍不住低声询问了一句："这个华彩……？"

坐在他身边的导师无声地冲他点点头。

评委席上，一位评委也和身侧的朋友交换了一个眼神，都看见了对方眼中的惊讶。

她演奏的竟然是这样的华彩吗？

此刻，坐在后台聆听着音乐的张琴韵突然朝着舞台的方向转

过头。

这个华彩……是她原创的华彩?

他忍不住站起身,向着舞台的方向前进了两步。

曾经他也产生过这样的想法,用自己创作的华彩来取代曾经的那些演奏家写下的华彩乐谱,只是再三犹豫之后,终究不敢在这样重要的舞台上冒这样大的风险。

那个半夏用了他曾经想过却不敢做的方式。

属于自己心中的华彩哪怕不如那些著名演奏家留下的华彩精妙绝伦,但它必定能够最完美地契合自己对整首协奏曲独特的理解。

她这样无所顾忌地打破常规,这样肆无忌惮地在舞台上表达自己的音乐。

"真正喜欢音乐的人靠心和耳朵分辨别人音乐的好坏,而不是靠视频和流言。"那个人曾经这样说过。

如今,她正在把她的音乐摆在他的面前,而他的心又是否能公正地做出判断?

张琴韵攥紧了身边的拳头。

舞台上的少女挥舞着琴弓,面色有一点儿苍白,汗水顺着脸颊不断地滴落。

流淌在舞台上的音乐蕴含着浪漫、美好,也有庄严、宏大,有着对命运的抗争,也有坚强中流露出的一丝隐隐的痛。

在那一瞬间,这音乐甚至让人产生了一种错觉:站在光束中年轻而身材纤细的女孩儿,仿佛和那位活在百年之前孤高、倔强、痛苦、不屈服于命运的音乐巨人产生了某种奇妙的联系。

观众席上,十三岁的林玲摸了一下自己的脸颊,发现沾了一手的眼泪。

"哎呀，我怎么听哭了？"她热泪盈眶地看着舞台，"这个姐姐真是厉害，看来我还是骄傲了一点儿，前面还有一大段路需要追赶呢。"

坐在后台的张琴韵闭上眼睛，长长地叹了一口气，仿佛在乐曲声中把这些年淤积于胸的那些自卑、不甘、怨恨之情都驱散了。

评委席上的傅正奇老先生的眼睛越来越亮，他将布满皱纹的双手紧紧地握在了一起。如果不是演奏还没有完全结束，他几乎要率先站起身来鼓掌。

坐在他身边的姜临却不知为什么低下头去，露出痛苦的神色，伸手捂住了自己涨红的面孔。

曲终之时，现场掌声如雷，连绵不绝。

身着白裙的女孩儿弯腰鞠躬，额头的几滴冷汗打在舞台的地板上。

音乐厅的后台有几间小小的休息室，从休息室出来的时候，选手如果不返回观众席而是往外走，就会穿过一段长长的楼道。

音乐厅内的比赛还在继续。

此刻的楼梯间里，一位穿着灰色大衣的中年女士正在和张琴韵说话。

"好几年没有这样听过你拉琴了。真的很棒，天籁之音。无论你是第几名，在我眼中都是绝对的冠军。"

女人的声音有点儿哑，她低低地述说着。她几乎按捺不住内心的激动，一边拉着张琴韵的衣袖，一边伸手抹掉眼角的泪水。

楼梯间的防火门被人推开，是披上了外套的半夏。发现楼道里有人，她微微地愣了愣。

那位穿着灰色大衣的中年女士在看见半夏出现的时候，便飞快地松开张琴韵的手臂。

半夏明明没有多问，她却有些慌张地主动解释起来："我……我是琴韵家里的阿姨，来给他送东西的。"

她低着头，扯了扯裹在大衣外的围巾，说完这句话勉强地冲半夏笑笑，转身就往外走。

在她身边的男孩儿伸手拉住了她的手腕。

"阿韵？"女士局促地喊了一声。

张琴韵握住她的手腕不肯放，微微吸了口气，开口说道："这是我的母亲——这是我的母亲，特意来看我演出。"他转头正视着门边的半夏，一字一句地认真说，"她刚刚只是和你开玩笑。"

虽然不明白发生了什么，当面对一位母亲的时候，半夏还是礼貌地点了点头。

她羡慕每一个有母亲的人，特别是在自己这样疼痛又无力的时刻。

扶着楼梯的栏杆，半夏路过这一对母子慢慢地往下走，一点点地走到剧院的后门。

她推开那扇门，前面是一条车来车往的马路。

或许是她全情投入的比赛抽走了她身体里所有的力量，那在舞台上忘记了的疼痛此刻都变本加厉地向她袭来。

明明她只要走出这扇门，穿过马路上的天桥，就可以回到酒店休息，但她的脚像踩在棉花上一样发飘，全身疼得快要抽搐起来。她实在是一步也迈不动了，只得挨着台阶慢慢地坐下，把冷汗淋淋的脑袋靠在冰冷的石墙上。

比赛已经进行了一整天，太阳都到了快要下山的时候。红彤彤的斜阳挂在高楼林立的天边，橘红的阳光斜斜地照过来，披在身上，一点儿都不暖和。

小莲在这个时候跑去了哪里？半夏胃里绞痛，一阵一阵地抽搐，汗水模糊了视野。她闭上眼睛，浑浑噩噩地想着：这个时候，哪怕能有小莲让我抱一抱，也好一点儿啊。

"你怎么了？"一个声音在她身边响起。

坐在地上的半夏睁开被汗水糊住的眼睛，迷迷糊糊地看见张琴韵的面孔。

"我妈妈说，你看起来不太舒服，让我过来看一眼。"

半夏眯着眼睛，勉强地冲他摆摆手："没事，老毛病了。"

这个人是怎么回事？他们不是刚刚还吵过架的吗？

"你的父母有陪你来吗？电话号码给我，我帮你打一个。"张琴韵取出手机。

半夏没有报出电话，只靠着墙壁摇摇头，把眼睛闭上了："我没有父母。"

张琴韵突然想起自己录下的那个视频里，能听见的唯一的对话。

"你……你这是什么态度！你要知道，我可是你的……的……你妈妈呢？我要见她一面。"

"我母亲她六年前就已经因病去世了。"

他握着手机，看着靠在墙边的半夏。女孩儿脸上血色全无，微微皱着眉头，冷汗浸透了黑色的发丝。

他现在想想，她赛前的脸色就非常不好，是因为已经发病了，所以她才跷着脚窝在椅子上说话。

她带着这样的病痛登台，却演奏出那样的琴声。

　　张琴韵咬了咬牙，点开手机屏幕，蹲下身，当着半夏的面删了那个视频。

　　"视频我删了……"张琴韵这个年纪的男孩子，自尊心最是强，道歉的话在喉咙里滚来又滚去，好不容易别别扭扭地挤了出来，"这事算……算我错了，向你道个歉。"

　　最后一点儿橘红的阳光从高楼的间隙中转过来，披在半夏的肩头。她裹着外套，站都站不起来，脸色白得和纸一样。

　　哪怕是这样，她还能在嘴角扯出一点儿有气无力的笑来，摆摆手。

　　"那就翻篇儿了。"

　　从他第一次见到她的时候，这个女孩儿身上就带着一股傲气，又倔强又冷傲。

　　哪怕是病成这样了，她依旧不愿露出软弱的一面，没有丢掉属于她的那份骄傲。

　　张琴韵觉得心里的某个地方莫名地软了，冲着半夏伸出手，想要扶起她："我送你去医院吧。"

　　一只属于男性的手臂从旁伸了过来，抓住他的手腕。

　　高楼间最后的一点点阳光照在那玉石般白皙而有力的胳膊上，使那只手臂看起来白得仿佛要发光了一般。

　　张琴韵转过身，撞见一双墨黑的瞳孔。

　　那瞳孔幽幽的，冷得像含了冰——被这样的一双瞳孔盯着，就仿佛被那种会竖起瞳孔的冷血动物盯住了一般。

　　"不劳烦你了。"那个男人清清冷冷的声音响起。

第二十三章

归

来

张琴韵在这一刻是极为吃惊的。

突然出现的这个男人并非无名之辈。相反，他甚至是他们这一辈音乐学院学生中的传奇人物——凌冬。

那位就读于榕城音乐学院，摘得了拉赫玛尼诺夫国际钢琴大赛（拉赛）桂冠的天才少年。

张琴韵几乎从少年时期开始，就无数次地在电视新闻，乃至一些自己参加的音乐活动上见过凌冬——那位一身光环、将钢琴演奏得出神入化的同龄人。

传说中凌冬性格冷漠，气质淡然。这会儿猛然一见，张琴韵惊觉他除了冷淡，还显得有一点儿凶。

那双黑色的眼眸莫名让他联想到了那只蹲在半夏肩头、竖着瞳孔瞪他的冷血动物。

凌冬几乎是不太客气地抓住了张琴韵伸向半夏的手，深深地看了他一眼。然后凌冬蹲下身去，把半夏背了起来。

为什么凌冬会突然出现在这里？

愣住的张琴韵还来不及开口询问，就听见被凌冬背起的半夏低声抱怨了一句——

"你跑哪儿去了？"

他想要阻拦的手就停住了。

是了，他们俩都是榕音的学生。看样子两人绝对是十分熟悉的，至少比起她和张琴韵这个陌生人的关系好得多。

张琴韵只得后退了半步，眼看着凌冬背起半夏，小心地把后背的人托了托，确保她趴稳了，才迈开步伐，顺着斜阳渐渐西沉的道路离开。

他那一份小心翼翼的温柔，哪怕是眼瞎的人也看得见。

张琴韵心里还来不及生根发芽的那一点儿微妙情绪就被这一捧突如其来的凛凛冬雪给兜头兜尾地浇灭了。

半夏感觉到有一个人把她背了起来。她疼得冒冷汗，感觉眼皮重得好像灌了铅，努力地睁开一点儿，也只看见一个摇摇晃晃的世界和一截儿晃动着的白色肌肤。

那人依稀穿着那套她在酒店里见过的衣服，衣服上带着一点儿淡淡的她熟悉的味道。

半夏就松了口气，伸手攥紧了他的衣服，含混不清地问了句："你跑哪儿去了？"

"再忍一会儿，我带你去医院。"小莲说话的声音和平时不太一样，没有了那种神秘的低沉，听起来冷冷的，像是冬天里的一片雪花。

半夏觉得自己很累，一句话也不想说，只看着那挂着汗水的下颌，感觉心口好像有暖融融的东西流过。

小莲的肩膀很宽，只是他过于消瘦，后背的骨头硌得人难受。

但这样的地方让虚弱的半夏觉得安心，仿佛在这个脊背上可以放心地卸下一切防备。

她真是狼狈，什么脆弱倒霉的模样都被小莲见过了。

她哭也在他面前，病也在他面前，好端端的形象都没了……半夏在昏昏沉沉中想。

总有一天，得他坦诚相对，她要好好地扳着他的脸，把他那些脆弱无助的模样都一一看回来。

尚有心思胡思乱想的半夏被腹部的一阵绞痛拉回疼痛的深渊，不得不闭上了眼，在心里痛哼了几声，陷入昏昏沉沉之中。

明明天还亮着，小莲是怎么把我背起来的？半夏半昏睡之前，脑海中闪过一个模糊的念头。

凌冬背着半夏走在桥上。

斜阳晚照，橘红的阳光打在他白如玉石一般的肌肤上。

他被阳光照到的肌肤上布满了细细密密的汗珠，泛起一层诡异的珠光，好像一块正在逐渐消融的宝石。

幸好，最后的一点点阳光很快消失在城市的楼栋间。

他皮肤上似要消融的光泽消失了，皮肤渐渐地在暗淡下来的世界里变得结实。

凌冬停下脚步，任凭汗水打湿刘海儿，深深地吐了一口气，加快了前进的脚步。

医院的急诊室里，拿着吊瓶过来的护士推醒了半夏。

"醒醒，"护士向她核对输液者的名字，"叫什么名字？"

半夏睁开眼，才发觉自己蜷在输液室的椅子上睡着了。

"嗯，我叫半夏。"

"你的男朋友呢？刚刚还看他急匆匆地跑来跑去办手续，这会儿怎么不见了？"护士边给半夏挂上点滴边问，"不过你那个男朋友看起来倒是挺帅的。"

这时候，一只黑色的小蜥蜴沿着墙角，穿过人来人往的输液室，一路顺着半夏的腿爬上来，蹲到半夏的膝盖上，张开嘴巴喘气。

半夏伸手摸了他一下，发现他浑身挂着细细的汗，就好像刚

刚进行了一场了不得的万里长征。

医院的男洗手间内，保洁大婶推开一扇隔间门，吃惊地看见地上有一套衣服。

现在的人真是乱来，上个洗手间连衣服裤子都乱脱的吗？大婶捡起那套衣服，心里奇怪，这人把衣服丢在这里，难不成是光着跑出去的？

决赛的时间一共两天。第二天的下午，十位参赛选手全部登台演奏完毕，评委们争执了好一会儿，得出最终结果。

主办方宣布了获奖名单，并举行了晚宴。

全国学院杯小提琴大赛历时十余天。

半夏在这一场短短的比赛里得到了真正的成长，收获良多。

因而最终的结果到来的时候，她反而觉得名次也没有那么重要了。

但当主持人开始念获奖名单的时候，她还是忍不住有些紧张。

"第一名，冠军的获得者是——"

主持人拖长了尾音，全场屏住呼吸。

"第一名，来自榕城音乐学院，大二的半夏！"

半夏攥了一下拳头，兴奋地站起身来。

那一刻，她心里塞满了被所有人认同的欢欣和幸福。

第二名获奖者为张琴韵，第三名是年仅十三岁的小姑娘林玲。

三个人登上舞台，并肩站在一起。

张琴韵率先伸手和半夏握了握："恭喜你，实至名归。"

小姑娘给了半夏一个大大的拥抱："姐姐你的琴声好棒，我太喜欢你的琴声了。"

或许比赛前，他们各自带着一些较劲和不满，但音乐消除了三位年轻人之间的隔阂——他们在其他人的琴声中找到了属于灵魂的共鸣。

上台颁奖的时候，傅正奇亲手把金色的奖杯递给半夏，还有一摞厚厚的现金。

半夏一脸幸福地接住了。

"小姑娘很不错，好好地在这条路上走下去。我们这些老人家就等着看你们这一辈带来的新世界。"老爷子一脸慈爱，笑眯眯的，"说起来我第一次见到你还是在榕城的地铁站附近。那一天你拉了一首《野蜂飞舞》，对，就是这首曲子。"

半夏眨了眨眼睛，当然想不起来，有些不好意思地挠挠头。

傅正奇问："你在榕音的导师是谁？"

半夏说："我是郁安国教授带的学生。"

"噢，原来是小郁。那个小伙子确实不错，倒是能带出你这样有灵气的孩子。"

原来郁安国也有被叫小伙子的时候啊。

半夏悄悄地移开视线偷笑。

晚宴的时候，冠军、亚军、季军三人自然而然地坐在了一张桌子旁。

张琴韵终究有些不服气："输给你我也只承认这一次，下一次赛场再相遇，冠军绝对是我的。"

半夏突然觉得这个男孩儿有点儿可爱。

林玲小姑娘这样说："说不定下一次见面，我们大家是登台合奏呢。那一定比今天还要有趣。"

一位音乐演奏家的职业生涯中，其需要参加竞技比赛的时间

并不长。在人生漫长的岁月里，演奏家可能更多的是彼此间的交流配合。

张琴韵愣了愣，终于理解了半夏和尚小月之间的关系。

作为敌人的时候，半夏固然是恐怖且讨厌的存在，但如果有机会和这样优秀的演奏家合奏共鸣，那只要想一想都令人忍不住热血沸腾了起来。

只要他们能一直在音乐这条道路上旗鼓相当地走下去，这样的机会总会有的。在这条艰难却风景迷人的道路上，志趣相投的朋友只会越来越多。

"对了，昨天来不及谢谢你，"半夏和张琴韵道谢，"也请你帮忙谢谢伯母的关心。"

昨天才生病的半夏脸色还很差，不敢碰酒，勉强用饮料和张琴韵碰了碰杯子。

即便如此，停在她肩头的小蜥蜴依旧用暗金色的眼睛死瞪着那杯子，仿佛监督着她只让喝一小口。

张琴韵张了张嘴，想要问凌冬和她之间的关系，又觉得这样的场合不合适，最终还是暂时忍住了。

林玲凑过来，压低声音说了一个八卦消息："小夏姐姐，你知道吗？下午评委席吵起来就是因为你。"

三个人的脑袋凑到了一起。

"评委们一致给了你高分，唯独那位姜……也不知道出于什么心态，打了一个特别离谱儿的低分。傅老爷子看见了，当场就不干了，"小姑娘的眼睛亮晶晶的，里面仿佛燃烧着八卦之魂，她说，"当时就跳起来要发作，得亏别人拉住了。

"傅老这两年脾气变好了，很多人都忘了他年轻的时候可是个炮仗。"

小姑娘出身于音乐世家，对古典音乐圈子里的小道儿消息了如指掌。

"我妈以前就是他老人家的亲传弟子，现在到了他面前还怕得腿肚子打哆嗦呢。"她说。

三个人便一起转头看向评委所坐的桌子。

坐在那边的姜临似乎有些魂不守舍，恰好在此时抬起头，撞见了三双年轻而清澈的眼睛。

他心中一虚，极不自然地避开了视线。

"看吧，他见到半夏姐都心虚了，一定有什么猫儿腻。"林玲出身富贵，被娇惯着养大，虽然心地软，但并不畏惧讨论权威人士。

张琴韵从小见多了某些所谓成功人士背地里干出来的混账事，隐隐约约猜到一点儿姜临和半夏之间的关系。

他看了一会儿评委席上那位年逾四十、衣冠楚楚、事业有成的小提琴家，又转头看了半夏一眼。

"我曾经挺崇拜姜临的，这一次比赛听说他是评委，还一度兴奋得睡不着觉。"他说话的语调里带着几分感慨和醒悟，"那是一个出身草根的男人，却凭借自己的能力登上了国际舞台。从前，他一直是我的目标和偶像。直到这一次见到了真人，竟然令我如此失望。"

"学长，你可别学他，他登上国际舞台用的手段那是特别不好看。即便如此，这几年他的水平也公认下滑得很厉害。或许就是这样，他才见不得半夏姐这样的天才崛起吧。"林玲颇为自得地咳了一声，"当然，他或许也看不惯我，但我很快就会从他的身上越

过去的。"

半夏将目光落在评委席上，看了一会儿那个连视线都不敢和自己交碰的男人，最终平静地把视线收了回来，伸手搓了搓小林玲的头发。

"对，我们没必要把视线放在不值得关注的人身上。我们走自己的路——那些不好的东西迟早会被我们远远甩在身后。"

评委们齐聚的圆桌边，傅老爷子喝了点儿酒，脸色红润，笑容满面。

"看吧，年轻人就是纯粹，三个小娃娃一点儿没因为比赛而产生芥蒂，还相处得那么好，真是让人放心的一代。"他眯着眼睛，用手肘捅了捅身边的姜临，"你看，他们三个一直看我们这里，想必是在琢磨姜老师特立独行的打分方式，猜测你是不是有什么潜在的慈爱用心，才能给一位大家都认可的天才打个不入流的分数。"

姜临脸色铁青。

不知道为什么，在半夏演奏出那样完美的协奏曲时，他自心中产生了一种强烈的恐惧感。

这个有着他的血脉的孩子，崭露出更胜他的惊人天赋。

他突然开始害怕，害怕这个孩子登上比自己更高的舞台，用那副和她妈妈一模一样的眸子冷漠而嫌弃地看着他，特别是在他的状态一路下滑的时候。

鬼使神差地，他昧着良心打了一个特别低的分数，却被傅正奇这个不讲规则的老家伙当众喊了出来，一度弄得场面不太好看。

"您说笑了。"姜临冷着脸，对这位曾经指导过自己的老师说，"我身为评委，自然有我的标准。他们是选手，看不到评委打分，凭什么议论到我头上？"

傅老爷子耸耸肩："那不好意思，那个林玲刚刚好是我的徒孙，比赛完来给我问好的时候，我或许不小心说漏了嘴，把你给她们俩打的分数都说了。"

"你……"姜临愤怒了。

他转头向半夏那一桌的方向看去，两个女孩儿都正用一种凉凉的视线看着他。即便是那个亲手从他的手中接过亚军奖杯的张琴韵，也露出了嫌恶的眼神。

三张年轻的面孔，六道目光，就像看着被丢弃在人生道路上的垃圾一般。他们往他的身上瞥了一眼，齐齐地收回了视线，不曾再在他身上浪费半分眼神。

在全国大赛上夺冠归来的半夏受到了老师和同学的热情欢迎。

学生宿舍里，潘雪梅和乔欣围观金灿灿的小奖杯，羡慕不已。

"可以啊，学院杯都给你捧回来了，这可真长脸啊。"

尚小月说话的语气稍微有一点儿酸："见到了很多人吧？这次算你没给我丢面子。"

"那是，毕竟是班长在中学就拿过的奖杯，我好歹要守着，不能让人笑话了去。他们那些人看见你没来，还以为能够大大地松一口气呢。"

尚小月把脸拉了下来："他们说我什么了吧？"

半夏比画了个"切割"的手势："说了。但我让他们都洗干净脖子等着，两年后小月没准儿还得来一趟，亲自杀他们个片甲不留。"

尚小月就被哄笑了。

潘雪梅插上话："难得去一趟北城，什么东西都没带吗？你好歹给我们一人带一只烤鸭回来意思意思。枉费我们为你牵肠挂肚的。"

"那个烤鸭比较贵……不是，那个烤鸭带回来就不好吃了。"半夏愁眉苦脸地说。

"那行吧，下一次小龙虾你请，这可没跑儿的。"

"对，冠军得请小龙虾，还得把男朋友带出来见见亲友。"

半夏愁死了。

郁安国的家中，桂芳苓用一只手捂住脸颊："哎呀，你这孩子，比赛已经很辛苦了，还惦记着买什么烤鸭。"

"只是一点点心意，毕竟拿了奖金了。"半夏不好意思地挠挠头。

她特别喜欢来老师的家里。只有在这里，她才会偶尔被人叫一声"孩子"。

从十三岁母亲去世以后，她就不觉得自己还是个孩子了，但并不代表就不喜欢被人温柔以待。

"你虽然拿了冠军，但也没必要骄傲。你们班的班长在附中的时候就拿过这项比赛的冠军了。"郁安国端着一张严师的面孔，可惜下一句就泄露了自身关注的重点，"我和这一次比赛的评委打听过了，他们对你的表现还算认可。"

半夏捧着老师："是啊，老师的名头也很响亮呢，傅正奇老先生还特意和我提到了您。"

郁安国高兴了："哦？傅老他曾经指点过我，也算是我的半个恩师。他老人家说了我什么？"

半夏的语调拐了个弯，她给自己和老师脸上都贴了金："他说您这样厉害的老师，才培养得出我这样的高徒来。"

她临走时，桂芳苓道："听说你这一次比赛还病倒了，一下舞台就去医院吊水挂瓶的。看你这脸色都青了，这几天都来老师家吃饭吧，师母给你炖点儿汤补一补。"

"谢谢师母。"半夏心里很是领这份心意，话语里就没有隐瞒，面色微微一红，"但是不用麻烦师母了，我每天回家也有汤喝的。"

桂芳苓是过来人，听这话就明白了，拿眼神揶揄她一下，松手放她回去了。

半夏骑着自行车，高高兴兴地往家里赶。她出来十多天，住的虽然是高档酒店，但还是觉得自己那一间小小的出租房比较好。

小莲现在想必在灶台上炖着能香掉舌头的热汤，等着她回去喝了吧。

龙眼树林边的出租小屋里，凌冬卷着袖子，拿着长勺，站在炉火蓝蓝的灶台前尝汤，觉得味道还可以。

他黑色的眼眸映着温暖的炉火，整张面孔都显得温柔了起来。

他炖的是半夏喜欢的猴头菇水鸭汤。为了保留养胃的功能，又同时去除猴头菇特有的苦味，他花了不少的心思，总算赶着半夏回来的时候能让她喝上一口热腾腾的汤。

凌冬看了灶台上摆着的计时器一眼。

时间一秒一秒地往前跳，越过了五十分钟的关口，向着更长久的时段一秒一秒地跳去。

没错，情况在变得越来越好，时间在变得越来越长，他对身体的掌控也越来越稳定。

　　哪怕那一天，凌冬爬回酒店之后太阳还没有完全落山，因为着急顶着阳光就变成了人形，好像也没有发生什么大事。

　　那他就找一个合适的时机，告诉半夏一切，让她见见真正的他吧。

　　其实那天去医院的时候，他就曾想过，如果路上被半夏看见了也是不要紧的，就那样顺其自然地被她看见，也不用刻意尴尬地去见她。

　　他想到这里，心尖变得滚烫，皮肤也不自觉地在发烫。因为养父母对他的教导和要求，身为凌冬的时候，他已经习惯维持那副高贵含蓄的模样。

　　黑暗的时候也就罢了，如果要他在开着灯的时候，以学校里那位"凌冬学长"的面孔被半夏按在床上，按她的要求做出那些令人羞耻的举动，那可真是……无地自容。

　　凌冬的心"怦怦"直跳，脸颊也烧得厉害，他有些奇怪。

　　他的脸似乎也烫得过于严重了一点儿，还有一点儿痒，凌冬伸出手，摸了一把自己的脸颊，发现轻而易举地扯下来了一大片半透明的白色薄膜。

　　半夏骑着车，路过杜婆婆家的屋门外，正好看见杜婆婆拄着拐杖提着一桶垃圾颤巍巍地往外走。

　　"我来吧。"半夏接过垃圾桶，蹬车拐了几步，帮忙把垃圾给倒了。

　　老人家舍不得用垃圾袋，倒完的垃圾桶还要清洗。半夏提着空桶回来，走进院子里，熟门熟路地用井水涮了涮桶壁，把脏水倒在种了花的墙角。

院子里的那些花都已经从花盆里被移植到土地里去了，也不知被谁的巧手种植得疏密得当，错落有致。红墙月色，影影绰绰，花香四溢，这突然让半夏想起了童年，她的启蒙恩师隔壁慕爷爷家的院子，不就像是这样，满院花枝，疏密自然？

　　半夏的目光下意识地落向厢房的窗户，老旧的窗户半开着，里面当然没有钢琴，也没有那位她童年的伙伴。

　　"小夏啊，你最近有没有看见之前常来我这里的小冬？"杜婆婆过来问她，"他和你一样住在阿英的那栋楼。"

　　"凌冬学长吗？我这段时间没住在这儿，所以没见到他。您找他是有什么事吗？"

　　"我也没什么事，他之前常常来，最近十来天都没见着人，所以问一问你。"

　　"好的，要是我见到他，就帮您问一声。"

　　半夏告别杜婆婆回到家的时候，恰巧遇到正在进屋的凌冬，还来不及出声打招呼，那位学长仿佛遇到了什么特别紧急的事，踉跄地冲进屋，"砰"的一声用力把门给关上了。

　　学长的性格向来有一点儿怪异，半夏也不以为意，回到自己的屋子，灶台上果然摆着一罐热腾腾的猴头菇炖水鸭汤。

　　半夏坐在窗边，喝着香浓的鸭汤，心里涌上来一股幸福的滋味。

　　被人爱恋着的甜蜜、有人陪伴的幸福仿佛都浓缩在这一碗香浓的汤里，一口汤喝下去，她不只被温暖了肠胃，更被温暖了孤独了多年的心。

　　小莲回来得很晚。半夏已经上床休息了，他才带着一身水汽回来。他黑色的小身体摸着床单爬上床，亲了亲半夏的脸颊。半

夏在他的身上闻到了一股沐浴露的清香。

"小莲你是洗澡了吗？"半夏伸手摸他。

小莲抖了一下尾巴，避开了她的手："别……别碰。"

"怎么了？"

"我今天蜕皮了，"小莲趴在半夏的被窝儿里，"一碰就特别敏感。"

时间过得真快呀，这么快就到了一个月的时间吗？

她感觉距上一次发现小莲蜕皮的兵荒马乱，仿佛只过去了短短一点儿时间。

半夏发现小莲此刻肌肤特别敏感，心里的邪念就蠢蠢欲动起来。可惜他刚刚蜕皮的肌肤是很娇嫩的，容易受伤和感染，要好好爱护才行。

半夏生生忍住那颗蠢蠢欲动的心，用手掌虚虚地护着小莲，只用拇指指腹小心地在他的后脑勺儿上轻轻地摸了摸。

那恰到好处的力道让小莲舒服地闭上眼睛，感觉到自己正被人珍惜地爱护着。

"今天的汤好好喝，小莲，明天我吃什么？"

"你想吃什么？"

"想喝螃蟹年糕汤了。"

"那个性凉，对胃不好。"

"那……那什么……墨鱼肉泥汤好吗？"

"嗯。"

"还想要蒸得松软的小米糕。"

"好。"

"会不会让你太辛苦？"

"不会的。"

转眼间金乌西沉，玉兔东升。

凌冬穿着围裙，站在灶台边，一边看着墨鱼汤的炉火，一边接着小萧打来的电话。

"加戏腔和国风歌词？"凌冬微微皱起眉头，卷着袖子，手中持着长勺，将手机摆在灶台上，开着免提，"本来也不是不可以，但并不是像他说的那样胡乱拼接。越是民族的东西，越应该做得精细。你们领导要加进去的那首戏曲一点儿都不合适，这个活儿我只怕是接不了。"

小萧极其哀怨地叹息一声："我就知道你不会同意的。兄弟，你知道吗？我太伤心了。我是真的非常喜欢你的demo，希望亲手把它做出来，甚至连宣发文案都想好了。唉，如果不是为了吃饭，我简直不想跟着那一伙人干了。"

凌冬安慰他："没有什么的，目前市场的环境就是这样，资本决定市场走向。但好在像我这样的独立音乐人，还是可以做一点儿自己喜欢的音乐的。"

"是啊，阿莲。"小萧很快给他的偶像取了个不伦不类的小名，还叫顺口了，"我感觉这首demo拿回去以后，别浪费了，你可以自己好好写。也别放在红橘子那样的小平台上，你换一个大一点儿的平台试试。你的歌不只受小部分人喜欢，我觉得它们应该被更多的人听见。"

"好。"凌冬舀出一小碟汤尝了一口，满意地笑了，"其实我是很喜欢用中国风的音乐来做配器的。如果是这首歌的话，或许我们可以考虑运用一下京剧中的打击乐器来做一个伴奏的铺底，比如说运用锣鼓经里四击头的节奏，就挺合适。"

“欸，妙得很。”电话那头小萧接上了他的话，还捏着嗓子来了一段戏腔的节奏，“再把五声音阶和尖团音原汁原味地运用好，戏曲的风味就保留了。”

“就是这个意思。”凌冬说，“戏曲基本上都是五声音阶，要保留这种风格的话，我需要修改这首歌的副歌部分，将戏曲的自由转音和副歌的转音方式融合起来，还要把戏曲的节拍融入这首歌曲 4/4 拍的节奏里，或许要运用到借拍的技巧。”

“确实啊。”小萧摸着下巴，“需要考虑的东西很多，最重要的还是要找一段唱词、音阶都适合改编的唱段，意境还要合适。没有大量的时间和精力，根本雕琢不出来，真是要花费很多心思呢。”

小萧觉得和赤莲沟通真是一件十分舒服的事情。

两个人的音乐理念很接近，沟通起来事半功倍，有时候一方只说一个开头，另一方就全明白他的意思了，甚至时常能够相互启发。

创作的时候天马行空，工作的时候严谨负责，赤莲实在是一位过于完美的音乐人。

小萧是真心实意地希望能够长长久久地和赤莲合作下去。

如果公司不按那个说话狗屁不通的副总指点江山出的馊主意来，他真的能够让这一朵惊才绝艳的莲花在世人面前大放光彩。

凌冬在心里琢磨着音乐。

灶台上，锅里的汤咕噜咕噜地冒着泡，小米糕蒸熟了，逸出了香甜的气味。

摆在桌上的计时器正一分一秒地跳动着。

昨天凌冬蜕皮这件事似乎没有产生什么特别的影响，除了以人形的模样蜕皮过于诡异和丑陋了一些。万幸的是，他昨天及时躲到隔壁，没有让半夏看见他那副令人惊悚的模样。

自从变成了蜥蜴，他每个月都会和蜥蜴一样蜕一次皮。每一次蜕皮之后，他每天能够保持人形的时间就会逐渐缩短。

此事一度像一块沉甸甸的大石长期压在凌冬的心中。

他上一次蜕皮之后，剩下的时间是五十分钟。

只是最近，随着他心态的改变和情绪的稳定，恢复人形的时间已经在十分乐观地稳定增长。如今他唯一要做的是计时一下这次，看时间是否变化。

他希望它至少能够不要减少。

凌冬看了计时器一眼——计时器的时钟显示时间过去了十九分钟。

如果这次时间能长一点儿，他明天要去杜婆婆家看一看，然后到外面走一走，可以走到更远一点儿的地方。

他要买一点儿新鲜的蔬菜，再买一盆花……

时钟嘀嗒跳到二十分钟，凌冬的瞳孔骤缩。

毫无征兆地，一整套的睡衣和围裙掉落在了地上。不锈钢的长柄汤勺哐当一声掉落，在台面上来回晃动，洒了一台面的汤汁。

炉火被这汁水一浇，刺啦一声冒起一阵白烟。

黑色的小蜥蜴从衣服堆里爬出来，不敢置信地抬头，看着那变得无比高大的灶台。

蓝色的炉火熊熊燃烧着，嘲笑似的舔着锅底，发出难听的吱吱声响。

离半夏回来还有很长时间，灶台上的火不能不去关。

呆立许久的黑色小蜥蜴开始努力沿着灶台向上爬去，爬过洒

得到处都是的汤水，用小小的身躯努力地扭动液化气灶的开关。

心慌意乱之中，他将开关关上了，小小的尾巴尖却不慎被灼热的灶火烫了一下。他疼得瞬间蜷起身体，从高高的台面上摔了下来。

他明明烧到的是尾巴，却好像把心尖最柔软的部位放在烧红的铁片上烫了一遍，火辣辣地疼起来。

他转回身，收拾自己的尾巴。这本来是半夏最喜欢的地方，如今焦红了一块儿——他很疼，钻心似的疼。

有那么一瞬间，阳光明媚的世界仿佛在他眼前崩塌了，露出原本狰狞可怖的模样。

半夏回来的时候，发现了凌乱的厨房和掉落一地的衣裤。小莲趴在洗手间的小水盆里，在凉水中泡自己的尾巴。

"怎么了？"半夏赶快把他捞起来，发现他从内到外几乎冻僵了。

"煮饭的时候，不小心烫到了一点点尾巴，"小莲在半夏温暖的手心里闭上眼睛，"没什么大事。"

即便他这样说，半夏还是匆匆带着他打车到了宠物医院，找医生看了一下。

"又是你，"医生还记得半夏，"小心一点儿啊！守宫是很娇气的，身体娇气，心也娇气。别让守宫老是受伤。我先给你开点儿药，回去涂一涂。仔细观察，如果继续恶化，再来找我。"

半夏知道，再来找他的意思就是得把小莲的尾巴切了。

想到那个场面，她被吓得舌头都捋不直了，一出院门就连连说道："别做饭了，最近咱都别做饭了。我保证一天三顿按时吃，定量吃，吃好的，绝不会再犯胃病。小莲你好好养着，别再吓到我了。"

小莲拖着涂了药的尾巴，从她的大衣领口钻进去，把自己整个贴在温暖的脖颈儿上，轻轻地嗯了一声。

在全国大赛上拿奖的半夏回到学校之后变得异常繁忙。学校还为她组织了小型的表彰仪式和音乐演出。

临近期末了，她需要加紧准备期末各科的考试和个人音乐会。

另外，因为她在学院杯上崭露的实力，郁安国觉得可以安排她开始准备国际性的小提琴比赛，努力拿几个这个年纪该拿的奖，因而疯狂地给她布置了更多的作业。这可把半夏忙得脚不沾地，也就因此忽略了小莲偶尔流露出的那一点儿不对劲之处。

小莲也没有显得特别不对劲，尾巴上的烫伤愈合得很好。半夏暂时不让他煮饭，他似乎也就同意了，只是每天变着法子地点外卖。

一个星期里他甚至给半夏叫了三次燕窝，喝得半夏心都虚了。

"莲啊，我……我这只是胃病，不是公主病。咱们还是省着点儿吧？"半夏一边美美地把燕窝喝了一半，一边小心翼翼地和他商量。

他还显得特别黏人。只要半夏放学，他几乎每一刻都和半夏贴在一起，陪她去咖啡厅，陪她去育英琴行，陪她站在人潮流动的街边灯下。

在那些暗不见光的、甜香四溢的黑夜里，小莲仿佛突然就变了，几乎像是彻底地剖开了自己，把那颗本来紧紧包裹着的、矜持而含蓄的心毫无顾忌地露出来。

小莲迎合着半夏喜欢的一切，任凭半夏对他予取予求，只在半夏忍不住伸手想要开灯的时候，坚定地按住她的手腕说"不"。

　　有时候，因为他那种若隐若现、汗水淋漓的模样过于恼人，半夏会忍不住扑上去咬他的肩头。

　　混沌中，惑人的喉音带着一点儿野兽般的呜咽声，那人还要哑着声调说："再用力一点儿。"

　　这简直要诱人去犯罪。

　　"舍不得呢。"半夏用舌尖轻轻地舔自己咬出来的那个牙印，"小莲这么好，要一点点地、天长日久地吃掉。"

　　黑暗中的那个人在那一瞬间就被点燃了，燃烧了神魂似的用尽一切给了半夏难以形容的慰藉。

　　那样的快乐总是来得高调而强烈，不给半夏过多留恋的机会，烟火一般在黑夜里燃烧起来，绚烂地落幕。

　　半夏浮在潮水般的余波里舒服地叹气，伸手摸了摸黏糊糊的小莲。在陷入昏睡之前，她梦呓般地和自己的男朋友聊天儿。

　　"老郁说，明年开始，我会有很多比赛和演出，在不同的城市，不同的国家。

　　"我们一起去，去看看广阔的世界里不同的风景。

　　"小莲你高不高兴？"

　　手中的小莲什么时候变回了守宫的模样，半夏已经不知道了。她下意识地轻轻地抚摩着那凉冰冰的小蜥蜴，陷入了放松而舒适的沉睡中。

　　黑夜里，凌冬暗金色的眼睛透过半夏的指缝默默地注视着她。

　　他觉得像心头上被粘了一根丝线，她每说一个字都把那线扯一下，摇晃得他的整颗心散乱一片，溃不成军。

　　他想把她摇醒，大声告诉她发生的一切，却又心软了，不忍心看见快快乐乐的她因为自己露出痛苦的眼神。

每一个月他都蜕掉一层外皮，这一次少了半个小时，时间只剩下二十分钟。等到不久之后，最终审判日来临的那一天，自己会变成什么模样？

　　他不再是一个人类，永远以怪物的模样活着？还是他根本被命运之神扣尽了时间，彻底从这个世界上消失？

　　半夏的手还轻轻地盖在他的身上，肌肤上传递过来的体温给了他最后一丝的安慰。他贪婪地看着近在眼前的面孔，想将她的模样、她给予过自己的所有快乐和幸福都深深地刻在记忆中，哪怕带去了黄泉之下，也还可以一遍遍翻出来，独自舔舐着。

　　哪怕在睡梦中，女孩儿依旧带着笑容，似乎很快乐，好像梦见了什么美好的事情。

　　她就是他在这个世间最美好的梦。他一生中渴求的温柔都来自她，绝境里所有的阳光、雨露都只因为她。

　　他在她身边，快乐难言；他离她而去，肝肠寸断。

　　他愿为她在绝境中做最后的努力，却不愿她陪着自己陷入痛苦的深渊。

　　临别的时候，凌冬很想对着半夏说说话，张了张嘴，却发现自己发不出声音来。他只好从半夏温暖的手掌下爬出来，用小小的双手轻轻地抚着她的脸颊，在她柔软的双唇上印下一个吻，汲取了最后的一点儿力量。

　　哪怕世间的一切都在坍塌，这一点儿温暖足以支撑着他抗争到最后。

　　我不会放弃的，不想放弃。

　　等我几天，等着我回来。

　　如果我回不来了，请你假装我还在世间某个角落流浪，不要

以为我死了，能不能不要彻底忘了我……

早上醒来的时候，半夏发现小莲不在屋子里，她的手机里收到一条短信，短信的语气看起来很轻松。

"抱歉，我有一点儿事，离开几天。等我回来。"他在这些话后面加了一个"吻你"的俏皮表情。

这条短信后面还有一条转账短信。

一万多元，几乎是小莲之前的积蓄加上回来这段时间全部的存款。

他转账的备注看上去也很轻松："先寄放在你这里，要是缺钱了，也可以先用。"

半夏从床上坐起来，看着那笑嘻嘻地眨着眼睛飞吻的头像，终于察觉到了事情不对劲的地方。

第二十四章

迷雾中的半夏

她仔细地回想，发觉小莲这几日有太多不对劲的地方。

小莲本是一个温柔内敛的男人，那种矜持守礼的性格几乎刻进了他的骨子里。

哪怕是以守宫的模样，她和他说话的时候，他也会端端正正地坐好了。

即便他们是在看不见彼此面容的黑暗中亲热，她甜言蜜语地哄着劝着，想让他发出几声羞耻的声音来，也是不太容易的事情。

他何曾像最近几日这样，仿佛突然把本性里的那些束缚、坚持一口气地剥了，每一次都酣畅淋漓、纵情恣意地和她滚在那浓烈的甜香中。

小莲从前喜欢和她待在一起，却也有独属于自己的忙碌。

他这几日一反常态，恨不能一分一秒都紧贴着半夏。半夏不管什么时候看向他，都会发现那双暗金色的眼眸正凝视她。

半夏越想越觉得不对劲。

他明明有这样多的反常之处，她却只顾着忙碌，竟然一次都没有注意到。

小莲必定是发生了什么不好的事了。他早已知道，却不肯告诉我。

半夏给小莲的手机发了无数条问询的信息，绿色的对话框一条一条地排列着，对面却死寂一般地沉默着。

那有着小蜥蜴头像的对话框一次都没有在屏幕中跳出来过。

半夏的心里恼恨和爱恋相互蚕食着。

她恨自己粗心大意，怒小莲不告而别。

思念像无孔不入的强酸，腐蚀得她遍体鳞伤；担忧似细细密密的芒刺，扎得她寝食难安。

往日里幸福缠绵、柔情蜜意的时候还不曾察觉，直到小莲离开之后，半夏才惊觉自己对小莲的情感已经浓烈到了这样的地步。

特别是到了晚上，她独坐在黑暗中，看着空洞的窗户发呆。灶台是冷的，床榻是冷的，整个屋子都是冷冰冰的。

她开始仔细地回想小莲有可能去的地方，才发觉自己对小莲的了解实在是过于少了。

她曾在小莲的面前哭过，笑过，倾诉过自己人生中的痛苦、失望和纠结，也曾分享过自己的开心、兴奋和荣耀。

她却从不曾仔细了解过小莲的任何事。小莲从前住在哪里？还有哪些家人？他有什么兴趣爱好，又有什么痛苦不安？

她总觉得时间还长，一辈子呢，他们可以慢慢来，先紧着眼前那些繁重的琐事忙过去。

直到现在，她连去哪里找小莲都毫无头绪。

半夏一直知道小莲对自己的感情是一种润物细无声的爱，没有浓烈的甜言和炙热的蜜语，那份真心全都浸润在小莲日复一日精心准备的菜肴中，浸润在小莲温柔耐心的一次次陪伴和关怀中。以至于小莲骤然离开之后，半夏才咂摸到了这份无孔不入的爱原来是这样地令人难以戒断。

半夏开始盲目地在这个巨大的城市里寻找一只巴掌大的蜥蜴。

她时常在学校的竹林间没头没脑地四处溜达，在英姐楼下的龙眼树林中来回乱钻，甚至胡乱坐着地铁，去曾经和小莲一起到过的每一个地铁站看看。

宠物论坛里高挂起她寻找某只纯黑色守宫的帖子，赏金设定为她全部的积蓄。

半夏几乎像一只被困住了的野兽，晕头转向地在不见天日的世界里横冲直撞地四处寻觅，始终找不到那只小小的身影。

他说好离开几天，却一天又一天地杳无音信。

她唯一可以寄予希望的是手机。

她手机的联系人里小莲的头像是一张蜥蜴的侧影。半夏时时点开来看，那黑色的侧影始终沉默着，从来没有一次出现"正在输入"的提示，也不曾跳出一个让她惊喜万分的对话框来。

小莲本来多么善解人意，在任何时候都能细心体贴地照顾到半夏的心情，从来不曾让半夏有过任何焦心、失望的情绪，只此一次，那感觉便如长锥入心，让人痛，让人恨，还让人忍不住不去想他，爱他，为他辗转反侧，为他担惊受怕。

最先发现半夏情况不对劲的人是她的好友潘雪梅。

潘雪梅发现自己刚刚从全国大赛摘得桂冠的好友在某一天突然变了。

头几日里，半夏还只是显得有些失魂落魄。随后的几日里，她开始变得怒气冲冲，每天神经兮兮地在校园的各个角落里翻来找去，不知道在找些什么。

最近几天，她甚至变得阴沉起来。

中午吃饭她也不再带盒饭，只是没滋没味地吃着食堂的饭菜。

连潘雪梅给她打了一碗往日她最喜欢的莲藕排骨汤，她也只是象征性地喝了几口。

"你……你不会失恋了吧？"潘雪梅终于忍不住小心翼翼地问出口。

半夏拨着碗里的饭菜，过了片刻才"嗯"了一声："人跑了。"

"凭什么呀？！"潘雪梅愤愤不平地一拍餐桌站起来，眼见着自己引来无数人的注意力，才急忙坐回位置上，压低了声音说话，"夏啊，咱不难过。这样的男人，不要也罢，拜拜就拜拜，下一个更乖。这天涯处处是森林，你又何必单恋一株草？"

半夏用小勺舀着莲藕汤喝，没说什么，只轻轻地"嗯"了一声。

"我们小夏这样貌美如花、前途无量的女孩子，和那个莫名其妙的男人断了才是好事。是那个傻子有眼无珠，你肯定马上会遇到更好的。"

半夏还是只轻轻地"嗯"了一声，把最后几口汤喝完，就站起身准备去琴房，末了还不忘帮那个男人解释了一句："他不是傻子。"

潘雪梅是怒其不争，哀其不幸。

半夏似乎比普通失恋时期的女孩儿显得正常一点儿，既没有寻死觅活，也没有大哭大闹。

如果有什么特别的地方，就是她往日天天挂在脸上的笑容不见了，且对自己更狠了，每日疯狂地练琴，练到了一种近乎魔怔的地步。

如果自己不去约半夏吃饭，潘雪梅怀疑半夏几乎可以站在琴房里从早上一直演奏到天黑。她那种怨气冲冲、汹涌澎湃的琴声隔着琴房的隔音板传出来，似乎想持续到天荒地老，一刻也不愿停歇。

在女生宿舍里，失恋是一种常见的状态。在这种时候，有的人会抱着闺密痛哭流涕，有的人会拉着舍友买醉消愁，总而言之，或多或少都需要闹一闹，宣泄排解一番。像半夏这样不声不响的，最令人发愁。

潘雪梅感觉这事超出了自己的能力，不得不向自己的舍友求助。

"半夏的男朋友跑了？疯了吧这人？半夏正是前途大好的时候，才貌、品性都一等一地好，居然有人舍得放弃她吗？"

"那人是不是傻？就我们班小夏那样的人物，不说男人了，我都有点儿迷她。"

"果然男人都不是什么好东西，不是瞎子就是蠢货。"

"别极端了。赶紧给半夏安排一个更优质的，气死那个没眼光的男人！让他后悔莫及，痛哭流涕，椎心泣血……"

"好，安排！"

三位自己都还没有男朋友的女生骂骂咧咧一通，冷静下来之后，面面相觑。

"谁……谁来安排？"

半夏在某一天晚上被自己的几位好友拉出门聚会。

她本来不太有心情去，但一来是朋友们盛情难却，二来也知道自己这段时间的状态实在有些不对，有一点儿近乎走火入魔地沉迷在小提琴的练习中了。

似乎只有无休止的音乐、极度疲惫的身体状态才能让她心里那种火烧火燎的焦虑减少一点儿。她哪怕练到关节生疼、手臂颤抖，都还想无穷无尽地练下去——这不是一个好的状态。

小莲让我等他。即便找不到他，我也应该沉住气，好好地等他回来。

只是人的理智是一回事，做不做得到又是另外一回事。

也许和朋友们出去玩儿一玩儿，她能够释放一点儿堆在心里的不安和焦虑。

出发之前，她还被拉到潘雪梅的宿舍按着收拾了一通，整理了头发，化了一个淡淡的妆容。

等到了现场，半夏才发现来的不只有几个女孩子，居然还有好几位男同学。

负责组织的人是曾经做过她的钢琴伴奏的魏志明。他带来了好几位钢琴系和其他院系的男生，有她认识的，也有她完全没有见过面的陌生面孔。

音乐学院里自然有不少家境优越、素质优秀的男孩子，三五个站在一起，或阳光或忧郁，各有特色，十分惹眼。

大家提议去玩儿在年轻人中比较流行的密室逃脱。大家找了一个设计得比较豪华的知名俱乐部，不知道出于什么考虑，还特意选了一个新出的恐怖背景——歌剧魅影，美其名曰寻找刺激，增进新认识的朋友之间的感情。

半夏没有玩儿过这种游戏，问了一下规则，就有一位吹大管的学长大包大揽地对她打包票。

"没事，你什么也不用做，跟在我后面就好，我保护你。"

半夏刚刚拿了全国大赛的金奖，正好是学校眼下的风云人物，人也漂亮，性格不扭捏。

好几个男孩子都有意无意地将目光放在了她的身上。

魏志明悄悄地找了个机会凑到半夏身边。

"你的事我都听说了。我琢磨着大概还是我上次给你出的那主意太馊了，导致你把男生都吓跑了。"

半夏脸色不太好地看了他一眼，眼眸里阴沉沉的。

魏志明以为自己说对了，心里就涌起一股内疚之意。作为朋友他挺喜欢半夏的，只是不知道为什么自己老是坏半夏的事。

"没事，今天你表现得柔弱一点儿。如果有看上眼的，遇到可怕的情况你就尖叫一声，躲到人家身后去。我包你成功。"魏志明认真细致地对她交代。

在他眼中，半夏其实长得不错，身材纤细，皮肤白皙，眉眼灵动，一头漂亮的黑发又长又直。

她要是以这副模样可怜兮兮地拉着男人的衣角，往他身后一躲，害怕地喊上几声，没有几个男的会不动心的。

上次的钢琴伴奏他搞砸了，后来给半夏做感情咨询的时候又出了馊主意。

魏志明这一回特意费了心思，在自己认识的朋友里精挑细选了几位家境优越，平日里也比较干净，不乱搞男女关系的"优质"男同学带出来联谊，指望着替半夏办一次实事。

一行人进了"歌剧院"。

阴森森的背景音乐响起，屋子设计成机械钟楼的背面。走道很窄，光线昏暗，墙壁上巨大的半截儿齿轮滚滚转动，响着嘀嘀嗒嗒的钟摆声，透出一点儿明暗不定的微光。偶尔有叹息一般的人声在不知名的角落里响起。

男生们大多走在前面，强撑着镇定。女孩儿们跟在后面，手拉着手，摸黑儿走在光线晦暗的陌生环境里。

突然，一个戴着半截儿面具的怪人从漆黑的天花板上倒挂下半截儿身躯，还用一束手电光照着自己肌肤惨白、戴着面具的脸，几乎是贴着那个吹大管的男生伸出了长长的舌头。

那个男生发挥了他肺活量巨大的特长，发出一声震耳欲聋的尖叫，活活把一群本来还没被吓到的同学们吓得一起逃跑。

房间狭窄，一群人慌不择路地拼命往后挤，却看见一个身材纤细，披着黑长直发的女孩儿分开人群上前——她伸手一把将那吓完人正准备撤退的"魅影"从房梁上抓下来，抓着他的领子，将他死死地按在了地上。

女孩儿黑色的长发掉在颈边，双眸灼灼含着凶光。她一把扯下黑暗中那个"魅影"的面具，狠狠地盯着他，仿佛在心中模拟过无数遍这样的想法，誓要揭开面具，看一看黑暗中的人的庐山真面目。

"别……别……别这么凶啊姑娘。"角色扮演的工作人员瑟瑟发抖地举手投降，"我只是演员……演员，不是坏人。"

她看起来是一个瘦瘦的小姑娘，哪里来的这么大力气，下手还狠，一下就把他一个大男人掀翻了？

打工人太难了。

从密室里出来，半夏看起来脸色好像好了一些。

"这里确实不错，挺解压的。我感觉舒服了一点儿。"她伸展了一下手臂，呼出胸中一口闷气，和自己的朋友说。

"是挺好玩儿的，有一点点可怕，不过还是很刺激。"尚小月哈哈直笑，已经忘记了自己来这里的主要目的。

被密室吓到了的潘雪梅和乔欣跟在后面一脸无奈地看着她们。

我们这么辛苦地喊着魏志明一起帮忙拉人来这里是为了什么，半夏你心里一点儿数都没有吗？男生们都要被你吓跑了啊。

她们只好开了第二场，把大家拉到湖边一个环境比较清幽的露天茶馆，坐在湖边的水榭上泡泡茶，吃吃点心，安安静静地说说话，交流一下音乐生之间高雅的话题，省得"打打杀杀"的破坏气氛。

"小夏是全国大赛的冠军呢，不如给我们演奏一曲吧？这里临湖，风景也好，正好陶冶情操。"潘雪梅这样建议。

她尽心尽力地把自己的好友推到人前，指望半夏能从失恋的阴影里走出来。

半夏是从琴房里被直接拉出来的，身上带着琴——正是学校收藏的名琴阿狄丽娜，音色特别优雅迷人，适合在水边演奏。

她也不怯场，说来就来，站起身架着琴，在水边调了调音。

水榭风微，伊人长发，美不胜收。

对对，就是这样。

以半夏的水平，只要随便来一首悠扬一点儿的旋律，或者拉一曲感人至深的情歌，谁能不为之动容呢？

她在密室里发飙打人的事尽可以盖过去了，魏志明也这样欣慰地想。

阴沉而古怪的琴声响起后，魏志明听了半天，不明所以地请教坐在他身边的尚小月："她这拉的是什么曲子？"

尚小月看了眼这个不学无术的钢琴系同学，很想吐槽，只是看在他尽心尽力帮忙的分儿上，没有开口打击他专业知识的匮乏。

"是马勒，马勒的《第一交响曲'泰坦'》。"

"这个时候搞什么马勒啊？"魏志明都想要咬手帕了，"搞一点儿 *River Flows In You*（《你的心河》）《爱的礼赞》什么的不行吗？"

"《泰坦》的第三乐章是葬礼进行曲，"尚小月顶着没什么表情的面孔说话，"充满了对生与死的探索，是一首非常有深度的曲子，半夏演奏得很有味道。"

　　我说的是礼赞，礼赞，不是葬礼。这么好的风景和情绪，她演奏什么巨人啊，葬礼啊的？

　　这些女孩儿都是怎么回事啊？会不会谈恋爱？恋爱是这样谈的吗？魏志明捂住了额头。

　　湖边的微风托起半夏的一丝长发，让她恍惚中觉得肩头还有人停顿。

　　她突然就想起小莲曾经对她说过，他喜欢的音乐家是马勒。

　　演奏着小莲最喜欢的曲目，半夏仿佛在这一刻看见了小莲眼中的世界。

　　在小莲的眼中，这世间所有的人类，难道不都像是泰坦一般的巨人吗？

　　《泰坦》中的世界是诡异的世界。压抑、变调的旋律勾勒出森林中的怪物、精灵、魔鬼和神灵。那里交织着痛苦和挣扎，充斥着对死亡的畏惧。

　　生与死之间无解的矛盾是这旋律永恒的主题。

　　马勒不像贝多芬，能够坚定而勇敢地勒住命运的咽喉。这位伟大的作曲家拥有着纤细而敏锐的心，永远站在哲学思辨的旋涡中，带着自己的听众和乐迷一同探索生命的意义。

　　即便到了终章，他也不曾给出生死之谜的最终答案，但这并不妨碍他和贝多芬一样都是伟大的音乐家。

　　小莲也不是半夏，他们有着不同的性格和不一样的内心世界。这大概是半夏第一次真正意义上通过音乐触摸到了一点儿小莲心中的世界。

　　一曲终了，旋律中隐隐地带着一种神学的感觉，仿佛有巨大的神灵在那高空垂目，默默地注视着湖边的演奏者。

余音袅袅，闻者内心震撼不已，目瞪口呆，说不出话来。

那位吹大管的男同学喃喃地对魏志明道："哥……你这次介绍的妹子有一点儿太像女神了。咱感觉够……够不上。"

联谊活动虽然搞得很欢乐，但似乎完全没有达到组织者心中的目的。

几个女孩子勾肩搭背，兴奋地讨论着音乐学术方面的话题，高高兴兴地回去了。

魏志明开车送半夏回家，一路唉声叹气，不停地抱怨。

半夏没听清他说的是什么，还陷在自己演奏的曲目中，没能从那种旋律中拔出灵魂。

她心绪浮动，脑子里想的念的全是那旋律中的诡异世界和小莲那双深沉而神秘的眼眸。

小莲低沉的声音在她的脑海中嗡嗡地响着——

"马勒的音乐里有灵魂的挣扎，想必，他也自囚自困过，也在渴望找到自己灵魂的救赎。

"时间变得越来越短。

"我的时间不多了。

"再等一等，如果可以，我就把一切都告诉你。"

直到魏志明拉开车门，半夏才猛然惊醒："啊，已经到我家了。"

魏志明叹了口气："半夏，你这个样子，全学校也挑不出几位男生来配你。可惜我不认识那位凌冬学长，不然感觉你们倒是挺般配，一个仙气飘飘，一个魔怔得很。"

此刻，站在车边的他并不知道，自己口中的凌冬就在头顶的窗口看着他们。

半夏今天化了一点儿妆，长长的黑发柔顺地披在肩头。

她提着她的小提琴下了车，整个人浸染着一种刚刚完成演奏时才有的强大的气势，携风带雪的，美艳到几乎让人不敢直视。

三楼窗口，那一个黑色的小小的身影趴在凌冬的窗口，眷恋地把自己的视线牢牢地粘在她的身上。

她似乎缓过来了，不像前几日自己刚离开时那样失魂落魄，出入都恍恍惚惚的，看得令人心碎。

她需要多和朋友一起出去走走。学校里丰富的生活和接踵而来的密集演出会很快让她从痛苦中挣脱，变回到原来那个无忧无虑的半夏吧。她只是以为他离开了，总比让她眼睁睁地看着消失、死去来得好多了。

不知为什么，他明明希望她这样，心里却涌起悲伤之感，像刮起了飓风的大海，汹涌澎湃的海浪无情地冲击着海面的冰山，将那坚固的冰山冲击得破碎不堪。

凌冬听着熟悉的脚步声一路上楼，隔壁的房门打开又关上。

一墙之隔的地方传来了密集如狂风骤雨般的琴声——那是他们初识不久的那首《歌剧魅影》。

刻骨铭心的旋律传来，凌冬的脑海中响起这部音乐剧的歌词。

"他从我的梦中而来，那声音在呼唤着我……请再一次与我歌唱，唱起我们共同之歌……"

凌冬的心沉入了水底。有一双苍白的手伸进来，残忍地将心撕裂。

凌冬忍不住在琴声中化为了人形，坐到了自己靠着墙壁摆放的钢琴前。

他久不见阳光的苍白手指停在琴键上，迟疑许久，终究忍不住按了下去。

回到屋中的半夏没有开灯，在寂静而空荡的屋子里坐了一会儿，也不知道为什么，拿出了自己的小提琴，演奏起那一首《歌剧魅影》。

悲伤的小提琴声在暗夜中孤独地响着，片刻之后被一阵温柔的钢琴声托起。

小提琴声高昂，如同凄美的女高音在吟唱；钢琴声柔和，像一位温柔的男子低声陪伴。两种琴声如影随形，相依相伴。两种琴声渐渐交织，彼此追随，融合为悠悠动人的曲乐声。

凌冬的手在琴键上停下。

他心中的那些痛苦和不甘似乎都随风消散了，只化为淡淡的苦涩的思念。

他放开自己的手，祝她幸福，但这并不妨碍自己思念着她，在脑海中一遍遍地回忆两人曾经度过的每一个充满甜腻气息的夜晚，回忆着两人之间幸福的点点滴滴。

白色的钢琴琴键上落下了几点水滴。

他们仅仅隔着薄薄的一扇墙，背靠着砖墙的小提琴演奏者的弓弦顿住了。黑暗中她的双眸眼波流转，她心里涌起一股奇怪的感觉。

那种感觉仿佛真相已经近在眼前，却偏偏隔着一层薄薄的黏膜，她就是撕不开、捅不破。

半夏依着本能站起身来，整了整衣服，茫然地推开门，走到隔壁，伸手敲了敲门。

隔壁的屋子里没有灯光，死一般地寂静无声。

那扇褐色的房门像一个沉默无言的人，紧紧地闭着嘴，不肯给她回应。

可是明明一分钟之前，屋里的人还和她完成了一首无比默契的合奏。

半夏再次敲门："凌冬学长，请开一下门。我找你有一点儿事。"

过了不知道多久，那扇门才吱呀一声被人拉开了一点儿门缝。

门缝里的世界是黑暗的，门缝间的那个男人站在黑暗中看着外面的她，只露出一张苍白又俊美的面孔。

他衣着有些凌乱，眼眶微微泛着红，肤色白得像是冰雪一般，盯着半夏的目光似欢喜又似惊惧，似有幽怨又似含着思念，古怪复杂到几乎让半夏忘了自己要说什么。

"不好意思，打扰了学长。"半夏终究回过神来，喃喃开口，"我养了一只守宫，就是蜥蜴的一种。他这几天不见了，我……我找了他很久。不知道学长你有没有看见他？"

凌冬比她高很多，用那双漂亮的眼眸从门缝里的高处看下来。

半夏分不清他是不是在生自己的气，因为自己的打扰。

"没有看见。"最终那位学长还是低低地说道，"一只宠物而已，丢了就算了吧，别太放在心上。"

"他对我来说不是宠物。"半夏急忙说道，"他是……他是我非常重要的人。"

这句话有一点儿歧义，很多养宠物的人都会这样说："它对我来说不只是宠物，更像是家人一样。"

半夏担心凌冬不明白，但凌冬的眼神看起来又好像是听懂了。

他站在门缝里，抿紧了嘴，不说话，双眸里眼波流转，好像很悲伤，又似乎含着某种按捺不住的情绪。

他身后的屋子没有开灯，各种MIDI（乐器数字接口）键盘、合成器的彩色荧光亮在黑色的门缝里，莫名带出一点儿梦幻的感觉来。

半夏看着他，刚刚向前迈了半步，凌冬却突然变了脸色，砰的一声毫不客气地关上门。

"没有看见，不要敲我的门，不要再来打扰我。"

关门声巨大的回响里，夹杂着他这句不近人情、冷冰冰的话语。

半夏被关在了门外。万千思绪和无数凌乱的画面在脑海中车轱辘般地转，让她一时间抓不住重点。

屋子里，一套男式的睡衣落在地面上，黑色的小守宫从睡衣堆中爬了出来，背对着那一扇门久久地坐着。

他把自己的心生生地关在了屋门外，也把自己的整个世界都关在了门外。

他听见屋外的那个人停留了一会儿，门外终究响起了离开的脚步声。

孤独像冰冷的海水一般涌上来，浸没了他小小的黑色身躯。

教室里，半夏坐在后排，埋头抄西方音乐史作业。

坐在前排的尚小月和乔欣在聊天儿。

"嘿，你听了赤莲的新歌吗？他换平台了，去了V站。"

"听了，古风重回响、撕裂浓雾的电音和越剧神话的戏腔居然能那样完美地融合，赤莲太厉害了。"

乔欣转过身来，趴在桌上问后排的半夏和潘雪梅："最近有一

首超好听的歌，你们要不要听？"

自从半夏和尚小月和解了之后，这几个人几乎每节课都坐在一起。

潘雪梅看了乔欣手机上的歌曲一眼，打开自己的手机搜到那首歌，戴上耳机听了起来。

半夏摇摇头："我赶作业，等我抄完回头再听。"

昨天她无端敲开学长的门之后，胡思乱想了一整夜，睡没睡好，作业也没来得及完成。

她笔下唰唰地抄写着东西，脑袋里却乱哄哄的。她总是忍不住去想昨天晚上敲开的那扇门和门缝里那张苍白的面孔。

到底是什么东西不对劲，让她的心这样悸动不安？

这堂课上的是当代流行音乐编曲。

讲台上老师提到 V 站上这几日人气大涨的一位新人。

V 站是 VY 集团旗下的大型音乐网站，也是全国最大的音乐平台，有数亿的在线用户、巨大的流量，和红橘子这样的小众音乐平台不可同日而语。

"这位原创音乐人的艺名叫作赤莲，他的歌曲老师一直很喜欢。尤其是他最近在 V 站发布的这一曲《追鱼》，我感觉他彻底突破了自我，这是一首集大成之作。"

座位上的同学热闹起来，因为都是音乐系的学生，所以对小众音乐平台红橘子熟悉的人也不少。

很多人兴奋地接上了老师的话。

"原来老师也喜欢赤莲。就是红橘子上的那位赤莲吗？他最近从红橘子转战到 V 站了？"

"我知道！我一直关注赤莲的动态。他一周前在 V 站注册账号，并发布了自己的最新单曲《追鱼》，那首歌如今已经上了畅销榜单曲周榜第三名。"

"我之前就说过，赤莲但凡肯换一个平台，早就红了，他的音乐水平太高了。"

"老师你点评一下，赤莲有没有可能成'神'？ V站可不是红橘子那样小众的音乐平台，V站的排行榜没那么好爬的，大牌歌手发布的新歌都不一定爬得上来。赤莲这样的普通人，没有公司，没有宣发，新歌一周时间上榜，是不是很了不起？"

年轻的老师很喜欢和学生们打成一片，哈哈笑道："老师可以预测一下。我感觉，不论从哪个角度来看，《追鱼》这首曲子必定会爆红。赤莲这个人，也很快就要'登上神台'了。"

写作业中的半夏因为老师话语中频繁出现的"莲"字而茫然地抬头看了一眼。

她的视线在幻灯片上"赤莲"两个字上溜过去。

讲台上的老师开始解说起这首流行乐曲的曲式结构。

"这首歌，是将传统越剧曲目《追鱼》和 dubstep（回响贝斯，一种电子音乐）融合在了一起。他在结构、编配上都应用了非常精巧的构思，既保留了越剧的韵味，又加入了流行电子音乐的元素，很自然地将中国古典乐器的音色和调式元素融入流行音乐之中。"

半夏的脑子里却在想着那个两个字的名字。

赤莲，嗯，赤条条的小莲吗？啊，这名字取得真好。

她开始怀疑自己对小莲思念过度，有些走火入魔，无药可救。

如今她不论是看到隔壁的学长，还是看到屏幕上的名字，都会忍不住将其和小莲联系在一起。

只是这个人既然这样频繁地出现在她的老师和好友的口中，想必是一位很优秀的原创音乐人。

自己有机会也该听一听他的歌，半夏咬着笔头这样想。

老师在讲台上问："原版越剧《追鱼》的主要剧情说的是什么，有没有同学知道？"

在座的全是音乐学院的学生，各自都有些不同方向的音乐底蕴，很快就有一位同学站起身来回答。

"这部越剧说的是一位深居于水塘的鲤鱼精，爱慕上居住在池边的一位书生，为了能和心上人在一起，不惜忍受刮除鳞片之痛，留在凡间和书生白头偕老的故事。"

"说得很好。我们今天听见的这首歌，开场就引用了原版越剧中的一句戏腔念白，便是那鲤鱼精向情人坦白身世的念词。"

老师放出音频后，教室里安静下来。

没有任何配器和伴奏，极为纯净的一句人声从冥冥之中幽幽传来。那语调仿佛让时间和空间错乱了，字正腔圆，缠绵婉转，余韵悠长。

"张郎你听我从实讲……"

四击头，慢长锤，匡七台七匡七台七。

半夏手里的笔尖一顿，划破了作业纸，她的脑海中仿佛有什么爆炸开来，一片白茫茫的烟雾正在慢慢地散去，好像有什么赤条条的东西缓缓地从浓雾中浮现出来。

低沉的超低频率的贝斯和军鼓声响起，接上了古风旋律。

那旋律的背后隐隐约约地藏着一道怪物般的嗓音。那些垫在背景里的人声与和声时而高亢，时而低沉，宛如一只潜伏在浓雾中游移的魅影。

一双暗金色的瞳孔透过旋律露出来。

半夏的心在那一瞬间就抽紧了。

她侧耳细听许久。

这是小莲的声音。她到处都寻觅不见踪迹的小莲，竟然在这一首歌曲中被她找到了。

尽管歌曲里对人声采样之后，用电音做了非常大的修改，又只是铺垫在背景中，换作普通人，是绝不可能听出演唱者是谁的。

当然如果换一个采样者，哪怕以半夏这样敏锐的听觉也不太可能听出来。

可这个唱歌的人是小莲——她的枕边人，小莲的每一种喉音、怒音，气息的波动、发声的习惯，无不是自己熟得不能再熟的东西，没有一点儿不是清清楚楚、明明白白地被她刻印在自己的脑海中。无论怎么样变化，都无法阻止半夏将小莲分辨出来。

但是为什么小莲的声音会出现在刚刚发布的流行歌曲里？

讲台上，老师的声音还在继续。

"歌曲的框架是属于 dubstep 的，面上的东西却搬用越剧戏打的全套打击乐器，伴唱以单独的旋律线出现，和主唱的旋律分开来了，非常富有层次感。说实在的，赤莲的伴唱电音处理得很特别，哈哈，我觉得真的像是一种林中精怪的声音。大家可以听一听赤莲所有的歌曲，人声部分都非常富有个人特色，主唱的嗓音也很好听。"

主歌的旋律开始了，主唱男性的嗓音如同在岁月中浸透多年的冰雪，清清冷冷地从繁复的配乐声里铺散出来。

凌冬？

唱歌的人居然是凌冬！

歌曲的演唱、编曲都是居住在她隔壁的学长，伴奏、和声却是小莲？

半夏的手按住桌子，她噌的一下从教室里站起身来。

全班同学都为之讶异，连讲台上年轻的老师都愣住了："怎……怎么了，这位同学？"

半夏脸色一阵青，一阵白，双眸亮得可怕。

往日的画面一幕幕在她的脑海中晃过，那些隐隐约约的感觉、奇奇怪怪的巧合就那样地串成了一条完整的线。

潘雪梅伸手拉了好几下她的衣服，她才在众目睽睽之下极力地控制住自己，勉强放缓了呼吸，和老师道了个歉，慢慢地在位置上坐下了。

"怎么了啊？"潘雪梅几人担心地低声问她。

半夏默默地在位置上坐了很久，才摆摆手，那脸色难看得活像一个准备提刀奔赴沙场砍人的杀手。

接下来的课，半夏什么事也没做，悄悄地在手机上下载了红橘子，戴着耳机，把赤莲创作的那几首曲子，按发布的时间顺序一首一首地听过去。

他的第一首歌名叫《迷雾森林》，发布的日期是小莲刚刚来到的那几日。

那时候的半夏心有迷雾，正在懵懵懂懂中探索着流浪于风霜浓雾中的感受。那人也在那个时候写出了《迷雾森林》。

《一墙之隔》，她靠着墙壁和凌冬完成了第一次合奏，一墙之隔的演奏，一墙之隔的情人。

直到她听到《雨中的怪物》，音乐从耳机里响起，雨中猎人缓缓地前行，逮住了竹林中衣不蔽体的心上人。半夏伸手捂住了脸，这不就是竹林中的那一场雨吗？这一首歌中的小提琴声还是她亲自帮忙录制的。原来她就是那歌中的猎人。明明答案近在眼前，她竟然这样一次一次地错过了。

"一条裙子，两条裙子，三条裙子……"

童话一般的歌谣，梦中的裙摆，原来是这首歌，他送了她星星的裙子、月亮的裙子，就准备像泡泡一样消失在她的世界里了吗？

半夏突然想起，她是听过小莲人形时候的声音的，只有那么一次。在她参加完全国大赛决赛的时候，是人形的小莲背起她去医院。当时她腹痛难忍，精力不济，没有注意到，现在仔细想来，那时候小莲的声音……

那时候小莲的声音，和隔壁那位给她钢琴伴奏、送她胃药又很没来由地把她关在门外的凌冬学长一模一样。

半夏拿出手机给远在北城的张琴韵发了条短信。

"那一天，我生病的时候迷迷糊糊没看清楚。你知道是谁送我去医院的吗？"

张琴韵的回复很快就来了。

"我的天，你居然不知道吗？

"我以为你们认识且熟悉。

"我看他的动作非常自然，又是和你一个学校的学长，这才没有阻拦他。

"就是那个人啊，你们学校最出名的那位，钢琴系拉赛得主——

"凌冬！"

对话框里的那个名字敲定了半夏心中的猜想。

察觉了事情的真相，半夏不知道自己究竟是欢喜还是生气，爱他才华横溢，喜他和她志同道合，恨他对她隐瞒欺骗，恼他不告而别。

爱和恼恨交织在一起，几乎是一种令人咬牙切齿的感情。

我一定要让他好看。

半夏是踩着漫天晚霞回家的。她路过隔壁那扇紧紧封闭的大门时，停了一会儿，没有伸手敲门，不动声色地抿着唇回到了自己的屋子中。

她先把小莲窝里的加热垫插上了，换了一块刚刚晒过的毛巾。

她去厨房给自己下了一碗鸡蛋面，端起来，坐在窗边的桌子前慢慢地吃。

夕阳最后的一点点光线斜斜地照在桌角，晚风从窗外吹进来，吹得挂在窗外的衣服乱晃，敲打着不锈钢包栏，发出叮叮咚咚的声响。

半夏不紧不慢地吃着面，直到桌角的那一点点阳光慢慢地变小，彻底消失。她站起身，洗了碗，又把灶台和洗手间都仔细地擦干净了，最后才坐到床边架起了自己的小提琴。

半夏是那种一旦认清了某个目标就必定要做也必须做成功的人。所以她只要想明白了一件事，就变得很沉得住气，像丛林中经验丰富的猎手，潜伏在暗处，不急不躁，务求一击即中，完美地解决问题，哪怕自己心中渴望着柔美的猎物，腹中饥肠辘辘。

小提琴声在慢慢暗下去的屋子里响起。

这是她和凌冬第一次合奏过的《流浪者之歌》。当时她无人伴奏，独自走上舞台——凌冬从天而降，和她完成了那一曲让她一生铭记于心的完美演奏。

孤单的小提琴声顺着窗户飞扬出去，她在等待，等着钢琴的那份伴奏响起。

没有家人的人，是为流浪者。

失去了你，我又成为一个孤独的流浪者。

她身后的砖墙坚固而冰冷，寂静无声，一言不发，直到一曲终了，都没有给她任何回应。

半夏伸出手指敲了敲墙壁，得到的只有一片沉默。

她低下头想了想，旋律改变，演奏起了《人鱼之歌》。

小提琴的曲调变得欢快。星星的裙子，月亮的裙子，太阳的裙子……嘿，我的太阳裙子呢？

在犯了胃病的那一天晚上，我蜷缩在床上疼痛难忍，是你轻轻地在我的耳边唱起了这首歌。

那道顽固的墙壁后，终于响起了钢琴的一个声音。

咚的第一声加进来之后，便同流水一般渗透进小提琴的曲调中。

半夏突然在演奏中换了一个调，将结尾悲伤的小调改为欢乐的大调。

钢琴声竟然也毫无凝滞地接上了。

心中灵犀相连，彼此神魂默契，是这样让人胸怀舒畅。

一墙之隔，两道旋律交织，天然地契合无间，无限地亲密缠绵。

原来凌冬的琴声就是小莲的琴声啊。

到了此刻，半夏心中那股左冲右突随时想要爆发的怒火突然就收了——熊熊烈焰躲了起来，收敛到了厚厚的草灰之下，凝为一块火炭。

　　她那火药一般一触即燃的情绪转为藏在暗处的隐隐的暗红，持久而沉重地滚烫炙热。

　　她甚至有心情笑了一下，低头看着自己的手掌，慢慢地攥紧成拳。

　　不管小莲有什么理由，她都不会让小莲再跑了。

　　这个世界上没有第二个小莲，她这一辈子也不可能再有第二份这样的感情——她必须把小莲抓回来。

　　心中的火炭烧得她浑身灼痛，烧出她埋在骨子里的野性。

　　半夏一脸平静地站起身，打开屋门，走到隔壁屋门前，轻轻地敲了敲。

　　"学长，开门。"

　　那间屋子里沉默了片刻，响起了男人带着一点儿懊恼的声音。

　　"我……不太方便。"

　　谁叫你禁不住诱惑，又和我合奏了呢？

　　现在你哪怕想要装作不在家，也没办法了吧？

　　半夏的嘴角勾起一点儿笑，她靠近房门，低声说："小莲，开门。"

第二十五章

七
天

凌冬从自己的手指碰到键盘的那一刻起，心里就隐隐地感觉事情有些不太妙了。

但他没能忍住。

半夏独自演奏起《流浪者之歌》的时候，他忍住了。

半夏敲着墙壁邀请他的时候，他咬牙没有给出回应。

小提琴声孤独地透墙而来，朝他伸出手，温柔地邀请他，等着他和自己合而为一。

而他以矮小的蜥蜴之身蹲在那堵墙前，用小小的脑袋抵着冰冷的墙壁，生生地咬牙忍住了，没有给予半夏回应。

他心里真是太难受了，受刑一样地煎熬着。

但半夏改弹了那首《人鱼之歌》。

她好像在说："嘿，你看，我已经听到了你的歌，听到了你内心的声音。不一起来吗？让人鱼不要化为泡影，给他一个快乐的结局。"

于是他就鬼使神差地化为人形，坐到了钢琴前，直到曲声结束，半夏前来敲门。

她说："小莲，开门。"

凌冬的屋子用的是密码锁——这一整栋楼只有这一间屋子用这种锁。

半夏在这一刻突然理解了原因。那个男人在白天是不穿衣服的，所以没有办法随身携带钥匙。

"开门，小莲。"半夏站在门外平静地说，"你如果不开，我就自己进去了。"

小莲手机的密码半夏知道。他无数次坐在她的怀里，当着她的面点开手机。

半夏记得那个密码是一个日期，是下着大雨的那个冬夜——他们初次见面的那一天。

半夏伸出手，尝试着在门锁上按下了那串数字。

果然，门锁发出一阵机械的响动声，房门打开了一条缝。

走廊的灯光倾泻进黑暗的屋子。

随着门被推开，一道矩形的光斑在地面和墙角之间慢慢地展开，照亮了坐在钢琴前的那个人。

寒冷的冬天里，那人却只穿着一条长裤，赤着上身。

他宽且直的肩膀，紧实的腰，莹白胜雪的肌肤慢慢地出现在扩张的光中。

亮光照到了他的眼睛里，他侧过了脸，垂下纤长的睫毛，避开了半夏的视线。

光与影的交错里，他的容貌俊美无双。

他看上去就像是一个用冰雪雕琢成的人，美丽而易碎，苍白而明艳，自缚于黑暗之中。

门边的半夏将双手交叠，靠在门边看着那个人。

那人抿住薄薄的双唇，死死地盯着自己垂在膝边的手，苍白又修长的手指在他的视野里慢慢蜷紧了。

他听见那个人走进屋内，反手把门关上。

屋子里的灯突然被打开，刺眼的白光倾泻在常年不开灯的屋子里，驱散黑暗，让一切纤毫毕见，无所遁形。

半夏的手出现在凌冬的视野里，她用带着一点儿薄茧的手指捧起他的下颌，让他的脸暴露在明亮的灯光下。

他终究是避无可避地撞见了那琉璃似的双眸。

这不是他第一次看见半夏生气。半夏生气的时候眼睛里会亮起一点儿光，像是有一种火苗在其中燃烧。

那火燃在半夏的眼中，却掉进了他的心头，迅速地绵延成一片火海，将他整个人炙烤在烈焰之上。

凌冬闭上了双眼，放弃了最后一点儿试图抵抗的坚持。

随她怎样发泄，把我烧死在里面算了。

半夏看着自己捧在手中的面孔。明亮的灯光之下，她将视线缓缓地移动，那纤长的睫毛忍不住轻轻地颤动。

半夏以目光一寸一寸地描绘着他的轮廓，抚摩他的五官。

他好漂亮。

半夏曾无数次幻想过小莲的容貌，在黑暗中摸索着小莲挺直的鼻梁、薄薄的双唇和那线条漂亮的脖子的时候，在心里来回想着：我们小莲到底长什么样子啊？

但她从来没有想过小莲的容貌竟然能美艳到这样的程度，记忆中的一幅幅带有颜色的画面顿时都有了男主角的面孔。

如果不是还有更重要的事，半夏觉得她能把着这张精雕细琢的脸认真地观赏上一整夜。

她向前一点儿，凌冬的腰就向后倒下去一些，直到无处借力，在电子钢琴的键盘上撞出一串沉重的声响。

半夏伸手盖上琴盖，把那位大名鼎鼎的凌冬学长逼在他最爱的钢琴上。

"为什么？"半夏看着他，一字一顿地问，"就这么狠心，舍

得把我一个人丢下？"

凌冬的喉头上下滑动了一下，他没有说话。

"你不说，我也迟早会让你说的。"半夏凑在他的耳边，让气息缓缓地吹在他的耳垂和脖颈儿上，轻轻地附着他的耳朵说着让人脸红心跳的话，"先让你高兴个两回，趁你神魂颠倒的时候再来问你，不怕你不肯告诉我。"

凌冬的耳垂瞬间变得通红，他侧过脸，格外艰难地慢慢地说出三个字："舍不得。"

凌冬是一个有一点儿洁癖的人，在精神上尤其束着自己，不像半夏这么个从小没爹，母亲纵容，田头野地滚着长大的野草。她发起性子来的时候，什么都敢说，什么都敢做。

他不是半夏的对手，受不住半夏这样言语上的逗弄，只能断断续续地把该承认的事都承认了，把该招认的事都招认了。

我就是舍不得，放不下，才搞成今天这个样子。

舍你而去，如同割心断肠。

我放不开手，不忍远离，才把一切搞得如此糟糕。

只是我的时间变得越来越短，怕是很快就无法再以人形陪伴在你的身边。

不只是不能维持人形，甚至有可能……凌冬闭上了嘴，没有把最凄惨的那种结局在这个时候说出口。

看着他终于开口说话，半夏就笑了起来。

小莲的声音是低沉的，很好听。

学长的声音清清冷冷的，也很动人。

小莲竟然是凌冬学长，这是半夏万万也没有想到的事。

学长是那高岭之花，云端上飘着的人，家世好，容颜美，琴技高绝，心地纯善。半夏对他向来是既崇拜又尊敬，就差没将人供上神坛膜拜，一点儿都不愿生出亵渎冒犯之心。

是以虽然他也露出过不少细微的马脚，半夏也一点儿都不曾往他身上想过。

如今她突然将高高在上、清纯圣洁的"神祇"扯下来，按在钢琴上亵渎，和将白色的莲花玷污一样，都莫名地让人有一种兴奋感。

从前，尝一尝小莲的味道已经让自己神魂颠倒，如今突然天降大礼，竟然让她同时拥有了小莲和学长。

幸福的礼包砸在脸上，缤纷的盛宴摆到眼前，任人摆布的美食装盘上桌，迷人的驯鹿温顺地伸出他柔软的脖子，允许猎手大快朵颐。

这时候她不下嘴是不是傻？

半夏想象中的大快朵颐没能实现。

她在那冰冷的双唇上尝到了一点儿甜头，抬起头，在学长的那张面孔上看见了自己熟悉的暗金色瞳孔。

这张脸看起来既生疏又十分熟悉，对半夏来说具有一种奇妙的视觉冲击。

凌冬低低地叹息一声，万千的道理和无数的坚持都在她轻轻的一个吻之下崩塌。

层层的理智丢盔卸甲，只留下他心里那最真实的一点儿欲望。

干渴的生灵如何能不希望靠近甘泉？

冻僵的身躯如何能不渴望接近阳光？

他伸出手臂圈住了半夏，几乎用尽全力地把她搂进了他的怀里。

半夏的脸贴在一片细腻又冰冷的肌肤上，那肌肤白得晃眼，散发出她所熟悉的气味。

她把小莲找回来了，这样的感觉真的很好。

然而下一刻，那铁箍一样紧紧地拥抱她的力道突然就消失了。

半夏差点儿没能站稳，用双手撑着钢琴才没让自己摔下去。

琴盖上躺着小小的黑色蜥蜴先生，白色的肚皮朝上，双手还保持着拥抱的姿势。他呆愣了一会儿之后，转而改为捂住自己的小脸。

半夏吃了一惊，在心里计算了一下从钢琴声响起到自己过来敲门的时间，前后肯定不足半小时。

原来小莲口中的"时间变短了"是这样的意思啊。

半夏愣了很久，伸手把钢琴上的小莲抱了起来，抱回自己的屋子。

她躺在床上，让小莲趴在自己锁骨的位置，伸手轻轻地抚摩他的脊背。

熟悉的环境里，他们温柔又亲密。

他们开始聊天儿，从小莲的家人开始说起，说到第一次化为人形是什么时候，说到每一次蜕皮后会减少多少时间，说到家里还有哪些人，说到他又是怎样跌跌撞撞地适应了这独特的身体，说到两人分开的这些日子里，各自都做了些什么，又因为思念对方而做过什么傻事。

他们聊起小莲当初是怎么来到这个家的，又是怎么样好不容易第一次从隔壁的窗户捞到自己可以穿的衣服。

"终于不用裹着个围裙担惊受怕地在屋子里走来走去，我那时候心里大大地松了一口气。"小莲这样说。

半夏听到这里，忍不住笑了起来："怪我，都怪我太粗心了。"

她的心里却想着：小莲什么时候只穿围裙在屋子里忙上忙下的？我竟然错过了，真是可惜。

最终他们聊到前一段时间，小莲突然在做饭的时候脱落了一层表皮，于是每一天能够维持人形的时间只剩下短短的二十分钟。

二十分钟啊。让小莲先快乐个两三次，再趁小莲神魂颠倒的时候让小莲招供——她刚刚在隔壁开的这个玩笑看来是实现不了了。

半夏终于在相对轻松的环境里提出自己心里那个沉甸甸的问题。

"下一次是哪一天？"

每一次时间都这样大幅度减少的话，那么下一次是哪一天？

愉快而轻松的空气仿佛凝滞了。

此刻的屋子里亮着暖黄色的床头灯，灶台上烧水壶的蓝光亮着。水烧开了，发出咕噜咕噜的声响。

窗帘被微风向两边吹起，寒冷的空气闯进屋里来。

窗外流云在夜空中行走，遮住了朦胧的月光。

"七天。"独属于小莲的低沉嗓音响起，"只剩下七天了。"

他是永远成为一只怪物，还是彻底从这个世界消失，就看那最后的审判日的裁决。

他趴在半夏的锁骨上——女性的肌肤柔软而滑腻，微微地起伏着，温暖的体温透过黑色的鳞甲一阵一阵地传递进来，细浪似的抚过他心中最柔软而敏感的部分。

他觉得自己像漂浮在一片蔚蓝的海上，海水载着他的身躯起起伏伏。天地间茫茫一片，唯有一座灯塔坚定地亮在远处。

那灯塔温暖而明亮的灯光坚定地照射在他的身上，让他哪怕在这样艰难的时刻也不至于迷失和放弃。

一只炙热的手掌轻轻地抚着他的脊背，小莲听见一个声音在说——

"还有七天。别害怕，我陪你一起。"

她没有说"只剩七天"，也没有说"没事，没事，肯定不止七天"。

她说"还有七天""我陪你一起"。

别害怕，我陪你一起面对最后的结果，不论好坏。

凌冬闭上了眼睛。

他觉得自己原本是一个软弱的人，只因为遇到了半夏，从她的身上汲取了温度和力量，于是自己终于也开始学会坚强，即使是面对恐怖的黑暗，也敢于睁开眼睛，直面迷雾中的一切。

"我唱一首歌给你听。"凌冬这样说，"是我新写的曲子，名字叫《追鱼》。"

"嗯，你唱吧。我听着呢。"

屋外是冬夜严寒，屋内亮着暖暖的灯。

低低的男音唱起那首在 V 站登榜的新歌。歌曲改编自千年之前的神话传说——那细述着妖精和人类爱情故事的戏曲曲目。

主歌凄美，副歌激越。低沉的男声努力撕开迷雾，男人伸手抓住自己命运的咽喉。

男人孤独的歌声在暗夜中传开。不久之后，柔美的小提琴声响起，加入了旋律之中。温柔的小提琴声陪伴着那低低细述的男音，寻觅着命运的归途。

音乐是人类的第二种语言。

此刻，两人的心里满满都是话，不必说出口，便已在曲乐声中完成了彼此的理解交融。

住在对门的网络作家突然从如山的书籍资料中抬起头来，抓耳挠腮，喜不自胜。

"这又是什么歌？好听，太好听了。下一本的灵感有了。我应该写一本古代志怪小说，就写一篇男狐狸精和女修仙者的故事。"

楼下的小姑娘已经趴在满床的故事书上睡着，口中说了几句梦呓，不知在梦中又读了什么有趣的传奇故事。

屋子里的半夏已经收起小提琴，和小莲一起躲进棉被里去了。

"今天我在课堂上就听到了这首歌，教授特意放给全班同学听的。"半夏说，"我听着你这首歌虽然是电子乐，但音乐织体上大量应用了复调音乐，好像有我最喜欢的贝多芬的感觉。"

半夏趴在床上，支起盖在身上的棉被，给身边的小莲留出一个不小的空隙。

两个人就像躲在温暖漆黑的山洞里，头挨着头说着悄悄话。

"听到后来，我才发现——哎呀，居然是小莲在唱歌，吓了我一大跳。"

"就是在你参加全国大赛期间得到的灵感。"蹲在她身边的小莲有些不太好意思，"我在编曲的时候，心里一直想着你决赛时的模样，就忍不住用上了贝多芬惯用的复调。"

"你用了我喜欢的贝多芬，我前几天也拉了你喜欢的马勒。"半夏将一手支在下巴底下，看着和自己并排躲在棉被里的小莲，"我好像在马勒的《泰坦》里看见了像你这样神秘又帅气的精灵。"

"是吗？你演奏了马勒的《泰坦》？太遗憾了，我竟然没有听见。"

　　讨论起歌曲中的音乐性，小莲一下就精神了，暗金色的双眸闪着光。

　　他兴奋地挪来自己的手机，支在两人眼前的枕头上，用小小的手指点开他编曲用的水果软件，给半夏看那一条条自己编写的绿色音轨。

　　"这首《迷雾森林》其实就化用了马勒的风格。"小莲扭头看半夏，眼中透着一点儿期待的光，"听……听得出来吗？"

　　"嗯，果然是这样。森林，妖精，浓雾重重。"半夏点点头，凑到他的身边，"我最喜欢那一首《雨中的怪物》。我知道你那一首的灵感是来自哪一天。"

　　那一首歌也被她听见了。

　　小莲觉得自己的脸颊烧红了起来。幸好他皮肤的颜色是黑色的，半夏看不见。

　　他把自己红橘子和 V 站的账号给半夏看，有一点点自豪地让半夏看自己在 V 站发布的新歌。

　　歌曲的点击量傲人，听友好评如潮，赞语飞满屏幕。

　　后台的收益额也在一点点地攀升。

　　"原来小莲是一个这样的天才啊。"半夏由衷地夸赞他，"太厉害了，我们小莲有这么多人喜欢。"

　　小莲的心就飞扬起来，他甚至在这一刻暂时忘记了悬在自己头顶的达摩克利斯之剑。

　　他有一点儿后悔，从前是为什么要那样别别扭扭地隐瞒身份呢？他这样和半夏一起讨论着自己写的歌是多么快乐的事。

　　他竟然为了那样愚蠢的理由，浪费了那么多宝贵的时间。

　　V 站的收入果然很可观，看样子他还能持续进账很长一段时间。如今最让他高兴的是，如果七天以后他不在了，还可以把这些账号留给半夏。

他温柔地看着半夏，没有把这样的话语说出口。

我要把我的歌曲、我的账号……我在这个世间所剩下的一切好的东西，都留给你。

他们聊起歌曲创作的时候，小莲的眼睛是亮着的。他用小小的手指努力地在屏幕上比画，不像平日里那样矜持而腼腆。

他浑身都透着自信而兴奋的光。

半夏看着这样的小莲，眼里映着的全是他小小的身影，像饮下了一杯烈酒，从舌头到喉咙全是苦的，烧灼感从心里而起。她的胸口火辣辣地疼着，她感到身躯里每条神经的末端都在一阵阵地泛起酸涩之感。

他是这样惊才绝艳、内心柔软、可爱又迷人。上天为什么要和他开这样的一个玩笑？

小莲原来竟然想着蜷起尾巴，在昏暗无光的屋子里，独自面对那最终的结果吗？

半夏用两根手指握住了屏幕前小莲那细细小小的手。

她看见小莲看过来，就冲他露出一点儿笑，伸过头去轻轻地吻了吻他。

幸好被我发现了。

至少我们还有七天。

第二十六章

等曲子写完

半夏早上是被小莲叫醒的。

小小的黑色守宫趴在她的枕头上，叼着她的一缕头发，轻轻地拉扯。

"我有点儿饿了，半夏。"

小莲是一个会把别人照顾得异常细致，但极少为自己提要求的人。哪怕在当初没有衣服穿那样为难的情况下，他都硬生生地忍住没有开口。

难得他如今越来越敞开心扉，不束着内心，能主动向她要吃的。

半夏很高兴，从床上翻身起来，摩拳擦掌，准备大展身手。别说小莲要蚂蚱、蟑螂，哪怕小莲说要吃月亮呢，她也准备上天去摘。

"小莲想吃什么，你说？"

小莲平时似乎不愿意在身为守宫的时候吃东西，只在夜晚恢复成人形的时候吃饭。半夏这才想起来，昨天的二十分钟全被她占据了，他只怕是一天都没有吃饭。

"想要水果。"

他说这句话的时候把那双漂亮的眼眸转开了，似乎向半夏讨要东西吃是一件不太好意思的事情。

半夏从冰箱里找出一个苹果，放在温水里温热，坐到桌子边削水果。

她用水果刀用得很溜，长条的苹果皮很快地在手指的转动下

完整地挂下来。她削完以后，用勺子在果肉上转几圈，就刮出细腻的苹果泥来。

平日里，半夏是个急性子，早上起来，十分钟搞定个人卫生，叼上早餐就可以出门。

今天的她却不急不缓地坐在清晨的窗户边，温水果，削皮，刮果泥，再喂到小莲嘴边，好像世间的一切本就该这么慢，没有什么好令人着急的地方。

坐在桌上的小莲就着半夏手上的勺子吃东西，用粉色的小舌头卷着苹果泥，时不时抬起玲珑剔透的双眸看半夏一眼。

窗外天空晴朗，晨曦明媚，有一种岁月静好、时光还很丰盈的感觉。

学校里，半夏的几个好朋友很快发现半夏的状态恢复了，变回她们熟悉的那个温和爽朗、有一点儿皮又很好说话的同学，不再像前几日那样表面平静，实则浑身带刺，甚至还抽风似的突然在课堂拍桌子站起来。

午饭的时候，潘雪梅面部表情夸张、大惊小怪地道："什么，你们又和好了？你这么快就这样毫无原则地原谅他了？"

半夏开始忽悠人："没办法，他实在长得太漂亮了，我败在了他的美色之下。"

"到底有多帅啊，把你迷成这样？"

半夏想了想："大概和凌冬学长差不多吧。"

女孩子们哈哈笑了起来，一点儿都不信。

"你要是能找到和学长一样帅的男朋友，我给你表演倒立吹笛子。"潘雪梅这样说。

刚刚睡醒的小莲依稀听见自己的名字，从半夏的口袋里爬出来，被半夏抱到桌子上。

大家的注意力立刻就被转移了。

"哎呀，小莲来了啊。"

"今天怎么舍得把小莲带出来？"

"好几天没看见小莲了呢。"

刚刚睡醒的小莲飞快地在半夏给他铺的纸巾上端正坐好了，还不忘迅速整理了一下自己的仪容仪表。

半夏掰了一根香蕉优先摆在他的面前，他却等到大家都开动以后，才斯文地用粉色的小舌头小口舔着软腻的果肉吃。

吃完，他在纸上把手脚都蹭干净了，顺着半夏的胳膊爬上她的肩膀，轻轻地蹭了蹭她的脸。

"糟糕，我感觉被半夏带歪了，突然也有点儿想养一只守宫。"

"我……我好像也有一点儿。"

"没有男朋友，哪怕有一只小莲好像也好啊。"

下午半夏没有去琴房，晚上的兼职也请了假。她骑车载着小莲回家。

午后的阳光很耀眼，透过树叶的间隙斑斑点点地落在肩头。

村子里鸡鸣犬吠的，很是热闹。

杜婆婆坐在她家的门槛上，眯着眼睛晒太阳，身后是她那空无一人的家。

半夏载着小莲停下车向她打招呼。

"是小夏啊。"杜婆婆眯着眼睛，看到停在她肩头的小莲，"哎哟，你这是四脚蛇呢。"

"对啊，他叫小莲。"半夏给老婆婆重新介绍凌冬。

"以前啊，我们农村的地头上常常能见到这个。大家认为它们是很吉祥的东西。四脚蛇进了家里，能给整个家带来福气和财运呢。"

"是吗？我也这样觉得。"半夏把目光放到小莲身上，"他是吉祥物呢，给我和他自己都带来好运。"

回到家，两人就一起挤在凌冬的屋子里，凌冬编曲，半夏赶作业。

半夏在凌冬的屋子里发现了许多有趣的电子音乐设备：长长的带鱼屏、看上去让人眼花缭乱的合成器和机架，还有那些音箱、耳机、监听器、大小键盘等。大大小小的设备靠着一整面墙整齐地摆放着，光是那些闪烁不停的键盘灯就让人觉得很厉害。除了两层的大小键盘，电脑屏幕前还摆着一个正方形的小小的键盘，上面类似九宫格一样排列着横竖各四格的小方块矩阵。她将手指按上去，五颜六色的灯光会随着手指的动作在那些小方块上来回闪烁。

"这是 MIDI 控制器，"凌冬给她解释，"最小的一款。"

"啊，你可以操作这个吗？"

"可以，要弹给你看吗？"

小小的蜥蜴爬上那张正方形的小键盘，示范给半夏看。

他显然已经无数次使用过这个键盘，看上去动作异常轻盈灵活，四肢并用地在那彩灯闪烁的键盘上来回踩动。

小小的黑色的四肢踩着闪烁的彩灯，他扭动腰肢和尾巴，可爱死了。

半夏咬着嘴唇，没让自己笑出声来。

"不是很方便，"小守宫停下来喘气，"但比用手指一点点地搓触摸板控制鼠标好一点儿。"

不只是一点儿不方便呢，本来就复杂艰难的编曲工作，在他身上，比任何人都更要难上很多。

如此不方便的身体却依旧没有能阻止他写出那么多震撼人心的歌曲。

半夏看着在电脑前忙忙碌碌的小莲。

这样小小的身躯里面到底住着怎么样的灵魂？

窗外的夕阳缓缓地下山，色彩浓郁的彩霞出现在窗户的尽头。

第一天的时间就这样过去。

"明明忙着这样辛苦的工作，之前居然还挤出时间给我做那么多好吃的，"半夏对小莲说，"真是辛苦我们小莲了。今天晚上我来煮面条好不好？"

"没有辛苦，我那段时间只觉得很快乐。"

那段时间，他心里有一个半夏，还有想做的音乐，就好像心里燃起了一点儿光，给他冲破迷雾的勇气。每一分每一秒都是踏实的，他又怎么会感到累呢？

可惜的是现在他连好好地煮一碗面给她的时间都没有。

"我给你点外卖吧？"小莲爬到支在桌面的手机屏幕前，"点你喜欢的避风塘炒蟹、莲藕汤，再加一个丁煎牛小排可以吗？"

斜阳最后一点儿金辉披在小莲忙碌的身躯上，带上一层朦胧的金边。

这个家伙不仅抓住了她的心，还精准地抓住了她的胃，更是诱惑了她的五感，真是没有一处不合心意，没有一处不诱人。

半夏靠近小莲身后，弯下腰凑近他。当他那双漂亮的眼睛向她看过来的时候，她用低低的声音在他耳边小声地说："这些我先

不吃，先吃你行不行？"

小莲的脸色红了，但他的心里其实是极愿意且期待的，他恨不能将自己涂上椒盐、孜然，腌制入味，摆盘上桌，请她随意品尝。

天边最后一抹斜阳消失了，夜幕拉了下来。

贤惠温柔的小莲不知哪儿去了，半夏和隔壁冰清玉洁的学长滚到了一起。

"嘿，雪梅说如果我和学长在一起，她就表演倒立吹笛子。"半夏用手指点着凌冬浮着水泽的双唇，"她们都不知道，看上去冷漠的学长在这个时候是有多么热情。"

凌冬忍不住伸手想要关灯。

半夏按住他的手，将五指分别插进他的指缝，把那比她的手大了许多、霜雪一般白皙的手掌缓慢且温柔地按了下去。

他那修长又有力的手只用很小的力道象征性地抵抗了一下。

她幻想这一刻很久了。

天生的猎手夜夜对着秀色可人的猎物，却按捺着性子收起爪牙，不去撕开那一层半遮半露的薄纱，到了今天才如愿以偿，终于可以光明正大看着他的面孔，看清楚他的每一滴汗水、每一次皱眉、每一种动人的神态，把他最脆弱最可怜的模样、最快乐最忘情的样子都一一看进眼里。

她想要囫囵地把他一口吞了，又舍不得不细细品味这珍贵的时光。

每一分每一秒都是金子，她要细细地尝过，铭记在心里。

"半夏，你……"

你这个人啊。

到了这个时候，他说再多的言语又还能有什么用呢？

他品味着对方这份心意，把它珍之重之埋在心里。

如若上天还愿意再给他时间，往后余生，他会百倍千倍万倍地偿还给她。

凌冬举起一只手臂，遮住了灯光下的双眼。

半夏撑起身体看他："欸，别这样啊，我又没有说不对你负责任。"

她总是不会让别人太悲伤，任何时候都能一句话将人逗笑了。

凌冬伸出手，翻身把半夏圈在自己的双臂中，俯下身去吻她。

尴尬的是，下一刻他的身体又恢复成小小的守宫的模样，掉落在半夏柔软而雪白的肌肤上。

最近几日，半夏每天醒来，睁开眼之前，蒙蒙眬眬中第一件事就是下意识地去想：今天是第几天？今天是第三天了，还是第四天了？

时间这种东西就像是握在手中的水——无论人再怎么紧握，它依旧会毫不留情地从指缝中流逝。

有时候，你越是希望它走得慢一点儿，它反而越发快得令人心惊胆战。

这几天，她和小莲儿乎每一分钟都待在一起。

白天，小莲陪着半夏去学校。半夏上课，小莲就蜷在她温暖的口袋里睡觉。晚上，半夏住进凌冬的屋子里，陪着小莲作曲写歌。

时常是太阳才刚刚下山，最后一抹亮光从窗户溜走，凌冬的手臂就从她的身后伸过来，圈住她的腰，埋头嗅她脖颈儿里的味道。

半夏伸手抵着他："先吃东西，你太瘦了，应该多吃一点儿。"

她把自己打包回来的外卖打开，先拣一个热乎乎的芝士虾球塞进他的口中。

凌冬握住她的手腕，就着她的手吃，吃完以后用舌头舔她的手指。

柔嫩湿润的舌头舔过指尖，墨黑的眼眸透过纤长的睫毛看着她。

那双眼眸像是雪山下的冰泉里被洗净的石子儿，既纯黑又清透，沾着一点儿将融未融的初雪。

半夏被他这样一看，便觉得有细密的电流顺着自己的尾椎升起，坚持不过几分钟就将所有的原则丢净了。

两个人总是没来得及好好地吃完晚饭就已经闹成一团，冷冽的甜香飘得满屋子都是。

凌晨天色将明未明，人间的一切尚在沉睡和苏醒之间，半夏一骨碌爬起来，捞上通宵写歌的小莲，坐着公交车跑了好一段路，到榕城的海边看海。

早晨的海边雾气很重，海面上白茫茫的一片。

一艘艘渔船仿佛是浮在蒙了一层白霜的水镜上，偶尔拖出的一点儿涟漪，也像是水墨画卷上的一点儿墨痕。

世界凝滞而寂静，梦幻又神秘，宛如画中境。

半夏坐在海堤上，把小莲包在自己的围巾里，抱着他一起看大海。

翻涌的海浪卷上海堤，又带着白色的泡沫退回去，温柔的海浪声让身心都放松下来。

"这里是榕城最安静的海岸。我心情不好或者感到疲倦的时候，都会跑到这里来拉琴。"半夏抱着小莲说，"从前就一直想带你来玩儿一玩儿，总是没挤出时间。这里真的很安静，我虽然从小住在海边，却没有几次这样安安心心地看过海。"

小莲从围巾里冒出脑袋，独特的声音响起："只是你这样……没有问题吗，在期末的时候？"

"能有什么问题？"半夏笑了起来，坐在礁石上，舒展开自己的手脚，用手指抚摩着小莲的脊背，看头顶的天空，"人生看起来有很多必须做的事：必须认真考试，必须每天打工，必须恋爱、结婚……但我突然觉得，只要心中能够放下，其实没有任何事是非做不可的。"

我现在唯一想做的事就是陪着你。

半夏抬起自己的小提琴，在海边演奏，不讲究曲目，只随手拉着自己喜欢的旋律。琴声悠扬惬意，无边宽广，并不见那忧思惆怅，只有涛声温柔。

天使般的歌声在海天之间回荡。

阳光破开浓雾，长长的金辉从云层的间隙斜照下来，像从穹顶落下的圣光，人间万千烦恼在这样纯洁的光明前都无所遁形。

海面的渔船动了起来，水鸟压着海面低低地掠过。白雾迷蒙的世界渐渐地明朗，变得那样生动真实。

小莲蹲在半夏的膝头，看着包容万象的大海，暗金色的瞳孔里映着碎片似的金辉。

因为这几日的放纵，一对一的专业课上，半夏果然被郁安国逮着狠批了一顿。

管弦系的专业课期末考，学校要求学生必须开一场独奏音乐会，每学期的曲目要求各不相同——大二的上学期要求学生演奏

时长达到五十分钟的曲目，其中必须包含一首完整的奏鸣曲。

半夏因为前段时间参加了学院杯，完全没有练习奏鸣曲，期末的曲目自然准备得不够充分。

郁安国给她挑选的是莫扎特的《E 小调第二十一号小提琴奏鸣曲 K.304》（《E 小调奏鸣曲》）。

"我已经帮你打过招呼了，这学期你参加的比赛多，任务重，期末音乐会只要过得去就行。但你也不要以为随便忽悠一下就能包过。"郁安国将教鞭啪啪地打在谱架上，"要是你太过乱来，我第一个不放过你。"

口袋里的小莲被教鞭声吵醒了，从口袋边缘冒出一个小脑袋来。

郁安国将眼睛瞪圆了："什么东西？你……你这口袋里藏了什么东西？"

半夏把小莲掏出来献宝。

"胡闹！谁让你带着宠物来学校的？"老教授差点儿将手里的教鞭化为利刃把她劈成两半。

半夏只好乖乖地把小莲先放下，夹着尾巴去演奏她还不够熟悉的莫扎特的奏鸣曲。

莫扎特的曲子相比历史上很多知名作曲家来说，技术上不算太难，只是在情绪上非常不好把握。半夏也还没有完全找到诀窍。

她重新开始演奏，留下小莲和郁安国两人面对面坐着。

"真是搞不懂现在的小孩儿在想什么，养什么不好，养蜥蜴。"郁安国气呼呼地坐下来，看着蹲坐在身边椅子上的小蜥蜴。

小蜥蜴有黑宝石一样纯净的鳞片和澄澈透亮、有着暗金色斑纹的大眼睛，坐得端端正正，安安静静，听到旋律优美的段落，还会忍不住摇摇尾巴，好像听得懂莫扎特一样。

"四脚蛇见过，倒是没见过这样黑色的。"郁安国左看右看，"看起来奇奇怪怪的。"

小蜥蜴转过头看他，圆圆的眼睛扑闪了一下，打招呼似的。

它好像确实有一点儿可爱。郁安国心里有些痒痒的。

"你吃什么东西？水果要吗？"郁安国随身的背包里居然带了一盒取蒂洗净的丹东草莓。他取出一个草莓递给小莲："喏，草莓要不要？"

小莲伸出两只细细的小手努力地抱住了草莓，冲半夏的老师点了点头，抱着红红的草莓慢慢地舔。

半夏演奏完一遍曲子，难得没有听见郁安国骂人的声音，抬头一看，一老一小居然并排坐着吃水果呢。

半夏骑着车回去的时候，她的车头上就挂了一大袋的草莓。她和小莲一起在口中哼着《雨中的怪物》的旋律，脚下车轮滚在乡间的道路上。

"我们分一点儿草莓给杜婆婆？"

她口袋里小莲的声音今天听起来特别愉悦。

"行啊，我正好也这样想，好像几天没碰到她出来丢垃圾了。"半夏笑着回复，"上一次路过，她还塞给我两包小饼干，说让我帮忙带一包给'隔壁的小冬'呢。"

两人转过村头的公交车站，远远地看见那条回家的小路。

半夏的笑容在她靠近杜婆婆家大门的时候慢慢地凝滞了。

那扇历经风霜、在岁月中腐朽了的大门敞开着，陈旧的门楣上贴着一小块正方形的红布。

门口摆了路头桌，有人坐在那里接待往来宾客。

往日里门可罗雀、空荡荡的庭院里，此刻进进出出的都是穿着黑色衣服的人。

半夏推着车慢慢地走近，院子里传来锣鼓铃磬声、诵经安魂调，开满山茶花的庭院里披了白，供奉神灵的厅堂被白布盖住了，正中摆了一张黑白的照片。

天天孤独地坐在门外晒太阳的那位老婆婆成了照片中的人。

"晚上睡下去，就没有再醒来，走的第二天才被邻居发现的。"

"九十多岁了，也算是喜丧了。"

"是啊是啊。不算是坏事，喜丧，白喜事。"

"孩子都在国外，一时间赶不到场，还得委托远房亲戚来帮忙办丧事。"

"走得有点儿孤独呢。"

来往的邻居议论纷纷。

自行车的车轮慢慢地停在门前，半夏看着厅堂中那张黑色的照片——老人家笑吟吟的面孔和她往日见着时一模一样。

半夏每一天早晨都起得很早，每一天踩着脚踏车穿过村路的时候，基本都能看见这位晚年孤独的老人，日复一日早早地坐在门槛上发呆。

你路过的时候和她说几句话，帮忙倒个垃圾，她就会像这样笑吟吟地拉住你的手，和你念叨许多话。

都说被亡者留下之人最痛苦，其实即将撒手离开的那个人心中才是最煎熬的吧？那个人眼睁睁地看着自己的生命走到尽头，无人得知其心里的惶恐不安。哪怕她对这人世间百般眷恋千般不舍，也终究无可奈何。

半夏第一次认识"死亡"这件事是在她六岁的那一年。隔壁教她小提琴的慕爷爷生了一场大病，去了医院之后就再也没有回来。

慕爷爷的院子也和这里一样细心地种满了漂亮的鲜花。

他是半夏的小提琴启蒙老师。当年，如果不是他拉着半夏的手，几次三番地找到母亲说"这孩子实在有学音乐的天赋，别辜负了这样的才能"，半夏的母亲当年只怕是很难咬下牙同意她拿起小提琴的。

童年时期皮得不行的半夏，不知为什么就唯独在那位爷爷身边坐得住，听他婉转动人的琴声在花树间穿梭，一听就是一个下午。

他手把手地教她怎么样持琴、握弓，教她大臂小臂如何用力，扳着她的手指，教她拉出第一串好听的琶音。

可是突然有一天，那个院子的门上就贴了这样一块红色的布条。院子里来来往往着一些不认识的大人，人人满面悲色，哭声频起。

从那天起，慕爷爷就再也没有回来过，妈妈也不让她再去隔壁的院子里玩儿。

"不能再过去了，你慕爷爷没了。"

"什么是'没了'？"

"'没了'就是以后都见不到了。"

"以后都见不到了"，这句话是对还活着的人而言。

至于亡者，黄泉碧落去了何处，其实是不得而知的。

有人念着也好，无人想着也罢。世间的情缘爱恨、红尘万丈终究已和亡者再无关联。

活在世间的亲人，再是伤心欲绝也无济于事，万丈红尘里是找不着这个人了。

到了半夏十三岁的时候，母亲没了。

年幼的她在充满消毒水味道的医院里，刻骨铭心地历经了少年失恃之痛，终于知道了这人世间的缘分，不论是母女亲情、伴侣至爱，都并非永恒不灭之物。

无论她在心中看得多么重、多么珍贵的关系，都有可能如那春梦秋云，聚散只在瞬息之间。

她唯一能做的是握紧眼下每一寸无价的光阴。

七天，她眼睁睁地看着钟摆一分一秒地向前走。

但半夏从不去想七天之后的事。七天之后会怎样、该如何难过，她不愿提前体会。

此刻她只想握住小莲的手，哪怕陪小莲走在万丈悬崖的边缘。

脚下已是万丈深渊了，两个人却紧紧地相拥着，闭上双目，去尝那镰刀下的一点儿蜜糖。

镰刀落下之后的世界满目疮痍，她愿意独自承受。

半夏抱着小莲，穿过花枝缭乱的庭院，给老人上了一炷香，默默地鞠了三个躬，踏着那安魂曲的旋律，走向属于自己的归路。

老旧的宅子外，路头桌上坐着的负责登记的人是殡葬公司的员工。

仙去的老人家年纪大了，亲友离散大半，孩子在国外也不太尽心。吊丧的客人来得不多，这一次的工作看起来很轻松，他忍不住打了个哈欠。

就在这时候，一只白皙的手伸了过来，在留名册上签上了一个漂亮的名字。

等那员工抬起头来，就看见一位肌肤苍白的俊美青年，携风带雪似的穿过满院花枝进去了。

"欸，太婆婆认识的人里居然有这样贵气的男孩子。"

"是哪家的晚辈吗？他生得真是漂亮。"

"要不要去问一下，我都不认得人。这个院子我都还是第一次来呢。"

负责守夜的亲友低声说起话来。

"话说太婆婆的家里也没有其他人了吧，孩子都在国外，这栋屋子以后也没人住了。"

"听说都已经在准备委托出售了，中介公司的人下午就急匆匆地来过了。"

"卖得这样急吗？"

"人都走了，留着个空屋子有什么用？虽然是郊区，但这么大的房子，在榕城也值不少钱呢！"

"我好像听说要把院子里这些种在地里的花花草草都铲了，重新装修成欧式风格的庭院，再卖个好价钱。"

"真是好运气，有这么一大笔的遗产可以拿。"

站在灵堂前的凌冬在这些零零碎碎的话语中沉默着点了香，伸手接了黄纸，烧化在火盆里。

"乱七八糟的花花草草都铲了。"

"是喜丧，九十岁了，算是一件喜事吧。"

凌冬松开拈着黄纸的手指，看着它们掉在火盆中，化为突然亮起的火苗，灰飞烟灭。

年迈的老者拄着拐杖，站在这庭院中说的话犹在耳畔——

"便想着把这些花移到地里去，有阳光厚土管着它们，哪怕哪天我突然不在了，它们也还能活下去。

"别人都说我这样的日子也差不多该到头了，但我就是舍不得嘛。我要努力多活几年，多看看这漂亮的世界，漂亮的花花草草。

"唉，怕又有什么用呢？这人哪，时间越是不多，越应该好好

珍惜不是吗？"

想不到您走得比我还早一些，这些日子，承蒙照顾，一路走好。

从灵堂祭拜回来的凌冬和半夏在屋子里一起吃饭。

两个人凑在凌冬屋里的一张矮桌边，吃打包回来的糯米肠子配七星鱼丸汤。

"嗯，时间是不是变长了一点点？"半夏突然抬起头。

她刚刚沉浸在杜婆婆离开的悲伤里，不太拿得准过去多长时间，依稀觉得小莲最近以凌冬的模样待在自己身边的时间好像长了一点点。

"上个月在最后的时候，保持人形的时间也变长了，我一度以为情况有所好转。"

凌冬抬起头看她，来不及修剪的刘海儿有些遮住了眉眼，透过细碎黑发看出来的眼神温柔而平静。

"可惜的是蜕皮之后，反而失望得更加彻底，所以我们还是先别多想了。"

"等你吃完了，帮我新写的歌录一段小提琴音轨行吗？"他说。

"你又有新曲子吗？当然可以。"

半夏吃完饭，开始视奏凌冬给的新曲谱。

新歌的旋律听起来温暖又安心，让人感到幸福。

"旋律真美。这首歌的曲名叫什么？"

俊美的学长坐在窗边，穿着他柔软的白色上衣，在肩头搭一件羊呢外套，用仿佛落满细碎星辰的眼眸静静地看着半夏。

"等整首曲子写完了，我再告诉你。"

第二十七章

时间的尽头

蓝草咖啡的后门，半夏坐在台阶上有一调没一调地拉她的莫扎特。

来上班的咖啡师小吴看见她有些诧异。

"小夏今天怎么来了？老板娘不是说你最近都请假吗？"

半夏嗯了一声："来这里待一会儿，静静心。"

此刻正当黄昏，酒吧一条街最热闹的夜晚即将来临。

前门大街车来车往，喇叭响个不停。后门的巷子里停了几辆送货的皮卡车，搬运工吆喝着来来回回地抬物料。

几个还没上班的妹子蹲在角落补妆，顺便叽叽喳喳地聊着心事。

这里最是市井喧哗、灯红酒绿之处，哪里找得到安静？

小吴有些奇怪地看了她一眼，拉开蓝草的后门进去了。

蹲在角落里的一个小姑娘似乎是失恋了，说着说着哇的一声哭了出来。

她的小姐妹安慰她："不就是一个男人嘛，旧的去了还有新的，哭啥？"

"没事没事，你别急着哭，没准儿明天又和好了。左右都在一个酒吧，时间还长着呢。"

时间还长着呢。

旧的去了还有新的。

半夏的琴声慢悠悠的，连连绵绵地混在这一片喧闹声之中。

明天就是第七天，也碰巧是她专业课期末演奏会的日子。

哪怕她再怎么调整心态，到了这个夜晚心里终究有些东西按压不住了。

今天，小莲没有跟她去学校。放学的时候，她也没有马上回家，反而是不知为什么游荡到这个她从前熟悉的地方。

从前，一个人，一把琴，心中了无牵挂。

如今，夕阳小巷，她独奏鸣琴，心中千丝万缕系着一个人。

出租房内，桌上手机的屏幕亮了起来，电脑前的小莲爬到手机前。

屏幕上，"小萧爱音乐"的头像兴奋地跳动着。

"红啦，《追鱼》真的红了，就在刚刚已经登上新歌周榜第一了！"手机那一头的男人雀跃不已。

这一首由赤莲原创、小萧协同帮忙包装发布的歌曲，从头到尾就他们两个人搞定，短短时间里却在国内流量最大的音乐网站上登顶。这是众多财力雄厚的公司都未必能做到的战绩，让小萧激动异常。

"我们公司的副总听说这首歌就是来自被他退稿的 demo，悔得肠子都青了，又不好意思承认，如今每天开会都在阴阳怪气。哈哈，我真该把他的表情拍两张给你看看。我们柏总监想让我联系你，重新谈一谈合作的事。虽然我私心是很希望和你合作的，但看着现在的势头，觉得你应该等一等，估计多的是好平台和机会供你选择，看稳了再签约。我听小道儿消息说，V 站背后的 VY 集团也有向你递出橄榄枝的意向。"

赤莲平静的声音响起："这些都不重要，以后再说吧。"

"这怎么可能不重要？！"小萧在电话那头几乎要跳起来，"阿莲，VY集团的意义你不会不知道吧？行业内最大的巨头！他们家的业务涵盖了几乎所有的影音领域。

"要是签了VY，你就不仅仅是原创音乐人，动漫、影视等各领域的合作都有机会接触得到，飞升成神指日可待啊。"

他咽了咽口水："阿莲，你是不是不明白这能给你的生活带来什么样的改变？你知道行业内有多少人跪着求着想要这样的机会吗？"

无论他说得怎样唾沫横飞，手机另一头的那个人似乎依旧对这样的好消息无动于衷。

他那低沉的声音只是在最后缓缓地说了一句："我能拜托你一件事吗？"

"啊，当然。什么事，你说？"小萧愣了愣。

"我刚刚创作好一首新歌……"赤莲说。

"天哪，你又有新歌了！我说你这效率也太高了。你是每天二十四个小时都不睡觉的吗？还是一天有四十八个小时？"

赤莲沉默了。

"啊，抱歉，抱歉，是我激动了。新歌什么情况，是需要我帮忙什么……什么？帮你明天在V站发布这首歌？"

"是的，想请你帮忙发布这首新歌。"赤莲轻轻地说道，"除此之外，我申请了一个V站的子账号，具有管理权限，可以提取一定比例的收入分成。我想把这个子账号给你，以后……如果我没空，请你帮忙处理平台上这几首歌曲的相关事项。"

"啊，这个，那什么……我……"小萧被凌冬突如其来的话刺激得有些语无伦次。

小萧能理解赤莲这样的音乐人，只喜欢埋头创作，对各种宣

传和自我包装不感兴趣，也不熟悉。他因为对行业内熟悉，加上是赤莲的铁杆粉丝，便一直以个人名义帮赤莲在转换平台和推广新歌曲上出了一份力。但在他眼里，这些纯属给朋友帮忙，只是因为不忍见明珠蒙尘的义务工作，想不到凌冬居然能给他这样的回报和信任。在新歌蹿红的当头，凌冬提出给他分成的建议，几乎算是聘请他做凌冬的私人经纪人了。一时间这位年轻的制作人生出肝胆相照、士为知己者死的感慨来。

"当然，我当然可以。如果你是这样想的，就把宣发相关的琐事都交给我就好。提成什么的……嘻，谢谢兄弟了。"小萧有点儿扭扭捏捏，"只是我不明白，你为什么不自己发布新歌呢？"

"我最近或许有一点儿事。"手机的那一头，赤莲古怪的声音停顿了一会儿，变得慎重起来，"以后，这几首歌就拜托给你了。如果可以……尽量让它们多挣一点儿钱。"

"没问题，兄弟。是你太低估自己了。"小萧拍着胸脯保证，"只要你保持这样的创作水平，别说多挣一点儿，老婆本我都包你能挣来。"

手机的那一边停滞了很久才传来男人轻轻的一声嗯。

"那就拜托了，谢谢你。"

半夏回到家的时候，小莲还坐在电脑面前捣鼓他的歌曲。

他转回头看见半夏，高兴地吐了吐舌头，屏幕上音轨的波纹映在那双清透的眼眸里。

"新歌写好了吗？"半夏凑到他的旁边，给他一个甜甜的吻。

"嗯，快好了，还差最后的混音。"小莲说，"你的期末考试呢，准备得怎么样了？"

"那个应该没什么问题吧。我考试很厉害的。"

"半夏，你可以帮忙把 V 站上的钱转出来一下吗？"

"好啊。"半夏放下琴盒，接过桌面上的鼠标。

她这才惊讶地发现，几天时间而已，小莲的《追鱼》登上了V 站新歌排行榜第一名，账户上的金额已经累积到了一个相当可观的数值。

小莲操作电脑自然是没她方便。半夏动作利索地帮他从赤莲的账户上提取了现金。

"记住怎么操作了吗？"

"嗯。"

"以后……要经常上线取一下钱。"

在她点击鼠标的时候，小莲声音非常轻地说道。

半夏快速滑动的手指顿住了。许久之后，她才又轻轻地嗯了一声。

今天晚上没有月亮，窗外的风刮得很大。呼啸的北风砰砰摇晃着玻璃。

半夏盘膝坐在小莲身边，陪着他压缩母带，守着他忙忙碌碌，看着他完成赤莲最新的一首歌曲。

在那些循环往复的单一音轨声中，她慢慢地闭上眼睛陷入混沌中，恍惚中有一双手臂把她抱上床，从身后搂住了她，轻轻地吻她的脖颈儿。

半夏转过身，反手抱紧小莲的腰，把自己的头和脸埋进那略微冰冷的胸膛。

床上的半夏已经进入梦乡，黑色的小蜥蜴守在枕头边，静静地对着那张面孔看了许久。

冬夜的屋子里光线很暗，窗外北风呼啸，成片的龙眼树在风中发出沙沙的声响。

电脑屏幕的荧光打在那个睡在床上的女孩儿脸上，勾勒出柔和的线条轮廓。

到了这样最后的时刻，凌冬发现自己的内心居然一片平静，已经不再畏惧即将到来的一切。

谢谢你这样坚定地给了我这般温柔的陪伴。

睡着的半夏翻了一个身，将手从被子里伸出来，搁在了枕头上。

黑色的小蜥蜴凑上前，轻轻地亲吻那只手，逐一吻过那些因为练琴而生了薄茧的手指。

加油啊半夏，不论我发生了什么，你都一定要好好的。

呼呼的风声中，半夏做了一个噩梦。

梦中的凌冬学长片片叶不沾身地站在一片黑色的森林中。

他沉默地看着她，浑身上下突然蒙上了一层诡异的白色，就像是守宫蜕皮之时蒙在身上的那层白色薄膜。

乌黑的头发变为白色，水洗的双眸转为灰白，他茫然无措地朝她看过来。

污黑的藤蔓爬满大地，缠绕住他的双手，把他缓缓地吊上半空，放在祭台一般的巨大钢琴上。

面无表情的亡灵之神出现在半空，时钟的双针重叠，巨大的悲鸣声响起，锋利的镰刀从天而降，斩向被捆在祭台上的苍白身躯。

半夏从梦中惊醒，一把掀开被子，在床上一通摸索，找到了蜷着身体、安睡在她的身边的小莲。

小莲的黑甲明亮，他平稳地呼吸，轻轻地动了动尾巴，睡得十分安稳。

半夏这才松了口气，捂住怦怦直跳的胸口，轻轻地抱起他，把他带到自己的身边。

这已经是第七天的早晨。

管弦系小提琴专业大二的期末考试现场，每个学生的演奏时长是五十分钟，再加上休息时间，考试进展的速度很慢，要持续数日才能全部结束。

休息室内，尚小月拿着琴找到半夏："再有一场就轮到我了，你什么时候上场？"

不知为什么半夏坐在椅子上有些魂不守舍，手里抱着她的那只守宫，半天才回过神道："啊，我还早呢，好像是今天的最后一个，怎么也得到傍晚了。你先去吧。"

休息室里，光阴在慢慢地流转，时间一分一秒地过去。

舞台上的曲乐声徐徐传来，后台里等着的人一个个地少了。

太阳都快下山了，一切还都这么平静。

没准儿今天就这样平安无事地过去了——半夏在心里这样期待起来。

或许他从此不会再蜕皮，时间也不会再减少，就以这个模样一直陪在我的身边。我不用再担心他会消失了，那可真是太好了。

她低头看手心里的小莲。

小莲伸出粉色的小舌头，舔了舔她的手心。

半夏就笑了："我们晚上——"

话才说到一半，她声音戛然而止。

　　纯黑色的小莲在她的视野中突然之间蒙上了一层迷雾似的白色，朦朦胧胧的死白色紧紧地包裹着他的身躯，看上去诡异又奇怪。

　　小莲看着半夏错愕的脸，又低头看了看自己，张嘴咬住了自己的手。

　　在半夏屏住呼吸时，他轻轻地一拉，就拉扯下来一截儿完整的手套似的白色薄膜。

　　他蜕下白膜后的手掌不再是从前纯黑的手掌，那截儿手臂由一团五色的光晕凝成，光华流转，发出梦幻似的色泽，不似人间活物。

　　小莲看着自己五彩斑斓的手臂，伸手收张了一下手指，那发着光的手掌便在空气中溃散开来。

　　五彩的小小光球星星点点地浮游过半夏的眼前，渐渐升高，失去色泽，全无踪迹。

　　小莲低头看着自己的手，从小臂到手掌的那一截儿都消失了，而断口处依旧是五彩斑斓的光点，外面裹着一层薄薄的白色薄膜，看上去比琉璃还易碎，消散只在一瞬之间。

　　这一次他是真的没有时间了。

　　他抬头去看半夏，半夏的眼眶全红了。

　　"到你上场了，快去吧。"小莲笑着说。

　　"不可能的，我不去了。"半夏几乎是咬着牙，一字一顿地从口中挤出话来，"这都什么时候了，管那是考试还是比赛，我哪儿也不去，在这里陪着你。"

　　"可是我想要听你的琴声啊。"小莲抬头看着她，"真的，求你了。最后的时刻，我只想听着你的琴声。"

半夏的手是拿琴的手，持续演奏数个小时都可稳而不颤，但这一刻，她红着眼眶，手掌不可遏制地颤抖了起来。

"去吧，去舞台上。让我看你在灯光下的样子，听你在舞台上的琴声。这样我就不会害怕，心里还会感到很幸福。一直以来，都承蒙你的照顾。这是最后一次，辛苦你，请你再忍耐一下。"

舞台上的报幕声响了起来，主持人宣读了半夏的名字。

半夏咬着牙，颤抖着手，小心翼翼地将小莲放在对着门的桌面上。

哪怕她极尽小心，还是在放下的那一瞬间，让那手臂的截断面飞散出了几点细碎的彩光。

半夏视野中的小莲模糊了，那些飞散的彩色光点也变得像是霓虹彩灯一般朦朦胧胧。

她伸手抹一把眼睛，发现是自己的双眼被泪水蒙住了。

"去吧，不要回头。我一直在这里看着你。"五彩斑斓的小莲这样说。

期末考试的评委席上基本会聚了全院所有的小提琴导师。

半夏的名字刚刚被报出来的时候，评委席上不少的教授就议论了起来。

"就是这个孩子吗？拿了全国大赛冠军的那位？"

"是的，这可是老郁的爱徒。"

"好几届学院杯我们榕音的孩子都没拿过好名次了，这回算是为我们小提琴专业争了一口气。"

"哈哈，上次选拔赛的时候我没来，今天正好认识一下。"

当半夏的琴声出来的时候，舞台下这种轻松愉悦、充满期待

的氛围很快不见了，不少的教授皱起了眉头。

名不副实啊，这个孩子，错音了好几次，演奏的技巧也生硬刻板，最主要的问题还是音乐听起来缺乏情感，像一具机器站在舞台上拉出来的琴声。

就这？这就是学院杯的金奖得主吗？

许多人在心里升起疑惑，纷纷转头去看郁安国的脸色——只见评委席中，郁安国脸色铁青，眉心拧得死紧。但凡熟悉他的人看了他这副表情，心中都不免忐忑，生怕他下一刻就要掀起桌子骂人。

音乐厅的舞台上，半夏站在集束的灯光中。

不知为什么，她从这里看下去，台下的观众席黑漆漆的一片，像梦中到过的那片森林。幽暗诡谲的世界里，似乎有无数的眼睛从昏暗中看出来，看着她。

她的身体是虚浮着的，她的脚踩不稳地面，但她的双手经过千锤百炼，哪怕此刻她的脑中空荡荡的一片，只要她手中握着琴，就能够自然而然地摆出标准的姿势。

她左手持琴，右手扬起弓弦，乐曲声就出来了。

她运弓，拨弦，滑音，指法……

节拍没有错吧？没错。音准对了吗？对了。

凌冬呢？凌冬他真的走了吗？

不可以这样啊，半夏。小莲在听着呢——他在听我的琴声。

这个时候，如果是其他人，也许不能理解凌冬最后对她说的那些话。

"最后的时刻，我只想听着你的琴声。这样我就不会害怕，心里还会感到很幸福。"

但是半夏在一瞬之间全都懂了，或许理智还没能接受，但心已经理解了凌冬的意思。

因为如果这一刻换作自己，她也会希望在这最后的时刻能听到凌冬的钢琴声。

生离死别，千言万语又能如何？

述不尽，说不完。

只有两人共同爱着的音乐能在这一刻剖开胸膛，捧出血脉之中那颗搏动着的心脏，彼此的心在琴声中连在一起，千言万语便不必再说了。

能在心爱之人的琴声中离去，是他最后的渴望。

能以一曲送他，是属于她的幸福。

…………

舞台之下，教授们交换了一下眼神。

她的琴声初时平平，如今听着，好像又……渐入佳境了。

郁安国难看的脸色终于缓和了。

"哼，这才像点儿样子。"郁安国绷紧的肩膀放松下来。

他吁了口气，在心中抱怨道：刚刚拉的都是些什么啊？乱七八糟的家伙，我怎么会教了一个这样的学生，每一次都让人提心吊胆？

期末考试的演奏会，要求学生演奏时长超过五十分钟的曲目。一般学生们都会选择两到三首曲子上台演奏。

半夏演奏的第一首曲目是莫扎特的《E小调奏鸣曲》。

相比帕格尼尼、拉赫玛尼诺夫等作曲家那些艰难刁钻的技法，莫扎特的曲子相对简单上许多。

也正因为如此，半夏的导师郁安国给她安排了莫扎特的奏鸣

曲，以便她能够顺利通过期末考试。

然而事实上，莫扎特的曲子完整拉完不难，真要达到演奏的要求却不容易。

越是端庄简洁的乐章，越需要一种情绪上的克制严谨，演奏者在克制严谨的同时却又需要表达出内心真正的情感，这才是真正的难上加难。

因此对于真正的演奏家而言，莫扎特的曲子反而是最难演奏的。它的难不是难在炫酷困难的技法上，而是难在如何在这样相对简洁的乐曲中，表达出那份克制中的抒情。

要克制，半夏这样想着，克制住自己心里那种快要炸裂的情绪，放松手腕，集中精神，让弓和琴弦之间摩擦出最完美的音符。

听见了吗，小莲？这是送给你的歌。

演奏中的半夏仿佛看见那些五彩斑斓的光点飞来，在舞台上方浮游聚集，逐渐会聚成形。

她不敢真正抬头去看。

那片光点中依稀出现小莲小小的黑色身影。

小莲的眼睛亮晶晶的，他高高兴兴地冲着她摆了摆尾巴。

黑色的小蜥蜴不见了。

凌冬出现在那片浮光中，身似初雪，眸如点墨。他似乎有一点儿不好意思，微微侧身，笑着看她拉琴。

半夏也就笑了，闭上眼，把自己的身与心都化为点点音符。

舞台下赵芷兰教授抬头，看着灯光下的独奏者，只觉得自己的心被她的琴声带动得泛起一阵阵酸涩之感。

这个孩子到底是经历了什么？她为什么能拉出这样的曲调？

作为音乐学院的小提琴教授，赵芷兰多年沉浸在古典音乐圈里，听过无数场大大小小的演奏会。

赵芷兰知道，音乐界里或许有不少天才儿童，但只有那些品过世事无常、见过生死离别、拥有丰富的人生阅历和真正人生体悟的演奏者才能表达出这样感人肺腑的音乐。

莫扎特的《E小调奏鸣曲》是莫扎特在失去生命中至亲之人后谱写的乐曲，是这位音乐家寄托哀思、祭奠亡者的一曲乐章。

舞台上年纪轻轻的演奏者稳稳地站在灯光中。

她演奏的神情明明是肃穆而平静的，她甚至没有采用那些花哨而容易打动人的肢体语言，不言不语，极尽克制，悲伤却依旧如潮水满溢。

那藏不住的悲伤如同洁白的海浪，漫过她纤细的双脚，漫过舞台，劈头盖脸地扑向观众席。

送别歌，安魂曲，一曲道尽无限感伤。曲声停歇，台下听众多有闻声落泪者——这样无声的眼泪是比如雷的掌声更高的赞美。

半夏看着空旷的舞台，沉默地站立了一会儿，弯腰鞠躬，转身向后台走去。

半夏考试的五十分钟演奏还没有结束，中场休息之后，还将有第二首、第三首曲目。

休息期间，评委席热烈议论了起来。

"不愧是全国大赛的冠军。好久没有在学生的演奏会上听到这样令人心神震撼的演奏了。"

"还是老郁厉害，名师出高徒。"

"今天的好几个孩子都很不错，这一位尤其令人惊艳。从前咱们榕音只有钢琴系出风头，如今看来，我们小提琴系大放光彩的时期指日可待了，哈哈。"

教授们热闹的议论声仿佛没能传到寂静的后台。

后台的休息室里，半夏站在那张空荡荡的桌子前。

她离开的时候，小莲站在这张桌子上对她说："去吧，不要回头。我一直在这里看着你。"

当她回来的时候，光可鉴人的桌面上已经没有了那个可爱的小小的身影，只有一只形态完整的、极其细小的薄膜状"手套"留在了漆黑的桌面上。

那是小莲最初从手臂上蜕下来的一层皮。

小小的休息室里除了半夏，再找不到第二个人，没有小莲，也没有凌冬。

屋子里好像听不见任何声音，也看不见一丝色彩。这里的空气是凝滞而令人难以呼吸的，整个世界在此地枯败。

半夏不知道自己在那小小一截儿柔软而透明的白色"手套"面前站了多久。

时间仿佛过了无限久，又仿佛只过去短短的几分钟。

有人进来拍她的肩膀："快一点儿，下一场演奏该开始了。"

她愣了愣，沉默地走上前，小心地把小莲蜕下的那一截儿微形的"手套"装进谱夹的活页袋里，将谱夹拿在手中，转身上了舞台。

舞台之下，教授和同学们看她上来了，报以热烈的掌声，兴奋地期待着她的演奏。

"我很期待她的第二场演奏。她第二首演奏的曲目是什么？"

"让我看看，这一首是考试指定的奏鸣曲。下一首，应该是她全国大赛时表演过的协奏曲吧？"

"这孩子怎么一个人上台？协奏曲和奏鸣曲应该请一位伴奏才

好听。"

"听说是抽不出时间合练，给老郁打了申请。毕竟人家刚刚比赛回来没多久，还有其他科目的考试呢。"

"唉，我只是觉得有些可惜，难得有这样完美的小提琴声，却没能听到相应的合奏。"

舞台上的半夏在掌声中回到灯光下，平静地举起了自己的小提琴。

留在观众席上旁听的尚小月推了推身边的乔欣："我怎么觉得半夏的状态有一点儿不对？她的脸色看起来也太白了。她是不是生病了？"

"应……应该是灯光的原因吧？"乔欣还在捂着纸巾擦鼻涕，泪眼蒙眬，"欸，她脸色是不怎么好。不过不管怎么样，她上一首都发挥得太超常了，害得我哭得都停不下来。我平时怎么没发现这个女人这么厉害？"

尚小月微微皱起秀气的眉头。

不知道是不是错觉，她总觉得舞台上的半夏看上去苍白得可怕，像是点燃了自己的生命去演奏那一首惊心动魄的安魂曲。但半夏的眼眸那样明亮，她举弓的手臂稳如磐石，令人分辨不出她的真正状态是过于亢奋还是十分不好。

乔欣伸脖子看尚小月手上的演奏单："半夏下一首演奏什么？"

"表格上填的是贝多芬的《D大调小提琴协奏曲》，应该是她在全国大赛上演奏过的曲目。"

半夏的琴声出来的时候，尚小月和乔欣都瞪大了眼睛，吃惊地看向对方。

这不是贝多芬的协奏曲啊？

评委席上的教授们也看了看彼此手中的报名表。

"不是贝多芬吗？"

"她怎么没有演奏报名表上的曲目？"

"太乱来了吧？这是——维瓦尔第的《四季》？"

维瓦尔第知名的小提琴协奏曲《四季》分为《春》《夏》《秋》《冬》四部作品。

悠悠琴声响彻大厅。

第一曲春之乐章从舞台上那位演奏者的小提琴中流淌而出。

乌云笼罩天空，雷声隆隆。不久后，云散雨止，春来大地。簌簌作响的枝叶下，牧羊人安眠打盹儿，脚边沉睡着她心爱的宠物。（化用自维瓦尔第为《四季》所题十四行诗。）

小莲，你还记不记得，你我初逢的那个雨夜里，我正在拉这一首春之歌？

第二首是盛夏之曲。

夏日炎炎，困倦的病体辗转难眠，雷电交加的狂风挡住了旅人回家的路。（化用自维瓦尔第为《四季》所题十四行诗。）

是凌冬入我梦境，用清透冰洁之心解我之困苦，陪我伴我，走过那段炙热苦闷的旅途。

第三首是丰收之曲。

痛饮美酒，沉醉丰年。破晓时分号角吹响，濒死的动物在丛林中挣扎，却终究不敌死神的镰刀。（化用自维瓦尔第为《四季》所题十四行诗。）

…………

"这个孩子打算一口气演奏完《春》《夏》《秋》《冬》吗？你看她的状态，是不是有点儿不太好？"舞台下，赵芷兰压低声音，悄悄地对坐在她身边的郁安国说道，"我们是不是该让她停一停？"

虽然评委席上大家都一脸欣慰陶醉，并在每一段乐章之后热烈鼓掌，但身为女性的赵芷兰有一颗敏感而细腻的心，看着半夏的演奏不知道为什么只觉心中惶惶。

舞台上激烈的曲声过于高亢辽远，天籁之声仿佛焚心焚肺所得。

虽然那孩子面色平静，只是脸色看上去苍白了一些，但她总觉得那个孩子像是正在台上放声悲泣，而台下的他们毫无所觉地欢声叫好。

丰收之曲已经到了尾声。

下一曲是《四季》中最为有名的《冬》。

冬之歌，北风凛冽，白雪皑皑，演奏的难度最大，情绪也最激烈。赵芷兰心中莫名不安起来，怕那个孩子支撑不住，倒在舞台上，以至于忍不住提醒她的导师，希望能劝她停下来休息一会儿。

郁安国的眉毛都快拧成了麻花。

半夏这个孩子素来离经叛道，最是喜欢乱来。今天她这一场演奏更是搞得跌宕起伏，害得他恨不能当场找出速效救心丸吃上几粒。

她刚开始胡乱演奏就算了，后来居然肆意妄为地临时修改了考试的曲目。换作别人，这些是绝对不能被忍受的——可她偏偏又超常发挥，演绎得无与伦比地动人，几乎让在场所有的教授都兴奋起来，觉得见证了一颗璀璨之星冉冉升起的过程。她让人想要痛恨，又忍不住地偏爱。

这孩子的琴声里真的有一种极为罕见的东西，打动了在场所有挑剔又顽固的音乐家。

只是别人不了解半夏的音乐，他这个导师还能不清楚吗？

如今舞台上的半夏的状态绝对是不太对劲的。

　　她正以一种过度的、近乎病态的亢奋激昂的状态高强度地一曲接一曲地往下演奏，似乎一分一秒都不想停歇下来。

　　郁安国左思右想，终于决定在下一首《冬》开始之前，如果半夏还没有停下来中场休息的意思，那自己就站起来叫停。哪怕打断这一场演奏，他也要让那个脸色苍白、摇摇欲坠的孩子停下来休息，好好地问一问那个孩子究竟发生了什么事情。

　　丰年的秋声结束。

　　舞台上的半夏再度举臂扬弓，觉得自己的脚底好似飘在云端，身体好像被抽空了一般，只是心头依旧滚烫，烫得让人无法停歇。她只想这样一直地演奏下去，假装小莲还在后台听着她的琴声。

　　这是最后一首了——《冬》。小莲，你还在不在？你好好地听着。这是冬之歌，凌冬之歌呢。

　　从初逢的春到灼热的夏，终于到这一首《冬》，以冬命名的乐章。

　　半夏的弓弦还没有落下，舞台下的观众席里响起一阵小小的惊呼声。

　　似乎有人脚步匆匆地走上台来。

　　悠悠的和弦音托起这仿佛身处于她梦中的人。

　　她的身后，她熟悉的钢琴声响起，邀请她一起演奏这一首冬之乐章。

　　钢琴声！

　　这是属于冬之乐章的钢琴声。

　　这是冬天第一片落地的雪花，是东风推开门时的第一声声响。

　　半夏的眼睛骤然睁大了。

第二十八章

一滴泪

钢琴的声音由弱渐强，触键轻盈。

咚咚咚，咚咚咚，像是冬天的脚步声，自远方而来，缓缓靠近中。

半夏握着弓弦的手指有些不稳——她半身的肌肤发麻。

她静默了许久，小提琴的声音才如羽毛一般迟疑地、轻轻地融入钢琴声中。

一滴眼泪转在她的眼眶里，落不下来。

她咬住红唇，小提琴声骤然高亢，狂风暴雨似的琶音响起。

紧密的和弦、急速的三十二分音符如狂风，似骤雪，她神乎其技的指法几乎令人眼花缭乱。

伴奏的钢琴声毫不逊色，稳稳地跟上。无论小提琴怎样迅猛疾行、技艺高超，钢琴声都能紧随左右，相依相伴。

舞台之上一时间刮起狂风飞起乱雪，有个人在漫天细雪中向她走来。

半夏飘在空中的心缓缓地落地，她的脚踩到了实处。

她终于转头看去，她的小莲回来了。

坐在钢琴前的凌冬也正看着她。千回百转，复又相逢，两人一起露出劫后重生的笑，半夏眼眶里的那一滴泪才顺着脸颊落下。

舞台下的观众发现乐曲的第二章整个风格都变了。

屋外依旧风雪交加，屋内却燃着熊熊的炉火，小提琴和钢琴一唱一和，抒情的广板暖入人心。

小提琴和钢琴像在寒风骤雨的夜晚中相依相偎在一间小小的

屋子中的两个人。

到了第三乐章，乐曲声开始变得欢快，两人在冰天雪地里扶着彼此的手，慢慢地前行。有谁摔倒了，另一人都会笑着将摔倒的人拉起。

最终乐曲声渐渐变缓，仿佛严寒苦难终将离去，春天近在眼前。

小提琴声和钢琴声携着手，渐渐消失。那一缕穿破严冬的春日暖阳，依稀还照耀在舞台上。

这一刻，台下的评委和观众们每个人心中只转着一个念头：天作之合啊，这两个人的合奏也太美妙了！

这一次，大家不再想凌冬这样水平的演奏家怎么会来给半夏伴奏。

众人沸沸扬扬的感慨议论声夹杂在如雷的掌声中。

"之前听半夏一个人拉小提琴已经觉得十分震撼，谁知道她在最后还憋了个大招。"

"啧，这两个人的合奏简直了，我差点儿想要跪在地上听。"

"两个人都很绝，合奏的时候更绝，这就叫互相成就吧。真不知道怎么形容，只能说是我听过的最有默契的合奏。"

舞台中心的半夏向台下鞠了一个躬，缓缓地站直身躯向后看去。

温热的血液慢慢地流回空虚的躯壳，苦涩的心被浸泡进温暖的泉水中，舒服得让人想叹息。

短短的时间里大起大落的滋味足以让她用一生慢慢地回味。

凌冬将手伸了过来，握住了她的手。

那手指干燥而有力，捏了捏她的手指，他用力地握紧了她，

盛着的温柔。

"我以为你真的消失了。"半夏说得很慢，声音轻得几乎听不见，"你不知道我是怎么拉完那首莫扎特的。"

然而凌冬越过桌面，握住她的手："我知道。我那一刻就在舞台上，看着正在演奏的你。"

那一刻，我就在你的身边、你的面前，听你悲痛欲绝，听你送我离开。

当时的凌冬也以为自己到最后的时刻了。

连那样怪物的身躯都已然无法维持，化为虚无的光，恋恋不舍地飘荡在舞台上，看着心爱之人为自己演奏一曲送别歌。

台下那么多的人，没有一个能看见他。

但那一刻，凌冬觉得半夏是能看见他的，所以她的琴声才骤然变了。

那是一首安魂曲，明明她那般痛苦，却克制着心中的悲伤，轻轻地用歌声抚慰虚空中即将消散的亡魂。

凌冬只觉得自己在乐曲声中越升越高，逐渐失去了意识。

等清醒之后，他发现自己回到了最初的地方——那间紧闭着窗帘、昏暗无光、灰尘满布的屋子里。

凌冬在黑暗中睁开眼，发现自己以人类的模样，赤身裸体地躺在他第一次变成蜥蜴时的那张床上。

他猛地坐起身，趔趄着来到窗边，伸手扯开一角窗纱。金黄的阳光斜照进来，照在他苍白而欠缺血色的手臂上。

阳光的照耀下，那是一只人类的手臂，没有黑色的鳞片，也没有奇怪的手指。

他回头看去，墙上的时钟在一分一秒地缓缓前行。

半夏的演奏会还没有结束。

"然后你就穿上衣服，从家里跑过来？"半夏听了这么一段离奇的叙述，惊奇地问道，"你家离学校这么近的吗？"

"我家就在那片龙眼树林的对面，越过林子就能看见了。其实你每天放学的时候，都会路过那里。"

"原来是这样啊，那你——"半夏的话没有说完，隔壁桌激动的对话声分散了她的注意力。

火锅店在学校的附近，在这里吃火锅的多是音乐学院的年轻人。年轻的学生兴奋起来的时候，说话扯着嗓门儿，让人想忽略都很难。

"赤莲今天又发布新歌了，你知道吗？"

"疯了，这个'神仙'写歌的频率能有这么高？快给我听听。"

"新歌叫什么名字？"

"非常新鲜的模式，带一点儿歌剧风格的流行乐，《假如生命只有七天》。"

桌子这一边，半夏睁大眼睛看着凌冬。

她立刻找出手机，果然在Ｖ站和红橘子上都看见了赤莲的账号在不久之前刚刚发布了一首新的歌曲。

奇怪的是，她算算发布时间，正巧是凌冬在她眼前消散的时段，他怎么也分不出身来发布歌曲才对。

半夏想要点开歌曲听一听，却被凌冬握住了手腕。

"回去的路上再听吧。"

大概是火锅的雾气太热了，蒸红了他那张白皙俊美的脸庞。

他本来以为自己会离开人世，于是不管不顾地把心里的话都掏出来，留待身后给半夏听。

他如今人好好的，和半夏面对着面，瞬间觉得局促又尴尬。

他们一起骑着车回家的路上，半夏戴着耳机听这首《假如生命只有七天》。

这首歌曲和她想象中悲风苦雨的风格不同，意外地十分轻松愉悦，带着一种歌剧的风格，描绘了一个梦幻而神秘的世界——那里所有人类的生命都只有七天。

出生的第一天里，出生短短的数小时后，孩子们便会走路、奔跑，和自己喜欢的伙伴一起在充满阳光的屋子里弹琴歌唱。

第二天，他们便从少年成长为青年，找到自己一生的伴侣，相知相许，彼此相爱。时间有如朝露，日月交替便是经年，相爱的情人彼此心灵相通，只想抓紧每一分每一秒，将彼此的身心紧紧地贴在一起，是那样地相爱和快乐。

七日时光，白驹过隙，太阳东升西落，黄童变为老叟，鬓发染上霜雪，皱纹爬满皮肤。情人们笑眯眯地手拉着手，头抵着头，垂垂老去。

…………

半夏骑着车，走在乡村的小道上，晚风吹起她的长发。

歌曲的最后，耳机里有一个声音低低地对她表白。

"七天的时间太短，七天的时间却也很长。得君之幸，一日便是永恒。请不要为我难过。爱你，我一生的至爱。"

回到凌冬的屋子，半夏默默地站在屋里，摘了耳机，脱掉鞋袜。

"那首歌是我以为——"凌冬的话还没说完，他便被一个人吻住了。

屋子里的灯被人伸手拉掉。

闪着的键盘灯的灯光里，两个人滚到了床上。

那人随手扯了一条数据线，绕住他的手腕，把那双失而复得的手臂束在床头。

"半夏。"凌冬抬起头想要说话。

有人从身后抱紧了他的腰，冰冷湿润的脸贴在他的肩头，滚烫的眼泪一滴两滴地掉落在他后背的肌肤上。

"再也……不让你离开了。"黑暗中她说话的声音带着哽咽，"不会再离开了对不对？"

凌冬绷紧的肌肉便在那灼热的眼泪中慢慢地放松下来。许久，他才在黑暗中轻轻地嗯了一声。

"那小莲呢？以后我都见不到小莲了吗？"半夏心里还是有点儿难过。

黑暗中，一条带着鳞片的尾巴慢慢地滑过来，缠住了她的手臂。

凌冬还是第一次见到这样的半夏。

他知道半夏其实有着一颗敏锐又通透的心，若非如此也无法演绎出那样打动人心的音乐。只是她似乎是一个矛盾的人，在拥有纤细内心的同时还拥有一副坚不可摧的外壳。

病痛缠身的时候她咬着牙；生父冷漠相待时她不低头乞怜；怀念亡母的时候她捂住自己的眼睛，抿着唇不愿让人看见泪痕。

知道自己的心爱之人时日无多的时候，她没有哭泣哀怨，陪着小莲写歌，陪着小莲去海边，陪着心上人走过充实的最后七天，最终站在舞台上以一曲奏鸣曲送别离。

直到这一刻，失而复得，尘埃落定，回到家了，她才终于趴在凌冬背上一滴一滴地掉下泪来。

即便如此她也不让凌冬转过身来看到哭泣的她。

那泪水掉在凌冬后背的肌肤上，像熔岩里迸出的火星，肌肤但凡沾着一点儿，就被烫得生疼。泪水烧化肌肤，烧入骨髓，一直烧灼进心头。

凌冬想要转身安慰她，偏偏双手被她束在床头，无奈之下，只好变出尾巴来，主动搁在她的手臂上用来讨好。

果然，半夏发觉她的"小莲"依旧存在，很快破涕为笑。

比起我，她原来更喜欢"小莲"——凌冬的心里莫名生出了这样一个念头。

然而他很快没空想这些，主动把自己摆上祭台，在心爱的人手中，在天堂和地狱之间来回滚过几次，生死由不得自己，实是一种甜蜜的酷刑。

但是，能让半夏这样高兴，他便是将自己摆上砧板剖了都愿意。他用弹钢琴的手指握紧了床栏，红霞染透。

世间竟有这样的快乐，能让两个人的心和身体同时连在了一处。

有那么一段时间，凌冬觉得以往曾经历过的痛苦、纠结都消散无踪，脑海中是空的，心飞在云端。

甜香飘得满床满地都是。

半夏抬起含水的双眸，打开灯，俯身细细地吻那些黑色鳞片，双唇吻过的地方肌肉顿时绷紧了。

半夏就笑了："看起来很瘦，肌肉还挺结实的。"

"每天……其实都要爬很长的路。"蒙在枕头里的人这样说，"从桌子到床上，从这里到隔壁，翻山越岭一样。"

真是有趣，学校里谁能知道学长是这样的一个人呢？

他这副眼角染着红痕、哑着嗓子低低地发出喉音的模样，世

界上只有她一个人见过吧？

轻吻很快变成了细细地舔舐的动作，她慢慢地描绘过鳞片之间的沟壑——他颤抖的尾巴尖被抓住了。她诱惑着他又偏偏不肯给他，听见他按捺不住地开始低声唤她的名字。

"没事呢，今天晚上有时间吧？终于可以慢慢地认识学长。"

我终于可以慢慢地认识学长的每一个地方、每一种模样。

…………

凌冬做了一个短短的梦，梦中的自己生来就是一只巨大的蜥蜴，无忧无虑地生活在一片黑色的森林中。

有一天，森林里来了一个小小的人类女孩儿。那女孩儿只比他的尾巴高一点儿，很喜欢和蜥蜴一起玩耍。

他们一起歌唱，一起采摘野果，成了最好的朋友。

到了睡觉的时候，他们一起躺在森林中厚厚的落叶上。女孩儿抱着蜥蜴长长的大尾巴，看着头顶的星星说："要是你也能变成人类就好了。"

"可我不懂怎么变成人类。"

"我们一起闭上眼睛睡觉。"女孩儿闭上了眼睛，"在梦里，你会梦见自己变成一个人类的男孩儿。"

于是蜥蜴闭上眼睛，梦见自己变成了一个人类的男孩儿，和小女孩儿手拉着手结成了最亲密的夫妻。

凌冬睁开眼睛的时候，发现天色已经彻底地暗了。数个小时过去，而他依旧是一个真真正正的男人，拥有人类的手、人类的肌肤、人类的血脉。

屋子的窗台边坐着一个女孩儿，正用小提琴演奏一首旋律温柔的歌曲，那首《假如生命只有七天》便是一生的童话歌谣。

暖暖的火炉，欢快的歌舞，珍之重之的每一分每一秒，短暂又甜蜜的七日，她只听过一遍，却比任何人都懂这首歌。

窗外夜色将浓，坐在窗前拉琴的那个人就像一位童话里的公主。她所在的地方就是甜美的世界。那些荆棘、噩梦和怪物终将慢慢地消失，只剩下窗前那个美好的梦。

"你醒了？"梦中的公主冲他挤挤眼睛，"那我先回屋去了。和隔壁学长偷偷约会，要是被我家小莲发现就麻烦了。"

"隔壁学长"顿时在这个玩笑里开始忌妒起了另一个自己。

凌冬回学校复课的事很快传遍了校园。

潘雪梅兴冲冲地回到宿舍，开口就嚷嚷。

"听说了吗？凌冬学长回学校了！"潘雪梅特别迷凌冬的钢琴演奏，"哈哈，钢琴系的期末会演，我一定要去听！"

谁知她的两个室友非但没有应和，反而用一种古怪的神色看着她。

忙着管乐专业期末考试的潘雪梅尚不知道昨天的小提琴专业期末考试发生了什么惊人的大事件。

潘雪梅把自己的笛盒和书包放下，想起另外一件让自己兴奋的事："对了，半夏给我打电话，说晚上请我们吃饭。那小妞儿终于肯带她的男朋友出来'见家属'了。哼，藏着掖着那么久，我倒要好好看看到底是一个什么样的男人。"

乔欣、尚小月对视了一眼，脸色变得更古怪了。

"你们这是什么表情？"潘雪梅不解道，"对了，乔欣你昨天为什么发短信叫我倒立吹笛子？"

乔欣吞吞吐吐地道："我也不知怎么说，一会儿你可能就知道了。"

三人来到学校附近的一家西餐店。

平日里因为学生聚会而时常鸡飞狗跳的小店，今天却有一点儿过于安静。

店内入座率并不低，只是所有坐着吃饭的学生都在交头接耳、窃窃私语，别扭又古怪。

然而潘雪梅一眼就看见了原因所在。

所有人别扭的原因全来自坐在窗边的一个男人。那人穿着一身柔软的白衬衣，一尘不染的袖口外露出一截儿比冬雪还要白的肌肤。

他正微微低头看着菜单，眉目俊美，神色淡淡。傍晚的阳光斜透过玻璃窗打在他的肩头，仿佛连阳光中浮动的微尘都因他而变得静美了起来。

他正是那位钢琴系大四的凌冬学长。凌冬不仅仅是学校里的名人，甚至曾经有一段时间，在电视上都时常能见到他的身影。

他算是众多榕音在读学子心中崇拜的对象。

"凌……凌冬学长？"潘雪梅飞快地拉扯乔欣的袖子，"天哪，好巧，学长怎么会在这里？"

让潘雪梅不敢置信的是，那位传说中生人勿近的学长在看见她们三人之后，甚至站了起来朝着她们点头示意。

他的身后露出了一张潘雪梅极为熟悉的脸。

那个不知死活的半夏一手搭住凌冬的腰，一手高兴地举起来冲她们打招呼："嘿，这里。"

潘雪梅觉得自己变成石头并裂开了。

直到在饭桌边落座了许久，她还没能从巨大的震惊中回过神来，但倒是突然想起一件事："所以你之前每天带来学校的盒饭，都……都是学长给你做的？"

和她坐一起的半夏无辜地冲她眨眨眼。

如果不是凌冬就坐在一旁，潘雪梅几乎要跳起来掐着她的脖子摇晃，如今为了形象，只能压低声音在半夏耳边说："你知道凌冬家里给他的一双手投了多少保险吗？你居然敢让学长切菜生火？胆子好肥。"

"可是他做饭太好吃了，你不也是赞不绝口吗？换你你能忍得住以后都不吃吗？"

潘雪梅的脑子在理智和美食之间摇摆了一下，倾倒向了自己的口腹之欲，她就把这个原则性的问题跳过了。

"呃，那什么，你怎么不给我们介绍一下？"

"不必了，"凌冬伸出手，拿起桌上的茶壶，给每个人添了一杯茶，眼角带起一点儿温和的笑，"我认识你们每一位——雪梅，小月，乔欣。"

潘雪梅悄悄地伸手掐了半夏的胳膊一把："算你有良心，平时还记得介绍我们。"

半夏捂住脸。

不是我介绍的。你们其实见过很多次了，每次见面都还抢着想要对学长动手动脚，还是我拼死护住了他的清白。

吃完饭回去的路上，半夏想到好友刚刚的神色，还忍不住哈哈大笑。

"她们都被你吓到了，大概没想到你是一个这样温柔的人。"半夏和凌冬一人骑一辆自行车，在蜿蜒的村道上骑行，笑声洒了一路。

"其实我从前也一直以为你是一个特别冷漠的人。"半夏迎着冰凉的夜风骑行，"你可能不知道，我从前见过你一次。"

凌冬立刻转回头看她，水洗般的双眸中带着点儿期待。

"是去年的事情了，我那时还是大一的新生。春节迎新晚会彩排的时候，我们见过一面。"半夏开始细述着记忆中的往事，"那时候大家都在悄悄地议论你，你却不知道为什么突然朝着我走过来，还和我说话。我不知道你找我什么事，就觉得特别荣幸，马上站直了客客气气、规规矩矩地和你做了个自我介绍。

"感觉我也没说什么失礼的话。"

半夏伸出一只手挠头："就说'学长你好，我叫半夏，第一次见面'什么的。谁知道你突然就变了脸色，一句话不肯再说，转头走了。后来好像就听说你休学了，再也没在学校看见你。"

晚风里传来凌冬的一句话："那不是我们第一次见面。"

"啥，你说什么？"半夏听不太清楚，"我们还有什么时候见过面？我怎么不记得了？"

路过杜婆婆家的院子的时候，两个人停下车来。

今天是老人家的头七，有人按照本地的习俗在院子里摆了火盆烧七。院子里除了一个披麻戴孝在火盆前烧纸的中年男子和几个请来诵经的法师，几乎没有前来祭拜的亲友，显得冷冷清清的。

半夏和凌冬进到大厅，给老人家烧了纸上了香，把从村口那家老店里特意买的几色点心摆上供桌。

橘红糕、花生酥、贡糖等，东西都不贵，现在的年轻人多数也不喜欢吃了，却是杜婆婆往日时常麻烦他们去买的小点心。

披着麻衣的男人抬头看了他们和桌上的祭品一眼，木着一张脸没有说什么话。

凌冬和半夏祭拜完毕，在诵经声中穿过庭院里那些错落的花枝往回走。

"婆婆是一个活得很通透的人，我从她这里受益不少。"凌冬说，"她生前唯一挂念的大概就是这些花了，特意在走前最后几个月把花都移植进地里，可惜的是身后终究还是护不住。"

半夏突然回想当时的情景，伸手握住他的手掌："所以你当时受了这件事的触动，就想要努力护住我吗？"

杜婆婆放不下她的花花草草，你放不下我。

所以最后那段时间你疯狂地创作，特意离开红橘子去流量较大的 V 站开了账号，还反复把收钱的账户、密码都告诉我，就是为了想在自己离开以后，还能给我金钱上的支持，还能继续护着我吗？

凌冬墨黑的眼眸中带起一点儿不好意思的温柔："我知道你不是花枝，不用别人护着也能活得很好。我当时只是有些茫然，想多留点儿念想儿在人间。"

杜婆婆护不住她的花草，我却坚信你一定能够好好的。

他们刚刚离开大门口，院子里的那个中年男人追了出来。

他先是冲半夏二人鞠了个躬，开口有些迟疑地问道："请问刚刚那些点心是……为什么会买那些？"

这个人的口音听起来很别扭，像是久居国外极少回来之人，或许就是婆婆那位移居国外的后代了。

凌冬指着门槛给他看，仿佛之前那位老到全身都蜷缩了的老人家还时时坐在门口，从口袋拿出一元或五元的钱，麻烦路过的年轻人帮忙跑个腿，从村口带这几样点心回来。

"大概是杜婆婆很喜欢的点心。所以虽然很便宜，我们还是特意买来祭拜她。"

那位头发也已经发白的中年男人愣了一会儿，渐渐地红了眼眶。

"家母不喜欢甜食，那些不是她喜欢的点心，而是我小的时候时常找她讨要的东西。"

他远行后极少回家，故乡的母亲哪怕已经年过半百，依旧把他当作孩子，惦记着他幼年时的喜好。

"母亲晚年寂寞，是我的不孝。"那男人低下头，"还想请问小哥，不知家母临终时是否还有遗愿？"

凌冬告诉他："杜婆婆最喜欢的是院子里这些花木，生怕自己走了以后，满院植物无人照料。也或许是有了预感，她特意在最后的几个月，花了很多精力才一点点地把花草都移植进土地里去。"

那人沉吟片刻，微微点头："多谢，我知道了。我会尽量保住这些花草。"

了却了这件事，凌冬与半夏心里顿时松了一口气。

走到家楼下的时候，半夏突然站住了，转头对凌冬说："考完试就快过年了，你想不想和我一起回我的老家看看？"

凌冬那黑色的双眸中一下有了光。

"嗯，我想我奶奶了，想带你去见见她。"半夏继续说，"我家里的院子也和杜婆婆的院子有点儿像，没有人住。过年的时候，我们把它打扫打扫，可以一起在那里住几天。

"欸，问你话呢，你干吗脸红啊？"

半夏还没意识到这个邀请带着登门拜访过明路见家长的意思。

凌冬别过涨红的脸，用手指用力地捏了捏半夏的手心作为回答。

第二十九章

困兽之笼

专业课考试结束后，大量需要背诵的考试接踵而来。

平日里把时间都花在打工和练琴上的半夏可谓忙得昏天暗地。

她虽然忙得厉害，却觉得这段日子是这几年里最快乐的一段时期。

半夏觉得人生有时候挺难的。

天地不仁，不论老幼，磨难说来就来。

霜雪加身，雷雨厚重，一不留神就将凡人磋磨得庸碌，将天才摧残成怪物。

可是你若能守住自己的心，肯抬头看，愿意向前走，走过风雨之后，旅途中总有机会遇到动人的风景。

这几日的晚上，半夏就和凌冬挤在一起熬夜背书，有时候背着背着就歪在凌冬身上睡着了，迷迷糊糊中感觉到有人把她抱起来，轻轻地放在柔软的床上，温柔地摸一摸她的头发，在她的额头上留下一个吻。

她早上醒来的时候，见昨夜她睡着前散落的书和笔记整整齐齐地摆在床头。

那些复印来的西方音乐史笔记用彩笔标记好了重点，贴上便笺，还在首页增加了脉络清晰的大纲，附上几页简单明了的思维导图。

而做了这一切的凌冬保持着半夏睡前的模样，依旧坐在窗前，戴着耳机编曲，似乎一整个晚上都没有移动过。

晨曦照在他低垂的睫毛上，使他的轮廓看起来十分柔和。

看见半夏醒了，凌冬会站起来，招呼她吃热腾腾的早餐。

一日三餐伙食精致，有几次半夏强烈要求由自己负责洗碗，凌冬也只是笑一笑。

然而第二天灶台上的锅碗瓢盆依旧收拾得干干净净，桌面上只留着半夏自己吃的碗碟——他让她过个水意思意思。

半夏时常有一种错觉，当小莲以凌冬的模样出现时，气质会变得更为内敛。

那个男人举止稳重，坐卧端方，嬉笑皆有度，眉目之间凝着斯文俊秀，不太像小莲那样可爱，喜欢黏着她，还时时会向她撒个娇。

她更喜欢小莲一些。当然，像学长这样的男人，在某种时候、某个场合，"欺负"起来的时候会显得更有风情，让人总是忍不住地馋他。

家里有着贤惠体贴的男朋友小莲，还能隔三岔五偷偷地去和隔壁才貌双全的学长"私会"，半夏享尽"齐人之福"，觉得这人生的日子真是越过越有滋味了。

紧张的期末考试终于结束，考完最后一门思政的半夏回到家里，立刻把自己呈"大"字形扑到床上，一动不动了。

她迷糊了不知道多久，有人轻轻地摇她起来吃晚饭。

"让我再睡会儿，就一会儿，好几天没睡好了。"

"先起来吃点儿东西，不按时吃饭对胃不好。"

"就睡五分钟。"

"再不起来，我就亲你了。"学长穿着围裙，屈起一条腿俯身在半夏眼前，眉眼之间盛着笑。

半夏伸出双手揽住他的脖子："把尾巴伸出来，我先亲你再吃饭。"

霸道不到一秒的凌冬脸就红了。

两人胡闹了一会儿，凌冬放在床头的手机响起来。他笑着伸手拿手机，接听了电话。

伴随着话筒里隐约的声音传来，半夏就眼看着凌冬一脸的笑容瞬间凝固，慢慢地消失。

最终他漠然地对着电话回答了一句："好。"

赤着上半身的凌冬坐在床边，将手肘搭在膝上，垂着额发沉默了一会儿。

有那么一瞬间，半夏觉得凌冬的神色变回了从前，回到了那个结了层冰霜、面无喜悲的模样。

但很快，那层薄霜就自我消融了，他的胸膛微微起伏，他呼出长长的一口气，扭过脸来看半夏。

"是我母亲给我打电话，约我明天和她见个面。"他拉过半夏的手，轻轻地摩挲了一会儿，"半夏，你陪我一起去好不好？"

"当然，我肯定愿意陪着你。"半夏这样说。

见面的地点离家里并不远，穿过屋子前的那片龙眼树林就到了。

在半山的别墅前，他们推开厚重的大门，进入了复古装饰的大厅。

凌冬领着半夏进了屋子，穿过那些沉重繁复的欧式家具，从摇摇晃晃地反射着光泽的大型水晶灯下走过。

两人沿着有橡木雕花扶手的旋转楼梯走上二楼的小会客厅。

偌大的屋子里静悄悄的，四处的窗户拉着窗帘，地面铺着厚厚的地毯，屋子里有一股因空气不流通而产生的腐朽的气味。

二楼的小会客厅分布着木质空窗，从空窗一格格的间隙看下去，窗外是寂静连绵的山林。

坐在窗口的中年女性看上去十分斯文体面，即便是在家中，烫过的青丝也整整齐齐地绾在脑后，保养得当的手指上戴着一个晴水戒指，脖颈儿上系着漂亮的丝巾，胸前压着一块同色系的吊坠。

她低眉垂目，面上罩着一层淡淡的忧愁，仿佛在回忆着什么。

凌冬推门进来的时候，她才恍惚地回过神，抬起头来："小冬，你回来了？"

看见凌冬身边跟着半夏的时候，她露出了吃惊的神色："啊，你还带了客人。这位是……？"

凌冬先拉开她对面的椅子，让半夏坐。

待半夏坐定之后，他拿起了桌面的一个茶杯，亲手洗净，用滚水烫过两遍，倒了一杯温水摆在半夏的面前，然后才慢慢地开始介绍："半夏，这是我母亲。妈妈，这是半夏。"

凌冬拿着水杯的手指很稳，他的语气也很平静。

但半夏总觉得他有什么地方还是和平日里的学长大不一样。

这时候的凌冬更像是传说中那位彬彬有礼、冷淡疏离的男人。

至少半夏自己在母亲还活着的时候，和妈妈相处时绝不是凌冬这副模样。

凌冬的养母姓周，名蔓瑶，即便上了年纪，依旧十指纤纤，朱颜如玉，是一位实打实的美人。

"哎呀，小夏你好。"周蔓瑶讲话的语气礼貌而客气，神色却有些古怪，像是惊讶又像是感慨，"小冬也有了女朋友了，从小到大，妈妈还是第一次看见你和女孩子在一起。"

凌冬没有说话，当然更不会否认"女朋友"这个词。他沉默地举盏，给自己倒了一杯凉白开，和半夏的杯子并排摆在一起。

"小冬你……"周蔓瑶脸上的神色有些为难，"妈妈今天有话想要单独和小冬说。"

"我的事，半夏都知道了。"凌冬只说了这句话。

周蔓瑶听了这话脸色瞬间白了，不敢置信地转头看半夏。

"她……小夏都知道了？你……你居然告诉了外人？"片刻激动之后，最终她又迟疑地问道，"小冬你的身体是恢复了吗？我听说你回去上课了？"

凌冬沉默地看着她，等着她接下来的话。

"你现在……是可以在白天出来了吗？"周蔓瑶脸色有些发白，却又小心翼翼地打量凌冬，心里似乎在害怕，又似乎慢慢地兴奋起来，"我给你的老师打电话了，他说你回去参加了期末考试，钢琴比以前弹得还好。他还告诉我说，你突破了自己，前途一片光明。哎呀，你不知道，听到这个消息我这心里有多高兴……"

半夏坐在凌冬身边，听着这位夫人絮絮地说着话。

凌冬将一只手从桌下伸过来，握住了她的手。

凌冬的手很凉，他微微用力地握住了她，似乎想要从她的手心里汲取一点儿热度。

在凌冬握住她的那一刻，半夏突然有一种错觉，觉得端坐在自己眼前的那位母亲有些不对劲，这间屋子看起来也十分不对劲。

明明是豪华舒适的屋子，屋里的女主人衣着贵气，举止优雅，背对着窗外模糊的远山。

半夏却无端觉得角落里不知道从哪儿起了黑色的烟雾。

屋子角落的阴影中，似乎窸窸窣窣地爬动着无名的黑影。

一个不注意，黑色的荆棘就顺着周蔓瑶昂贵的衣物攀爬上来，使她那张秀美的脸都变得扭曲而丑陋。

可是半夏眨眨眼，发现一切又恢复了正常，刚刚所见只是她的错觉。

青天白日的，哪里会有什么怪物、黑藤？凌冬的养母不是端庄得体地坐在他们的面前吗？

她无端自己把自己吓了一跳。

"小冬啊，"周蔓瑶微微地叹了口气，有些不自然地伸手抚了抚系在脖颈儿上的丝巾，雪白的手腕从衣袖里露出了一小截儿，"小冬你还是回家来吧？你不在了，你爸爸的脾气变得更加古怪。妈妈在这个家几乎待不下去了。"

半夏的眼睛睁大了，她清晰地看见，眼前这位夫人露出袖口的一小截儿手腕上有着数条深紫色的瘀青。

那不太可能是自己造成的伤痕，只能是他人暴力伤害留下的痕迹。

半夏仔细地打量这位夫人，发现她有不少不太对劲的地方：比如她微微移动身体时，似有不便之处，所以坐在沙发里一直不怎么动；还比如她在家里还在脖子上系着丝巾，在伸手轻轻地抚摩脖颈儿的时候，丝巾下露出了一点儿触目惊心的指痕。

凌冬的眼睫垂下去，他问："爸爸还是老样子吗？"

"自从你……之后，家里的一切好像都变得很糟糕。"周蔓瑶讲话的声音低下去，"你爸爸曾经贸然签的那些合同他都赔了违约金，家里的生意是越来越差，你爸爸的脾气也变得更恶劣了。

"他每天在外面鬼混，回来还时不时冲我发脾气。"

表面光鲜靓丽的夫人开始有些控制不住地搓着手指，声音低沉压抑："这样的日子，我真的过不下去了。"

"妈妈，其实你也可以离开这个家，离开父亲。"凌冬看着她说，"如果你愿意，我可以帮你请一位离婚律师来和爸爸谈谈。"

周蔓瑶吃了一惊，抬起头来，似乎想不到自己养育多年的孩子居然会说出劝自己离婚的话。

她好像完全忘记了刚刚是她在控诉着生活有多么不幸。

"离开你爸爸？"她茫然道，"小冬你怎么会这样说？我都这个年纪了，离开你爸爸，要怎么生活？"

"妈妈，"凌冬缓和着语气慢慢地说，"你有手有脚，是一个独立的人，离开爸爸当然也可以生活下去。"

"可是……可是我身边没有多少钱，而且……我什么也不会。"周蔓瑶开始摇起头来，"不不不，我不想离开你爸爸。我为什么要离开这里，白白便宜了外面那些狐狸精来坐凌夫人的位置？

"小冬，只要你回家来，我们家就会和从前一样，慢慢地变好。"

周蔓瑶从桌子那一边伸过手来，握住了凌冬的手："你不是已经恢复了吗？你一直是一个乖孩子，你会帮助妈妈的对不对？"

周蔓瑶的手很白，握在凌冬同样雪白的手上。

凌冬的手背在那一瞬间蔓延起黑色的鳞片，他的双瞳变成了金色的。

周蔓瑶尖细地哎呀了一声，好像碰到什么恶心的事物一般，飞快地甩掉了凌冬布满黑色鳞片的手，将身体向后躲去，缩进深色的皮质沙发里。

半夏看到这一刻，心里不可抑制地怒了。

她本来就特别烦周蔓瑶这种类型的女人。

菟丝花，寄生树，周蔓瑶明明是一个完整的人，偏偏把自己变成没有筋骨的藤蔓。

柔若无骨，浮萍无依，这种人经不起一丝风雨，若不依附在他人身上，就无法生活下去。

偏偏这个世界这样的人还很多，眼前这一位更是将凌冬从小养大的养母。

最开始半夏也只能耐着性子，安静地坐在这里听她诉苦。

直到半夏看见她像是嫌弃什么怪物一样甩开她自己孩子的手，心里压抑的火气才猛地一下爆了。

她噌的一声拉开椅子站起来。

她放在手心里捧着喜欢的小莲，那样温柔细心、惊才绝艳的学长，却被他的母亲嫌弃成这样。

然而身边的凌冬拉住了她。

凌冬拉住半夏的手，安抚地拍了拍她的手背，将金色的瞳孔收了起来，把自己布着黑色鳞甲的手背留给半夏把玩。

"没事，我处理。你再等我一会儿就好。"他凑在半夏耳边，轻声这样说。

那声音像夏日里山涧中的泉水，舒缓而清透，让半夏的耳朵酥酥麻麻的，半夏一时被迷惑了心神，忘记了生气。

"我今天来，是想带半夏给妈妈见见。"凌冬握着半夏的手，转头看向自己一脸惊惧的母亲，"告诉妈妈这是我……是我想要共度一生、想要组建家庭的人。"

他说到这句话的时候，俊美的面容泛起一点儿微红。他顿了顿，才接着说下去："还有，想和妈妈说一声，以后，我不会再回来这里了。"

说完话，凌冬牵起半夏的手，往外走去。

他们走到门边的时候，身后突然传来细细的抽泣声。

"你……你不管妈妈了吗？"坐在沙发里的周蔓瑶声音凄苦，眼里噙着泪水，"小冬，你小时候答应过会帮助妈妈，会报答妈妈的。"

门边的凌冬不由得停下了脚步。

半夏也不得不停下脚步，回头看去。

说实话，半夏觉得自己宁可面对一个暴躁强大的敌人，也不愿被这样性格扭曲的女性缠上。

她仿佛把自己陷在这栋华美而昏暗的屋子里，柔弱无助，境况堪忧，楚楚可怜，自己被捆住了，还用荆棘一样的道德藤蔓束缚、伤害着自己身边的人。

生命中不可承受之轻，天长日久地缠绕得令人窒息。

学长那样温柔的人竟然是在这样的家庭里长大的。

站在门边的凌冬的双眸中映着透窗而来的山色。

他温柔而安定，在这样的控诉指责的哭腔里，眸中微微露出一点儿悲哀的情绪，却终究没有一丝不安。

"妈妈，我们每一个人都是一只被困在笼中的'怪物'。如果自己不愿意走出牢笼，无论别人怎么想拉你都没用，你只能永远地困在自己的世界里。如果妈妈你愿意走出这个家，我会在自己力所能及的范围内帮助你。但我不会再回到你的身边，也不会再回到这栋屋子。"

他一字一句地说完这些话，不再看向屋内，把目光转向半夏，牵着半夏的手退出那间屋子，关上了那道门。

门后突然传来砰的一声，是茶具砸门的声响。

"白眼儿狼，没良心的小畜生，当初我就不该看你可怜把你领回家！"女人咬牙切齿。

"呜呜呜，小冬你答应过妈妈的，你不是说好会永远陪着妈妈、报答妈妈的吗？"那个女人柔弱地哭泣起来。

"为什么……为什么只有我的命这么苦？以后的日子我该怎么办？"

紧闭的门内传来断断续续的咒骂声和哭泣声。

光听这恶毒的声音，半夏万万联想不到屋里的人是初见时那位衣着得体、举止温和的女士。

凌冬顶着这样的责骂声，握着半夏的手向外走去。

他的手很冷，冰冷得就像被冻住了一般，但他的脚步很坚定，他看着半夏的眼神也很平静，他的嘴角还能透出一点儿解脱似的笑来。

夜幕深沉，月光透过窗户照进狭小却透气的小屋里。

在那张不太宽敞的小床上，凌冬从身后搂着半夏。

他用力地把半夏拥在自己的怀中，将脑袋搁在半夏的脖颈儿上，闻着她的味道，沉默了许久许久，似乎已经在黑暗中睡着了。

"你爸爸他……是不是经常对你妈妈动粗？"半夏在黑暗中轻轻地问了一句。

片刻之后，她的身后传来他轻轻的一声嗯。

"我刚刚到那个家的时候，年纪还很小。父亲的脾气非常暴躁，时常是在外面还衣冠楚楚、笑容满面，一回家就变了模样，对母亲大打出手。"

"他也对你动手了吗？"

凌冬迟疑了一会儿，说了实话："嗯，他偶尔也对我动手。"

半夏一下翻过身来，瞪圆了眼睛。

凌冬就把尾巴放出来，卷着她的腰，伸手把她按在自己的胸前，轻轻地抚摸着她长长的头发。

"暴力的父亲很可怕，但相比起粗暴的父亲，我那时候其实……更害怕的是我的母亲。"

回忆童年的岁月对凌冬来说似乎是一件极为艰难的事，但他还是下决心彻底剖开自己，把那段梗在心里的不堪往事说给最亲密的人听。

养母温柔却柔弱，带着一点儿扭曲的控制欲。

养父凶狠又暴躁，时常把他打得遍体鳞伤。

幼小的他逃无可逃，避无可避，惶惶无依，常常彻夜不得安眠。

年幼时骤失双亲的痛苦，不正常而扭曲的养父母，空阔的房子，无尽的噩梦。

他开始讨好养父母。为了让父亲变得高兴，让母亲安心而平静，他献祭了自己的音乐，按着父亲的要求机械刻板地反复练琴，紧密地一场一场地参加比赛、拿奖项、拿代言、拍广告，试图给家里和自己挣来一份平静。

昏暗而恐怖的家没有变得和谐，他再也无法弹出富有色彩的乐章。

世界开始变得越来越扭曲、古怪……

黑暗中的小莲慢慢地述说着，声音听起来平静又安稳，仿佛在说着别人的往事。

"幸好，这些都已经是过去的事了。"他亲了亲半夏的额头，反而温声宽慰半夏。

半夏心里疼得要死，没有别的办法，只恨不能亲手抱一抱年幼时的小莲，只能一点儿一点儿地吻过他的每一片鳞片，把那些冰凉的黑色鳞片吻到变得炙热起来。

我原来以为自己没有父亲过得很辛苦——这样看起来，还是我更幸福一点儿，半夏在心里这样想。

小时候，和妈妈在老家度过的日子，我现在回忆起来，只有郁郁葱葱的葡萄架、开满莲花的池塘和嬉闹不停的快乐童年。

等放假了，我就带小莲一起回去看看，带他去看看我住过的屋子和小院，看那些山草和野蜂，雪夜和荷塘。

放寒假的时候，凌冬陪着半夏一起乘坐动车回家。

他们出发的时候窗外是郁郁葱葱、山清水秀的南方。车如龙行，穿过中原沃土、大江大河。

车窗外的景色一路变化，土地渐渐变得平坦，绿茵渐少。

直到窗外的世界飘起了雪，大地变为一片银色，半夏的家乡也就到了。

他们下了动车，站台上扑面而来的寒意让半夏鼓起腮帮呼出了一大口白雾。

"能习惯吗？冷不冷，你有没有来过北方？"她问身边的凌冬。

凌冬把自己脖子上的围巾取下来，绕在了半夏的脖子上，仔细地打了一个好看又平整的结。

那围巾是他在车厢内就围好的，这个时候被解下来，带着他温暖的体温，舒舒服服地将半夏裹在了里面。

半夏看着眼前的人，总觉得凌冬眼里带着一点儿对她的纵容。仿佛她说错了什么，他也会由着惯着她，只是无奈地笑笑而已。

出了火车站，他们还要换乘一段路的长途大巴。

长途汽车站离火车站不远，凌冬和半夏牵着手，打着雨伞走在灯火阑珊的大街上。

"变了好多，从前喜欢的商铺好些都不见了。"半夏很久没有回家了，边走边感慨，四处打量着这个自己度过多年时光的小城市。

为了找到合适的小提琴老师，她从很小的时候就在城里的学校寄宿，每到周末才坐巴士回家。

"汽车站的位置倒是一直没变，和十几年前一样，还在那个位置……"半夏笑着说，"咦，小莲你怎么好像知道车站怎么走一样，还能走在我前面？"

走在前方领路的凌冬转过头，有些无奈地看着她，将手中黑色的雨伞倾斜，举在她的头顶。

两人坐上大巴车，冒着细细的小雪往半夏家乡的小镇上赶。

天色渐渐地暗了下来，开往家乡的巴士在漆黑的山路上亮着车灯一路行驶。

"我读中学的时候，每个周末都要坐车回家。"半夏对坐在身边的凌冬说，"那时候的路很差，车也没这么舒服，班次还少，上车和打仗一样，先挤上来的人才有位置坐。很多人还要带着鸡啊，鸭啊，或者大包小包的行李一起挤上来。你肯定没体会过，那整个车啊，就挤得和沙丁鱼罐头一样，各种味儿都有。幸好我比较有经验，人还瘦小，所以基本每次都能抢到位置。"

半夏看向窗外，看见了自己少女时期熟悉的景象。

灰蒙蒙的天空落下斜飞的乱雪，道路两侧漆黑的树木排着队飞快地后退着。

"那时候没什么钱，到了周五我就想着能省一餐饭钱，回家再吃，每次都饿着肚子坐车，有时候很晚才能到家，不小心把胃搞坏了。"

凌冬将手臂伸过来，圈着她的肩膀，把她搂进一个温暖的怀抱里，低头吻她的头发。

飞雪的窗外，温暖的车厢，窗户上映着两个人的面容，她身后的学长的目光始终落在她的身上。

半夏一时间有些恍惚，原来已经不是从前了啊。

她已经不是那个每周独自挤着长途车回家的小孩儿了。

下雪天车开得很慢，半夏在细细密密的飘雪中，靠在凌冬的肩头睡着了。

她做了一个梦，梦里的汽车到了站，站台还是那个多年前已经被拆除了的老旧站台。

站台路灯下，母亲端着一瓦罐热汤，站在细雪飞扬的暖黄色的灯光中冲着她笑。

凌冬摇醒她的时候，半夏睁开眼，发现汽车已经快要到站了。

车停之后，两人下车取了行李，沿着通往村子的道路走。

走了几步之后半夏忍不住回头看去。

新修的汽车站台宽敞明亮，广告灯箱照亮站台前平整的道路，可是那个站台上空落落的，没有任何人的身影。

我回来看你了，妈妈，还带了一个我喜欢的人。你可以放心了吗？

夜色已经很浓，下着雪的村路上除了他们空无一人。

远远地看见村口的时候，凌冬把手中的行李箱塞到半夏的手上，突然整个人消失了。

黑色的小莲挂在了她的手上，顶着风雪顺着半夏的手臂爬上来，钻进她脖颈儿的围巾里取暖。

"欸，这是干什么？突然不好意思了吗？"

小莲的脑袋从围巾里钻出来，他不说话。

寂静的村子里亮着星星点点的灯火，村口的位置有人打着手电走来。

那人看见半夏，立刻高兴地挥起手来。

原来那人是半夏的表弟半糊糊，特意打着手电出来接她。

"姐，就知道你快到了，我特意出来接你。"读高中的表弟如今已经长得比半夏高了，但对着这个从小一起长大的表姐依旧有种既害怕又稀罕的复杂情绪。

他接过半夏的行李箱，用手电光开路，凑在半夏身边讨好地说："姐，看我对你好吧，这次回来有没有带我喜欢的零食？"

半糊糊和半夏血脉最接近的地方大概就是两人都是"吃货"。

半夏把提在手里的塑料袋塞进他的手里："全在这里了。"

"呀，还真买了，这么多，姐你怎么突然变这么大方？这次下血本了吧，你哪儿来的钱？"

"是啊，没日没夜打工省出来给你买的。"半夏从小就不惯半糊糊，给一个甜枣，还要用软刀子扎两下。

半糊糊如今上了高中，也终于知道自己这个姐姐半工半读的不容易之处，不再像小时候那样和半夏抢东西，在半夏身边真心实意地说了声"谢谢"。

　　天气冷，夜已过半，年迈的奶奶已经睡了，半夏就没有应半糊糊的邀请去住附近新楼房里的舅舅家，而是直接回了属于自己和妈妈的小院子。

　　屋子里的土炕已经有人提前烧好，被套和床单是半糊糊的母亲也就是半夏的舅妈前几日过来帮忙拆洗过的，上面有一股冬日里太阳的味道。半夏长途奔波的疲惫都被这股熟悉的暖意消解了。

　　窗外的雪越下越大，鹅毛似的大雪片片飘落。

　　许久没见到雪的半夏和小莲一起趴在窗台上欣赏雪景。

　　她用袖子把玻璃擦出一小片，可以看清窗外银色的世界，天地苍茫，荒野寂静，只听得北风呼啸。

　　"如果你夏天来，从这里看出去就是郁郁葱葱的一片原野，绿草之间开着许多野花，有很多野蜂在里面飞来飞去，特别漂亮迷人。再远一点儿还有一片小池塘，小时候我们最喜欢去那里玩儿了。"半夏对蹲在窗台上的小莲这样说。

　　小莲伸直他的脖颈儿，透过擦开的那一小块玻璃窗凝望着远处白茫茫的世界，那暗金色的双眸中映着雪色。他痴痴地看着外面，不知在想些什么。

　　半夏顺着他的视线看向雪原深处，回忆起夏日时那里荒草丛生的盛景，忍不住和身边的亲密爱人述说起自己童年的趣事。

　　"小的时候，我们这里有很多传说，大人们都不让我们往荒野的深处跑，说那里住着神仙、妖精和魔鬼，是不属于人类的世界。一村的小孩儿大概就我的胆子特别肥，老喜欢去野地里探险。我还捡回来过不少东西，有一只兔子和好几只尾巴长长的野鸡呢。我还看到过一只很漂亮的雄鹿，可惜它那时候被野兽咬断了脖颈儿，已经快死了。对了，有一次隔壁家的一个孩子丢了，全村人都找不到他，是我到荒野里把他一路领回来的。"半夏说起这件事，眼睛亮晶晶的，显得特别高兴，"那是我老师的外孙，小时候我们俩玩儿得很好。"

小莲听到这话，一下转过头来看着她，双眸中暗金流转，漂亮得仿佛装下了这茫茫天地间所有的雪光。

"他的父母都去世了，听说他要被送到很远的地方去，所以一个人跑到野外躲了起来。"半夏想到那位伙伴悲惨的身世，声音低落下来，"是我把他拉回来的。我还答应过以后去看他呢，可惜后来我们就断了联系，也不知道这些年那个孩子过得好不好。

"对了，我忘了告诉你，他的名字也叫小莲。"

半夏不好意思地挠挠头："我最开始给你取名字的时候，大概就是因为潜意识里想起了他。"

一只如雪般莹白的男性手臂伸过来，拉上了窗帘。

半边脸颊覆着黑色鳞片的男人俯下身来吻住了窗边的半夏。

空气中弥漫起浓郁的莲香，雪白的肌肤像糖糕一样甜美，颤抖不已的尾巴令人垂涎，以至于半夏被他迷得五迷三道，神魂颠倒。

"谢谢你，从前到现在。"在最快乐的时候，他用沙哑的声音叹息似的说出这句话，"谢谢你找到我，带我回家，陪在我的身边。"

意乱情迷中的半夏根本没听清他说的内容，只顾着顺着话头调戏手中的人："嗯，那你想要怎么报答我？"

那位从来都很羞涩的学长这一次却很配合地说着情话："身外之物，都不值些什么。想来想去，只有以身相许了。"

第二天早晨，半夏睡到日上三竿时醒来，却发现凌冬早已经起来。他特意穿了一身格外正式的衬衫和西服，头发用发蜡仔细地做了造型，擦了皮鞋，打了领带。

他打理得整个人丰神俊朗，端庄笔挺。

半夏看得都呆住了："这是要去干什么？"

"今天不是要去见你家的长辈吗？"凌冬说，"原来你没有带我一起去的意思吗？"

"不，当然有。"半夏握住他的手，"我当然想带你去给我妈妈、奶奶和舅舅他们看一眼。可是你昨天变成了小莲，我还以为你不想去。"

"昨天时间那么晚了，这里的人又比较爱说闲话，所以我……"凌冬这样说，"今天是白天，正式去拜访长辈，才比较合礼数。"

原来他是顾虑这个，知道妈妈一个人带大我，被人议论了很久，生怕我也被人议论吗？

奇怪，学长怎么知道我们村里的人爱说闲话？半夏不解地想，或许所有的村子都差不多吧。

半夏的奶奶看见半夏带着凌冬一道进门，一时间是又惊又喜：她惊的是孙女一声不吭，突然带了男朋友回来；她喜的是这个男孩子礼数周全，容貌俊美，身份、学识、才能无一不好，简直挑不出毛病来。

年迈的老太太顿时忙坏了，一会儿摸着半夏的脸看她瘦了还是胖了，一会儿拉着凌冬的手问东问西，还激动地合着双手在半夏母亲的牌位前念叨："闺女啊，你快看看，咱们小夏带了人回来看你了。"

半夏的舅舅、舅妈也跟着忙得团团转，直到午饭时间，张罗出一大桌好菜，招呼凌冬和半夏入座，连带着把住在附近的七大姑八大姨等各路亲戚都给招来了。

半夏捂住额头，眼睁睁地看着一家子亲戚稀罕地围观凌冬。

"哎呀，这大城市的孩子就是不一样啊，长得多俊啊。"

"人家是上过电视的明星好不好！我家小磊学钢琴的，经常把凌冬挂在嘴边。万万想不到他能落在我们家。"

"啧啧，小夏的眼光可真是好，命也好。"

"谁说不是呢！当初坚持要学小提琴，如今真被她咬牙挺过来了。"

倒是凌冬在这个时候十分稳得住，端端正正地坐在桌旁，维持着得体礼貌的笑容，应对着来自四面八方的考察问询，始终不慌也不乱，得体大方，温和有礼。

半夏奇怪地在桌子底下摸过去，捏了捏凌冬的手，发现他握着一手心的冷汗呢。

其间，半夏的舅妈悄悄地把她拉到屋子里，很有些为难地把凌冬带来的礼物给半夏看。

凌冬给舅舅的礼物是四条软中华，给舅妈的是一条质地上乘的珍珠项链，给奶奶的是一条赤金的手串，倒是很符合本地女婿上门拜访惯用的礼仪。

"就是太贵重了点儿，小冬这是直接来提亲的意思吗？"半夏的舅妈看到了礼物心里美滋滋的，又有些发愁该不该收。

"既然是他的一点儿心意，您就收着吧。"

半夏的舅妈是一名普通的农村妇女，性格计较又刻薄。但是半夏觉得，舅妈本来对她就没有责任，在母亲去世她还年幼的那

段时间，她却多多少少得到过舅妈的帮助。虽然不多，但半夏记得舅妈的那一点儿好处，忘记了舅妈曾经的薄待。

半夏只是感慨凌冬出手之大方，明明不久之前亲眼看过赤莲的账户上还没有太多的钱。

他什么时候挣了这么多钱，还悄悄地准备了这么多的礼物？

相比起凌冬来家里的精心准备，自己去他家的时候是不是太随便了点儿？半夏看着那些金光闪闪的礼物摸摸鼻子，觉得自己实在是有些过于粗心了。

回去的路上，半夏踢着脚边的石子儿，边走边说："你什么时候准备的礼物啊？我奶奶和舅舅都被你吓了一跳，以为你要直接开口提亲了呢。"

凌冬停下脚步转过头来，看着她，嘴角含着笑。

他的身后是压在枝头的皑皑白雪，他的肩头披着冬日暖阳的金色光辉，他好像是从童话中走出来的一位王子。

"等你能穿我送的第三条裙子的时候，我就来这里提亲。"他说。

半夏被他晃花了眼，呆呆地道："什……什么第三条裙子？"

艳如朝阳、缀满金辉的裙子，红裙金线是婚礼的时候穿的喜裙。

半夏咬着嘴唇，感觉自己心里的琴弦不知被谁的手指拨动，在胸腔中吟唱了起来。

凌冬停下脚步的位置在半夏家的隔壁，是一间爬满苔痕枯藤、院门紧闭的老宅。

半夏从围墙缺口看进去，只看见满院荒芜的枯树。

院子里的那栋小屋斑驳落漆，门窗紧锁。

当年，慕爷爷唯一的女儿、女婿意外去世——他悲戚过度，没多久就跟着离开了人世。

这个院子从那时起就被锁了起来。

从前每个暑假都会来的那个小莲这些年也从未回来过。

"这是慕爷爷的家，他是我小提琴的启蒙恩师。我小时候几乎天天在他的院子里玩儿呢。"半夏转过头对凌冬说。她的眼眸亮晶晶的，就像她每次干"坏事"那样，嘴角露出一点儿狡黠的笑："我想溜进去看看，你要不要和我一起爬进去？"

阳光下那人笑靥如花，一如童年时趴在墙头、笑着冲他招手的那个女孩儿。

凌冬双眸中说不清道不尽的千言万语终究化为嘴边的一抹笑。

他跟在半夏的身后，一起翻墙进了那间尘封已久的破败庭院。

"几年没有人住，荒凉成这个样子了。"半夏在荒芜的庭院中穿行。

老师当年种在院子里的那些花草多年无人照顾，天生地养地肆意生长起来。

如今，冬季里落光了树叶的黑色枝条交错着，几乎遮蔽了小小庭院的大半天空，让这里看起来像是一个被封闭在时光中的城堡。

"那里以前搭着个葡萄架，我小时候就经常从那里爬过来。"半夏指着墙角的某个位置，扭头和身后的凌冬说话，才发现凌冬不见了。

庭院中，房屋门上那把大锁不知道怎么被打开了。

凌冬从屋内伸出双手，推开了那扇封闭多年的窗户。

"小莲，你怎么跑进去的？"半夏惊讶道。

那布满尘土的屋子里还摆着那架质地精良的钢琴，琴上罩着的绒布上堆满厚厚的积灰。

凌冬缓缓地抚过琴的边缘，伸手揭开那块厚重的琴布，在窗

边的钢琴前坐下。

他打开琴盖，用白皙的手指触上多年不曾鸣响的键盘，按下了一个音。

咚——

阳光照进封闭的屋子，无数细微的飞尘在阳光中上下舞动。那琴声仿佛穿过了经年的岁月，透过时光传来。

琴凳上的凌冬伸手弹起了一首钢琴曲。

曲调欢快愉悦，稚气纯真，在这间尘封已久的屋子里响起，唤醒沉睡中的记忆，仿佛让人看见了那童年时越过山林的清风，开满池塘的幽莲，漫山遍野的夏草和飘落枝头的冬雪。

半夏愣愣地站在窗前，觉得自己仿佛做了一个冗长的梦。透过迷迷蒙蒙的阳光看去，她发觉坐在钢琴前演奏的不再是成年的凌冬，而是自己稚气而年幼的童年伙伴——小莲。

原来小莲真的就是小莲。

半夏至此恍然大悟。

也对啊，当初，在那个雷雨寒夜里，他第一次来到窗外，就清清楚楚地喊了她的名字。明明是那样熟悉的声音，她怎么一直都没有想到呢？

尘封多年的钢琴再现在阳光中。

许久不曾鸣响的琴经历岁月的磋磨，本该失了音准，跑了腔调，可偏偏依旧动人，守着最初爱着音乐的那颗心，如莲般不染淤泥，如赤子般纯真。

琴声悠扬，传出窗外，似烟火绽放于夜空，五彩斑斓，照耀人间。

番外一

半夏的一天

"哇！你看这是什么？"

那个喜欢用虫子吓唬他的女孩儿又来了。

男孩儿绷紧后背，下定决心今天绝不多看她一眼。

女孩儿神神秘秘地用手拢着什么，几乎将手放到他的眼下，然后出其不意地张开手掌，露出一只……草绿色的奇怪生物。

男孩儿下意识地往后仰，不小心从琴凳上摔了下去。

他恼怒地站起来，皱着小小的眉头看着女孩儿。女孩儿咧开嘴笑了，得意扬扬，神气活现，真是太令人讨厌了。

但那个女孩儿好像根本不知道他很讨厌她，还伸出那双脏兮兮的手，把他拉了起来，非要拉他一起去拿那只浑身长满鳞片的古怪生物。

"这是蜥蜴。看，它多可爱。"

它这么丑，哪里可爱了？男孩儿在心里嘀咕着，却不知道为什么蹲下身来。

两个孩子蹲在钢琴边，才被吓过的男孩儿稀罕地看着那只被女孩儿捉来的蜥蜴。

蜥蜴有草绿色的鳞片、大大的眼睛，还有一条长尾巴。它大约也被吓到了，瞪着那双纹理奇特的眼睛，趴在原地一动不动，像一块古怪的石头。

胆大的女孩儿伸出手指戳小蜥蜴的鳞片："我在野外抓到的，你没见过这东西吧？它没有毒，不会咬人！"

见她一直欺负那只蜥蜴，小小的男孩儿觉得这小蜥蜴有些可怜，认真地对她说："你不要戳它了，它会痛的。"

"哦。"女孩儿不在意地收回手。她和一直住在城里的男孩儿可不一样，在田间地头，蟋蟀、蝈蝈儿……什么没抓来玩儿过？她说："那我们找个笼子把它关起来，免得它跑了。"

他们没找到笼子，最后男孩儿翻出来一个玻璃缸，这是从前养金鱼的缸，后来金鱼死了，缸就一直闲置着。

男孩儿搓了搓自己的手，想要尝试由自己来抓住那只蜥蜴，把它移进缸里。

从小唯一的课余生活就是弹钢琴的他还从来没有抓过这样的东西，心里充满了新奇和紧张感。

小小的蜥蜴在他白净的小手中突然挣扎起来。他心里一慌，手里的力气用得大了——在他手心里挣扎着的那条蜥蜴的尾巴忽然就断了。

"啊，它的尾巴！"男孩儿心里咯噔了一声，一下松开手。

身边的女孩儿却眼疾手快地抓住那只想跑的蜥蜴，将它塞进玻璃缸，又连忙在上面压上了一本薄薄的书册。

两个小孩儿对视着，又一齐看向地上那条断开的尾巴。

从蜥蜴的身体上断掉的那截儿尾巴甚至还在地面上扭动着。

"怎……怎么办？它的尾巴断了，它会死吗？"小小的男孩儿脸色白了，心里难受极了。

女孩儿抓抓脑袋："不会的，蜥蜴和壁虎一样，在害怕的时候就会抛弃自己的尾巴，还可以长出来的。"

虽然女孩儿这样说，但男孩儿依旧十分担心。

很快，女孩儿就对这只蜥蜴失去了兴趣。她今天抓一只蝴蝶，明天抓一只青蛙，她的世界里有无数可以供她玩耍的漂亮生灵，并不很稀罕这么一只断了尾巴又丑陋的蜥蜴。

以至于第二天男孩儿特意问她的时候，她都有些不记得了。

"啊，那只蜥蜴吗？我不要了，你把它丢回田地里去吧。"

男孩儿没有丢了那只蜥蜴。那是他唯一的一只蜥蜴，还被他害得断了尾巴。他觉得自己有义务照顾好这只不太好看的小生命。

他把蜥蜴养在那个玻璃缸里，特意打电话给身在远方的父亲，请教了养活一只蜥蜴的办法。

他时常去地里抓一些他平时不太敢接触的虫子，给那只小蜥蜴带回来，天天清理更换鱼缸里的垫材，保持鱼缸干爽整洁。

它先前断掉的尾巴被男孩儿放在一个盒子里，已经慢慢地干瘪腐烂，但它的新尾巴正在一天天地长出来。

这时候男孩儿才放松下来，相信了小伙伴之前说的话。

人类的手和脚断了就是断了，不可能再生，但这只顽强的小生命躲在黑暗里养伤——虽然它曾经抛弃了自己的尾巴，但是终有一天它的尾巴会长回来的，那一定是条更好的尾巴。

每天弹琴的时候，那只就把那个鱼缸摆在钢琴上。弹累的时候，那只就趴在琴盖上，看那只大部分时候都一动不动的蜥蜴。

外公的家和他平时居住的城里的家不太一样，这里的时间好像流淌得异常缓慢，知了在高高的树顶上鸣叫，夏日的阳光透过枝叶的缝隙在地面上投下晃眼的光斑。

小小的蜥蜴在玻璃缸里发呆，不用做任何事，一待就是一整天。

男孩儿甚至有些羡慕它，做一只蜥蜴可以什么也不用想，每天可以无忧无虑地发呆，好像比人类还要幸福。

凌冬从温暖的火炕上坐起来，揉了揉自己的额头。他好像做了一个关于小时候的梦。

或许是因为回到了这里，他总是梦见从前的事。他睡眼惺忪，手下意识地去拥抱身旁的半夏。谁知他这一抱竟然抱了个空。

清醒过来的凌冬看着身侧空荡荡的床有些惊异，往常这个时候半夏应该还在他身边睡得香甜。

"半夏？"他喊了一声，家里安安静静，窗外的天空蒙蒙亮，飘着细细的雪花。

凌冬莫名有些心慌，掀开被子准备下床去寻找半夏，却看见被子里面有一团金黄色的东西。

他的心脏几乎跳漏了一拍，他定睛一瞧，那是只巴掌大的豹纹守宫。守宫的颜色是温暖的金黄色，那纯正的色泽就像是夏日里最明媚的阳光一样。

凌冬知道这种品种的守宫的名字就叫作"阳光"，就像是浑身漆黑的他属于名为"黑夜"的品种一样。

只是现在不是考虑品种的时候，那只拉着被子的手僵硬了，他甚至不敢去细想心中那最可怕的猜想。

在棉被里窝成一团的守宫恰在这时候清醒过来，睁开大大的眼，露出一双圆溜溜黑漆漆的眼睛。

她的模样可爱极了——她漆黑的圆眼睛下面是一张带着微笑弧线的嘴，看上去就像是无时无刻不在笑。

金黄色的豹纹守宫抬起脑袋，动作十分拟人化。她先瞧瞧自己牙签似的小爪子，扒拉一下身前的床单，随即歪着脑袋瞅瞅身旁的"庞然大物"——凌冬。

凌冬的手臂简直要颤抖起来了，他生怕吓着她一般轻声问：

"半夏？"

他甚至希望这只是半夏和他开玩笑，买了只豹纹守宫回来故意塞在他们的床上吓唬他。

可是他看到这只豹纹守宫的第一眼，心里就有种强烈的感觉：这就是他的半夏！

金黄色的守宫并没有流露出惊慌的样子，呆呆地用爪子捧着自己的脸，甚至还有点儿兴奋："哎呀，我怎么变成这样啦！"

守宫那声音的音调很奇特，细细绵绵的，一点儿不像半夏的声音，说话的口气却和半夏一模一样。

凌冬小心翼翼地把半夏从床上捧起来，张了张嘴，几乎说不出话来。

他感受到她用细细的爪子抓着他，将柔软的肚皮贴在他手心的肌肤上。

原来之前她把我捧在手里的时候是这种感觉。

如果半夏也像他经历过的那样，时间一天天地减少，那么凌冬觉得自己一定会疯掉，哪怕只是现在稍微想一想那种可能，他的心脏就已经开始受不了地收缩起来。

半夏变成的豹纹守宫眨眨大眼睛，语气轻松："原来变成守宫是这样的感觉，哇哦，所有东西都变得这么大。小莲你好像是一个巨人。"

"有没有不舒服？疼……不疼？"凌冬的脸色很不好，他忧心忡忡。

半夏却状态很好，似乎还很兴奋。

"没呢没呢，我现在好得很，原来这就是当守宫的感觉啊……天哪，我好厉害，没开灯也能把这么暗的屋子看得清清楚楚。"声音带笑的金黄守宫不住地打量熟悉自己的新身体，尤其重点关注着自己的尾巴。

咦，原来尾巴是这么敏感的地方。小莲轻轻地蹭到一点儿，自己就忍不住想要抖起来。难怪小莲每一次被摸尾巴时都露出那样可爱的表情来。

这是一个兵荒马乱的早晨，但凌冬仍然没忘记按时给半夏做早餐。凌冬先像往常一样，准备了双人份的早餐。

"也许你很快就恢复了，会变回来和我一起吃早餐，又或者这只是一个梦，马上就要醒了。"凌冬语无伦次，冷静不下来。

在这个过程里，半夏就高高兴兴地沿着桌子、椅子爬上爬下。

"小莲，你看我好厉害，竖着的地方都能爬上去呢。"

凌冬就经常忍不住侧头去看她，导致今天做的早餐发挥失常，边缘全都焦掉了。他自暴自弃地给半夏切了一份水果。

半夏在小碟子周围转了转，用扁扁的嘴巴说着话："好像不爱吃水果，可能这个品种只能吃虫子。"

一人一守宫大眼瞪小眼，面面相觑。

窗外北风呼啸，是冰天雪地的世界。

"好吧，水果也勉强可以尝尝。"金黄色的豹纹守宫扒在白瓷碟边，用小爪子抓吃的，将粉嫩的小舌头吐出来舔一舔，偶尔动一动尾巴……

凌冬的视线就没能从她的身上移开过。

原来守宫是这样可爱的吗？当自己变成守宫的时候，在家人的尖叫声中，他一度觉得那样的身躯是丑陋难堪的，是令人恐惧的怪物。

但看到同样变成守宫的半夏，他完完全全无法想到"怪物"

这两个字，只觉得这个世界上再没有比这更可爱的生物了。

哪怕再轻柔地抚摩她后背的鳞片，他也会担心自己的力气太大让她难受，托起这小小的一只，就好像托起了自己的心脏。

他的心里像是充满了雪白细密的棉絮，又软又痒。

半夏吃完早餐，发觉凌冬还在看着自己发呆，就主动走过去踩上了他的手掌，把自己的脑袋搁在凌冬的手腕上蹭一蹭："别瞎担心，车到山前必有路。实在不行，做一只守宫，我觉得也挺好的。"

凌冬将她捧到眼前，用双唇轻轻地吻了一下半夏冷冰冰的脑袋。

这一天上午并没有发生其他特别的事。凌冬像前几日那样戴上袖套，包起头发，给屋子做大扫除，为过年做准备。只是他今天难以集中精神，失手打翻了这个，弄洒了那个，根本只是借着忙碌分散一下焦虑的心神。

半夏一上午就在凌冬的身上爬来爬去，为此凌冬行走做事都束手束脚，怕自己一不小心将小小的守宫从身上摔下来，时不时要伸手小心地把半夏抓起来，放到更安全的地方。

守宫半夏上下爬着探索了一会儿，失去新鲜感，心里又开始冒坏水。她爬到凌冬的脖子上，骨碌碌地从他的衣领处滚了进去。

凌冬猝不及防，整个人身体一僵，下意识地伸手按住在自己的肌肤上乱爬的家伙，又很快松手，虚虚地拢着。

"半夏……快出来。"

那些尖尖的爪子和细细密密的鳞片从赤裸着的肌肤上爬过去，让他简直痒得要命。

偏偏半夏发现了新奇的乐趣。

蜥蜴和人眼中的世界是完全不同的，她用这小巧灵活的身体重新探索一遍凌冬学长的身体也有趣得很。

她从这里溜到那里，让凌冬身上到处都沾上自己的痕迹，爬过每一个她想要去的地方，好一会儿才从他的衣领处探出一个脑袋，十分无辜地冲凌冬眨眨眼。

"这个身体我还是不太熟练呢，脚一滑摔进去的。"

她现在只是一只小守宫而已，能有什么坏心眼儿呢？

即便半夏变得这么小了，依旧是半夏欺负小莲。看来在两个人的关系中，谁占据主动并不是靠体形大小，主要还是拼谁的脸皮厚、花样多。

脖颈儿通红的凌冬咬牙没有吭声，伸手想把这个可恶的家伙从领口里捞出来。

金黄的小守宫却凑过脑袋，伸出细小的舌尖舔了舔他的指尖，惹得他一下就收回了手指。然后这天小守宫就一直在他的身上表演脚滑。

凌冬沉默了，自己不应该穿这么少的。

下午的时候，凌冬出去了一趟。

外面下雪天气太冷，他没有把半夏带出去。

半夏就趴在自己的小提琴边上，用小爪子去拨动琴弦。

半夏觉得变成守宫其他倒也没什么，最严重的事就是没法儿拉琴了。小提琴就像是和半夏血脉相连的生命一样，少了这一块儿，半夏整个人都好像不完整了。

这么小的手啊，半夏举起自己细细长长的小爪子，觉得做任何事都变得很艰辛。平日里抬腿就到的地方，如今她需要付出翻山越岭的力气。

平时轻轻松松就能拿起的琴弓，如今她拼了命也只能勉强拖动。

小莲用这样弱小的身体做了那么多事，写了那么多好听的歌，该是付出了多少，又是有着怎样的毅力？

屋门吱呀一声被推开，凌冬提着大包小包的东西，顶着风雪回来了。

把冰天雪地关在门外，他站在门边脱下大衣，搓热自己的双手，才走进屋看半夏。

"跑了好远，找到一个花鸟市场，有卖……"

有卖什么他没说出来。凌冬从袋子里拿出从花鸟市场买来的加热垫、暖宝宝、饲养盒、加湿器等，还有一大束开得浓艳的金盏花，最重要的是还有一小包活着的蜥蜴饲料。

原来他是怕她吃不饱肚子。

半夏沉默了。

不，她哪怕饿死了也不吃虫子。

"只是提前准备一点儿。"凌冬伸手把她轻轻地抱起来，低声慢慢地劝她，"万一真的需要，我还可以用油炸一遍，或者裹上面团。总之我会尽量把食物做得让你能够接受，陪着你一起吃也行。总之如果到了明天还不能恢复人形，你就要吃饭，该吃什么就吃什么。嗯？我陪你一起吃也行。"

那声音低沉又温柔，他耐心地劝她哄她，生怕委屈到她，饿到了她。

半夏爬到他的手上，眯起眼睛感受他的手指抚在脑袋上的感觉。

这一天，凌冬都温柔地照顾半夏，给半夏泡热水洗澡，用细

绒布擦干半夏的每一个手指缝，眼神温柔地抱着半夏上床睡觉。

舒舒服服的半夏很快没心没肺地犯困了，眼前骤然闯入一大片金色。

这样白雪皑皑的冬天，难为他还能买到这样金色的花。半夏迷迷糊糊地闭上了眼睛。

凌冬将那束从花市上买来的金盏花插在炕头的花瓶里，花瓣的颜色和睡在床上的守宫一模一样。

他睡在她身边，亲吻床头的金盏花，也亲吻她。

还有许许多多的话，他没有说出口，只说："晚安，半夏。"

清晨，半夏醒来看见自己枕边掉落的金盏花瓣，伸手拿起来。她变了回来，手指修长，拈着那金色的花瓣。

凌冬早就醒了，墨黑的双眸正一动不动地看着她。

半夏撑着脑袋，感受了半天，发觉自己根本不能变回蜥蜴。

屋外下着鹅毛大雪，白雪皑皑的世界里，温暖的小屋简直像是梦中的世界。

昨天发生的那一切或许就是深冬里一场光怪陆离的梦吧。

番外二

脱敏治疗

听说半夏回来了，还带着男朋友来家里，从小一起长大的几个小伙伴一窝蜂地挤到她家来看热闹。

几个女孩子一进门就闻到厨房里飘来的饭菜香。从院子里看厨房的窗口，就看见一位容貌俊秀的男孩子卷着衣袖，安静地在厨房准备早饭。

这个村里很少有男人下厨房做饭的，几乎是默认男人工作回来后便可以跷着脚休息，更别说是这样斯文俊美的男人下厨房。

凌冬端着一大盘热腾腾的蛋饺进屋的时候，屋子里的几个小姑娘都红了脸。

"还是多读点儿书好啊，半夏在城里找的男朋友这样温和。"

"我从来没见过我爸爸做饭。哪怕妈妈再晚下班，他也看着电视等着。"

"他居然还会做我们这里的蛋饺，特意为你学的吧？"

几个妹子推着半夏，窃窃私语。

"你们都不记得他了吗？"半夏这样说，显得自己记性很好的样子，"他小时候也住在这里的，就是以前隔壁慕爷爷家的孩子。"

"啊，是……是小莲？"

"居然是那位小莲吗？"

"我记得，我记得，小时候小莲就是这里最漂亮的男孩子，半夏你每次玩儿游戏的时候都要拉上他一起。"

"对啊，你那时候还总是让小莲扮演公主，自己一定要当骑士，谁都不能和你抢。"

"原来是早早相看好了，太有心机了，这个女人。"

"人比人真是气死人啊，我那个年纪只顾看谁泥巴玩儿得好，天天和隔壁泥巴玩儿得好的胖子混在一起。"

"所以说谁也没半夏眼睛好使，难怪她小提琴拉得这么好。"

半夏毫不羞涩地接下伙伴们的恭维："哈哈哈，那是，我眼睛就是好使。"

"谁在夸我姐眼睛好使？她那是耳朵好使，眼神最差了，连家里的亲戚都记不全。"表弟半糊糊掀门帘进来，手里抱着他家那只身材臃肿的三花猫。

那只一身富贵膘的猫大爷进屋闻到食物的香味，张嘴喵了一声，从半糊糊的臂弯里蹿下来，直奔端着盘子的凌冬去了。

半夏的反应最快，她一手接住凌冬手里差点儿翻了的盘子，另一只手条件反射地把凌冬护在自己的身后。

她放稳了盘子，拦住了那只往凌冬脚下扑的肥猫，拧着它的后脖颈儿把它抱出屋外。

"谁让你带猫来的？我猫毛过敏，以后不准带猫来我家。"半夏无端地指责半糊糊。

"啥？"半糊糊愣住，在他的印象中，他姐别说猫了，看见老虎都不带怕的。

没有人在这一场小小的混乱中注意到凌冬白了的脸色。

虽然是放寒假，半夏练琴的习惯也从没改过。她早上和凌冬一起收拾屋子准备过年，午饭后就带上琴，去家乡的一家小酒馆门外演奏。

这是她当年还在读中学的时候，找到第一份兼职的地方。

酒吧的老板是一位有一点儿文艺情怀的中年大叔，在酒吧门口的木栈道上摆了一台移动钢琴，偶尔请琴手来弹几首钢琴曲吸引客人，酒吧的客人有兴趣的话，也可以在这里随意演奏。

当年还年幼的半夏时常在放学以后，借着这里的人流量站在门外的木栈道上，摆个琴盒就开始卖艺。

她的收入虽不多，幸运的是也并没有人来驱赶年少的她离开。

最初几天，酒吧的老板出来看了她好几次。后来的某一天，在半夏演奏时，他默默地在半夏的琴盒里放了一张五十元的纸币。

此后只要半夏来，他就会自己过来或者叫酒保出来，放一张五十元或者一百元的纸币在半夏的琴盒里，算是达成了一种没有说出口的雇佣关系。

当年，半夏就是借着这里的路人给的些许打赏和老板给的这份"固定工资"艰难地养活自己，半工半读，勉强攒够学琴的费用，甚至攒下了上大学的学费。

如今，这间经营多年的酒吧已经十分老旧，生意变得很差，半夏的演出费也早已经不止五十元，但寒暑假回来，只要有空的时候，半夏还是时常过来拉琴。

上了年纪的老板看到她很高兴，每次依旧往她的琴盒里放上一张五十元的纸币。年轻漂亮又琴技精湛的半夏每每也能给他引来不少意外的客人。

这一天演奏的时候，半夏认识了一位来酒吧喝酒的外籍客人。

这位头发花白且上了年纪的外国老人是在半夏演奏的中途加入的。他用摆在酒馆门外的那架老旧钢琴给半夏做了即兴伴奏。

老人年纪虽然已经和半夏的奶奶差不多大了，演奏的风格却异常年轻，而且他的技艺高超。

　　无论半夏演奏古典音乐中的《贝小协》还是动漫影视歌曲《等风来》，他都能毫不犹豫地默契地跟上半夏的小提琴声。

　　半夏回首看了他一眼，开始演奏赤莲的《假如生命只有七天》。

　　一开始，小提琴声尝试着缓缓地叙述起了童话般的故事，很快睿智而愉悦的钢琴声加入进来。

　　短短七天，从新生到暮年，走完一生的时光。

　　这明明是一个悲惨的故事，但两位演奏者在悲剧的底蕴中，用强有力的音乐演奏出在那短短的时光中的那份格外珍贵而炙热的爱。

　　即便是在这样不起眼儿的小镇上，两人绝妙的合奏也不断地吸引了路人驻足旁听。

　　一曲终结，围观的人群中响起热烈的掌声。

　　那位弹钢琴的外国老人兴奋地站起来和半夏握手。

　　他不以年长自矜，笑得热情又和蔼："实在想不到在中国这样的小城镇里，也能遇到像你这样年轻又优秀的小提琴家。"

　　老人穿着冲锋衣，乱糟糟的头发随意地扎在脑后，皮肤晒成了古铜色。他像是一位四处游玩的旅行者。

　　半夏觉得他看起来有些眼熟，但又一时想不起来他是谁。

　　"我也很意外，在这里会遇到您这样的前辈。而且，您居然会弹赤莲的歌。"半夏笑着比画了一下，"要知道即便在我们国内，这也是一首才上市不久的歌曲。"

　　"哈哈，我可能比你更早关注这位年轻的音乐人，而且还是他忠实的粉丝。是他的音乐勾起了我对这片土地的回忆。"

　　白发苍苍的老者这样说，眼中充满了对岁月的回忆。

"这个小城是我一位好友的故乡。也不知为什么，每次听到 Mr. Lian 的音乐，我总会不由自主地想起那位朋友的令人怀念的小提琴声。"

和这位年迈的钢琴家偶然相遇后分别，从镇子上回家的半夏远远地听见屋子里传来剧烈的响动声和刺耳的猫叫声。

她还来不及推开门进屋，黑色的小莲就从门缝里闪电般地蹿了出来，迎面看见了半夏，慌不择路地顺着她的裤子爬上来，一路爬到她的肩头，双瞳变成了极细的竖线。

半夏拧住那只张牙舞爪的肥猫，把没抓住蜥蜴、极不甘心的花猫关到了门外。

"怎么回事？猫是怎么进来的？"半夏奇怪地问。

"我……是我让它进来的。"现出人形的凌冬趴在炕沿喘息。

"身为一个男人怕猫也太丢人了。"背对着半夏的凌冬耳朵微微地泛起红，"我就想着……锻炼一下，或许能脱敏治疗。"

"也不一定非要这样强硬的脱敏治疗嘛。"半夏凑到他的身边，伸手把掉落在地上的那条本该系在西服上的领带捡起来，蒙住了他的眼睛，"或许我们可以换一个愉快一点儿的方式。"

"好了，你现在想象我就是那只三花猫。我学猫叫特别像，喵！"她开始用舌尖舔他泛红的耳郭，"我要来咬你了。不急，我会慢慢地咬过每一个地方。"

猫舌头和毛茸茸的猫爪子开始慢慢地逗弄这只被她抓住的猎物。

凌冬特别怕猫，害怕那曾经在下雨的黑暗森林中几乎夺取他性命的巨大生物。

但从这天以后，他对这种毛茸茸的生物换了一种别样的情绪，又爱又恨，已经顾不上害怕了。

无限荒唐结束之后，半夏趴在凌冬背上亲他的脖子。

"还怕猫吗？你想要的话，以后还可以经常做这种治疗。"

"应该……已经克服了。"凌冬好听的声音里带着一点儿愉悦过度的沙哑感。

"你还有什么害怕的东西要克服吗？"半夏觉得这很有趣，开心地舔了舔嘴唇。

凌冬按捺不住地翻过身，伸手把半夏搂进怀里。

"虽然是还有，但有一些东西，终究是需要我自己克服，自己去面对的。"

"嗯，那是什么东西？"寒冬腊月，半夏在情人温暖的怀抱里找了个最舒服的地方。

"小的时候，我有一位特别崇拜的钢琴演奏家。"凌冬讲述的声音在寒夜中缓缓地响起，"他是我外公的好友。我曾经在外公的院子里听过他演奏的钢琴曲，那对我来说几乎是天籁之音——在当年的我心中留下了不可磨灭的印象，甚至可以说影响了我的音乐风格。那时候，那位大师还摸着我的脑袋，说我很有钢琴演奏的天赋。被自己的偶像夸赞是我幼年时期最珍贵而自豪的回忆，也是我一直苦练钢琴的精神支柱之一。很多年之后，再见到他的时候，是我获得拉赛一等奖的那一天。身为评委之一的他却对着我摇着头叹息，说我的音乐失去了小时候的色彩。"

凌冬讲述的声音变得低沉："虽然很难受，但我心里知道他说得对。那时候，我其实已经对自己的音乐充满怀疑，他的话让我感到绝望，几乎是压垮我的最后一根稻草。从那儿以后，我开始害怕演奏，更害怕面对这位前辈。"

凌冬低头亲吻半夏的头发："但现在不一样了，我决定再去见他一次，让他听一听我如今的钢琴声。"

半夏没有说话，只是用力捏了捏凌冬圈着自己的双手，给他以肯定。

"对了，你可能也听过他的名字。"凌冬这样说，"他是我们钢琴界最知名的演奏大师——威廉。"

半夏眨了眨眼，缓了半天突然想起来："我说怎么那么眼熟，原来是他！"

凌冬疑惑。

半夏彻底地笑了起来："哈哈，没有问题的，我保证他已经非常喜欢你的音乐了。"

特别番外

我们之间好像出了问题

"我觉得我们之间好像出了点儿问题。"半夏这样说。

她的三位损友一个个竖起耳朵兴奋起来。

"谁？你和凌冬学长？简直不可思议，我以为你们永远不会吵架。"

"其实也没什么，他们偶尔也该闹一次别扭，这两人都在一起三年了，还好得和一个人似的。即使是'灵魂伴侣'，也会有磕碰的时候。"

"发生了什么？凌冬学长做了什么惹你生气的事？"

"我总觉得他最近似乎有什么事情瞒着我。"半夏迟疑地想了想，搅动着杯子里的咖啡勺，微微皱起眉头，"也可能是我想多了。"

半夏和凌冬在一起三年，两人相互支持鼓励，在各自的专业领域都取得了很可喜的成绩。

如今的半夏拿下了多项小提琴国际赛事的大奖，是古典音乐圈正在冉冉升起的璀璨新星。凌冬身兼钢琴演奏家以及天才音乐制作人双重身份，被业界誉为"音乐鬼才"，名声一时九内。

虽然这几年两个人都很忙碌，但彼此心有灵犀，志趣相投，两人之间的感情非但没有随着时间的流逝被岁月消磨，反而历久弥香。日常相处的时候他们极少发生争执，往往是温馨甜蜜得令旁人眼红艳羡。

只是最近一段时间，半夏总觉得凌冬似乎有一些不太对劲的地方。他仿佛异常忙碌，总是来去匆匆，偶尔还会背着半夏到走

廊上接电话。

早先半夏还没有多想，可是昨天晚上，被凌冬忘在桌上的手机传来一声提示音——她只是下意识地朝手机的屏幕看了一眼，那只原本在钢琴琴键上的手便不惜停下演奏，飞快地从旁伸过来拿走了手机，动作极其不自然。

就连半夏这样大大咧咧的人这会儿也免不了起了疑心。

"肯定不对劲，女人的直觉都是很准的。"听完半夏的描述，乔欣一把抓住半夏的手，使劲地摇了摇，"半夏，你应该好好查一查，查他的手机，悄悄地跟他出去，看看他是不是做了什么对不起你的事。"

"乔欣你先别瞎猜。"潘雪梅从桌对面伸过手来握住半夏的另一只手："夏啊，学长不会是那样的人。我觉得你可以好好地和学长谈一谈，温柔一点儿，别急着吵架。"

乔欣和潘雪梅的建议似乎都处于半夏十分陌生的领域。

半夏有些茫然地眨眨眼。

"就算是有什么，你打算怎么办？扯头发，打第三者，一哭二闹三上吊？你千万别让我看见这样的场面。"尚小月的性格十年如一日地倨傲，她说，"要我说，你确实是在感情上过于依赖凌冬了，没有属于自己的空间。女人失去了属于自己的世界，才会有一点儿风吹草动就患得患失。"

和朋友们告别之后，回去的路上，半夏还在想着这件事。她觉得小月说得很对，自己这些年除了偶尔和朋友见个面，几乎所有的时间不是在钻研音乐就是和凌冬凑在一起，基本没有什么属于个人的世界。

不过话说回来，对她这样课业繁重的音乐生来说，能够兼顾练琴和恋爱就已经很不错了，想再发展点儿什么个人的爱好，那也要看挤不挤得出时间来不是？

心里烦闷的半夏玩儿了会儿手机，发现今天在榕城某地正在举办一个大型爬宠交易集市，朋友圈里的不少爬友都过去了。

好吧，小月说要有属于自己的活动和兴趣爱好，那她今天就一个人去逛一逛集市，娱乐放松一下。

集市上的活动举办得很热闹，爬圈里的"大佬"都带上了自家的珍稀品种出席，你看看我的，我吹吹你的，更有吸引了不少业内人士的无数新奇有趣的爬宠用品在现场出售。

"新型高科技恒温加热垫，温暖宝贝整个寒冬。"

"三百六十度全景造景试验屋，给最爱的它一个大自然般的家。"

"爬宠对戒，你的身体只属于我。"

…………

等反应过来的时候，半夏发觉自己已经逛了大半个会场，大小东西提了一手。

我不是正在生气吗？我为什么还给他买这么多东西？

算了，半夏很快给自己找好了理由——凌冬是凌冬，小莲是小莲，把他们分开来看就好了，不应该因为生凌冬的气就剥夺了自己饲养小莲的乐趣。

忘却了烦恼的半夏高高兴兴地沉浸在购物的快乐里去了。

她在路途中还遇到了自己熟悉的那位爬友"小小龙"。

小小龙看见半夏很高兴。

"看我新入手的'黑夜'品相怎么样？黑得很纯正吧？"小小

龙拿出自己的新宠给半夏看，"你怎么没带你的小莲来？可惜我这一只也是公的，不然可以让它们认识一下。"

半夏低头去看亚克力盒子里的那只小小的蜥蜴。

它有着和夜色一样纯正的黑色，眼睛斑驳的纹理线条既神秘又迷人，确实和小莲有几分相似之处。

看着摆着尾巴的黑色小蜥蜴，半夏不由得想起，似乎也是在这样寒冷的季节里，在那个下着雨的夜晚，小莲第一次爬上了她的窗台。

时间过得真快，一转眼好几年的时间就过去了，当年的场景似乎还历历在目。

半夏忍不住笑了起来，伸手轻轻地顺着那只小蜥蜴漆黑的脊背摸了摸："很可爱，确实有一点儿像小莲。"

她回家的时候，夜幕已经降临，暖黄的路灯灯光将道路铺得很美。属于他们的那间屋子今天亮着灯，勾人的饭菜香味远远地飘在夜色中。

半夏高兴起来，一路跑回家，推开门，等着她的是一桌子热气腾腾的美食和那个笑着的人。

卷着衣袖穿着围裙的凌冬从厨房里出来，戴着隔热手套端着奶白色的莲子猪肚汤："怎么回来得这么晚？"

折腾了半夏好几天的烦恼在这样带着暖香的笑容里轻而易举地烟消云散了。

"今天是什么日子？怎么煮这么多好吃的？"半夏美滋滋地在桌边坐下。

"是一个很特别的日子。"凌冬坐下来，没有揭露谜底，只先给半夏盛了碗热汤，"我准备了一个礼物，想在今天送给你。"

捧着热汤的半夏看见凌冬从屋子里拿出一个很大的长方形礼物盒。

柔软的丝带和精致的包装层层剥落，千呼万唤的礼物慢慢地露出一角真容。

半夏在那一刻忘记了呼吸，怦然心动。

丝绒布的内衬上静静地躺着一柄漆色红润的小提琴。它虽然历经了岁月，纹理却是那样秀美，小小的琴头带着包浆，是经无数名家巨匠演奏后留下的勋章。

半夏几乎在看到它的第一眼时就爱上了它。

"琴名 Auxo（奥克索）——夏日女神，制作于 1841 年。上个月底，我拜托威廉老师帮忙在巴黎的拍卖会上把它拍了下来，"凌冬那种独特而温柔的声音在半夏的耳畔响起，"紧赶慢赶，终于来得及在今天交到你的手中。"

"我……这是……我可以试一下？"半夏有些语无伦次。

绝世的剑客手握到了龙泉，百战沙场之将得赠宝驹，千古帝王追求到了梦寐以求的美人，半夏拥有了独属于自己的古董名琴 Auxo。

她小心翼翼地从匣中捧出"女神"，调音试调，轻柔的转音美得和叹息一般。

夏日女神悠悠开喉，轻吟浅唱，歌唱的是维瓦尔第的《四季》。

半夏想了起来，数年前，也是今天，在那个夜晚，浑身泥泞的小怪物沿着春天的琴声找到了她。

结束演奏的半夏满足得几乎想要落泪："Auxo，天哪，它真是

太美好了。不敢相信我居然拥有了属于自己的古董琴。"

她为自己之前不妥当的猜疑感到羞愧。

"原来你这段时间瞒着我是在忙这个，这也太贵重了，快说花了多少钱？"

凌冬伸手揽着她的腰，把她圈在自己的怀中，不说话，低头看她，确定她的喜悦发自内心，于是也跟着从眼里透出笑来。

"我一直记得有一个人为了救一只蜥蜴，连自己晚餐的钱都几乎没有剩下。"凌冬这样说，"所以这一次我也花光了我的存款，接下来几天，恐怕又要你养我。"

屋子里不知何时弥漫起一种独特的香味，依稀有一种尾巴甩动着在愉悦地拍着地板的声音。

但这声音突然顿住了，他的笑在脸上凝固。

"什么味道？你身上沾着什么？"凌冬皱了皱鼻子，感觉到一种被人入侵了领地的强烈不快，凑近半夏闻了闻，脸色突然大变，"你……你有别的蜥蜴了？"

"不，没有。"半夏脸上一红，飞快否认，"我没有！"

完美的纪念日里，恋人煞费苦心准备了礼物和晚餐，甜蜜的氛围绝不能被破坏。

半夏开始强行解释："亲爱的，我不是自愿的，这事都怪那个小小龙，是他非要我去。好吧，我只看了它一眼，就一眼，那只蜥蜴丑得连你一片鳞片都比不上。"

满屋子旖旎甜香开始变酸，打翻了醋瓶子的小莲已经气得转过身去不理她了。

危急的时刻能激发人的无限潜能，半夏觉得自己这辈子的机灵劲儿加起来都没有这一刻来得多。

"其实我去集市是为了给你买这个。"

凌冬听见身后的人慢吞吞地说着，有一点儿想要回头，强行忍住了。

"你真的不转过来看看吗？不要的话，我可就送给别人了。"那人又说。

凌冬没忍住回头看了一眼。

半夏正坐在他的身后，摆弄着手中一个小小的绒布盒子。

里面放着一对做工精致的戒指。那是一对宠物对戒，大的适合人类的手指，小的那一只精美柔软，却是刚刚好能扣在一只蜥蜴的手腕上。

半夏唉声叹气，低头摆弄着小小的两个戒指："唉，枉我还想在今天和你求婚的。"

突然她的手上一空，戒指盒被人夺走了。

"你……你要把它们送给谁？"

"你如果不要，"半夏抓到了人，拉着他的领子把他拉下来一点儿，抬头吻他，"那我当然只好送给我最喜欢的……小莲了。"

空气中的味道渐渐地变得甜腻，久久不散。

许久之后，她才听见有人含含糊糊地问道——

"你刚才说了什么？"

"什么？我说你不要，就把戒指送给小莲。"

"不是这一句，再前面一句。"

"嘻嘻，那我可想不起来了，不然你说给我听？"